紅色城堡

渡邊淳一　著
邱振瑞　譯

時報出版

序章

戴高樂機場一樓入境大廳正面的飛機起降電子顯示板上密密麻麻地閃爍著，告知JAL（日亞航）四〇五班機已經抵達。

就在我看著這班飛機啓程地「東京成田」的電子文字時，稍稍感到些尿意。

距離四十分鐘前，我租了輛車從巴黎的旅館出發時才上過廁所，怎麼現在又想上呢？巴黎十月中旬的黃昏時分，的確雲層低瀠寒意微襲，但坐在車內我並沒有受寒的感覺。

果眞是我太緊張了嗎？霎時，我探尋了一下自己的身體，然後走進辦理登機手續櫃檯對面的廁所。

與其說尿不出來，毋寧說一開始我就打此主意，只是想在鏡前照看自己的表情而已。幸好，周邊沒有人走動，異常靜謐的廁所內寬闊明亮的鏡前映照著一個男子，以日本人來看，身高一七五公分或許高大了些，不過，對不能說是青年的三十三歲的男人而言，六十幾公斤的體重也許太瘦了。他的頭髮幾乎沒有油光，梳著四六分的髮型，戴著一副細金邊眼鏡，略長的臉卻顯得有些陰鬱。佇立鏡前的他似乎已盡情瞧夠，接著又看了一眼，猶如他者似地輕嘆一聲：「喂……」

配合自己嚅嘴的動作似的，鏡中男人的嘴脣也跟著微動。我看著比自己想像中還冷漠的臉，想起「我之中還有另一個我」這句話來。

現在照著鏡子的確實是我，但不是我熟悉的那個人，好像是另一個自己站在我的面前。

「沒問題吧……？」

我像是詢問旁人之後，突然嘀咕一句：「壞蛋……」

我果眞是壞蛋嗎？不，我果眞是壞蛋的話，絕不是這種表情。在此自吹自擂是有點可笑。不過，我鼻梁高挺、嘴型也厚薄適中，而且長得一副聰明模樣，從來沒有人把我當成壞蛋。換句話說，我眞是惡徒的話，就不會時而尿意湧升時而煩悶了。

我覺得應該給自己的臉注入活力，於是朝時至黃昏鬍髭微露的臉頰拍了兩下，這時候我才意識到我的左手臂綁著繃帶。

這是今天出門之前，我爲自己包紮的。同時是兩天來苦思而得的一種權宜之計，這樣或多或少能發揮點效果。我再次檢視繃帶是否綁好後，走出了廁所。

入境大廳的人潮比剛才還多，電子螢光板上又顯示來自阿姆斯特丹和比利時的飛機已經到達。

我看了一下手錶，心想距離方才自成田機場啓程抵達的乘客走出出境大廳還有點時間，於是走到斜對面的咖啡座點了一杯咖啡。其實，我並不是眞的想喝，或許喝點咖啡可以緩和紛亂的心緒。從剛才尿意湧升到現在心臟鼓鼓跳動的情形來看，顯然是自律神經失調的症狀，身爲醫生的我比任何人清楚，沒有適切的方法可以治療此病。現在，當務之急就是激勵自己不可喪失信心。

從櫃檯接過咖啡，坐在旁邊的椅子，正要啜飲的時候，離兩個空位旁的座位上，坐著一個穿著黑色大衣、好像前來接機的老婦人。趴在她腳下的一隻狗直盯著我。那隻毛色茶褐的狗，眼神像遇到十年不見的知己。

牠的視線令我討厭，我別過臉去，片刻後又回頭，牠仍舊執拗而專注地凝視我。那隻狗到底在想什麼？我又不識得牠，一定是牠逕自對我表示關注。

「喂，你不要這樣看我好不好！」正當我臨危欲喊的同時，突然想起在此之前利用狗隻做實驗的事來。我記得有五十幾隻，不，正確地說應該是五十五隻。那些狗都是因爲我要撰寫學位論文命喪黃泉的，其中有一隻狗與牠長得很像。我對牠們所做的實驗是這樣的：首先故意把牠們的前肢或後肢折斷，然後在折斷處打上石膏，檢查骨折的復原過程。這些狗不但被折斷骨頭，還要被注入含有磷和鈣的同位素，然後打開骨折的部位削骨採樣。光是折斷牠們的骨頭就已經殘酷之至，還要給牠們注入同位素，實驗之後，幾乎所有的狗隻都必須殺掉。當然，對牠們進行折骨或宰殺的時候，都施以麻醉，也爲牠們舉行了超渡儀式，儘管如此，犧牲的狗兒是不可能接受這種做法的。說不定趴在那婦人旁邊的小狗，正是那時候被我宰掉的狗的兄弟，或者有血緣關係，尚未忘卻當時的怨念，才一直瞪視著我？

我雖暗忖著絕不可能有這種事，但是在那隻狗的逼視下，我索性不喝咖啡，站了起來。牠既沒咆吠也沒吼叫，光被一隻狗瞪視，就能把我趕走，我也未免太心虛了！我略失信心朝入境大廳的門口一看，日亞航的班機大概已經抵達，可以看到日本人的身影。

「已經無所遁逃了，既然來到這裡，只能撇下善惡，按當初的計畫進行了。」我這樣告訴自己，然後站到約定的電子螢光板下面。

接機門聚集著一小群旅客，來這裡造訪的日本人很多，有的拿著寫上接機者姓名的紙牌，也有的人拿著旅行社的小旗子。有的人站在可以看到提領行李的櫃檯玻璃窗前朝裡面揮手，有的人和出來的旅客抱在一起，也有人久別重逢高興得直親吻著小孩。一碰面旋即在通道旁交換名片點頭致意，是最常見的日本人社交情景。

我稍退到他們的後面，露出在接機者當中最百無聊賴，甚至會被質疑不是來接機的表情站立等候著。事實上，我現在根本沒有等待重逢的心情，毋寧說，我只想著該如何度過接下來兩三天的痛苦時間，因此快活不起來是理所當然的。

日本的旅客陸續地從入境大廳的門口走出來，但還沒看到我等候的岳父日野康一郎和岳母尚代二人的身影。他們坐商務艙，應該早就下機了，難道是攜帶的行李太多？說的也是，雖然岳母這次是臨時決定來的，但目的地是巴黎，也許帶了許多衣服。不管怎麼說，他們肯定搭乘這班航機，不久就會出來是毋庸置疑的，我用不著慌張。

我打算退到接機人群的後面，等岳父他們走出來不安地環視四周時，再悄悄地出現在他們的面前。

不過，這個計畫出乎意外地失敗了。因為正當旅客陸續走出門口時，剛才在咖啡座見到的那名老婦人恰巧從我身旁走過，彼此又對視了一眼，我追看著那隻狗的身影，不巧岳父們偏選這時候走了出來。我回過頭的時候，岳父他們已看見我，和推著手推車的機場接待人員一起朝我這邊走了過來。

我見狀趕緊舉起右手，準備說聲「旅途辛苦了」，但岳父先開了口：

「到底怎麼了……」

岳父的表情異常僵硬，直盯著我。他是不是覺得自己撇下所有的行程專程趕來巴黎，我居然心不在焉地東瞧西看，讓他感到不可思議？或者他想問問這幾天來在周遭發生的怪事？

該怎麼回答呢？我不知道岳父真正的心意，正覺不知所措之際，這回換岳母窺探似地問我：

「真的一點消息也沒有嗎？」連珠炮般的詢問，我一點頭，他們兩人當場露出失望的表情，好像在責斥我毫不中用似的，便和推著行李的接待人員朝出口的方向走去了。

我也說不上什麼，只好跟在他們的後面，穿過航廈大廳走到外面。下午的驟雨已經停歇，但一到黃昏氣溫似乎更低了。

大概是我是先在電話中叮囑「巴黎比東京冷得多，記得多帶件外套」的關係，以年齡來看算是體型高大的岳父裹著喀什米亞的灰色外套，岳母則穿著蘇格蘭呢的套裝，手上拿著一件毛衣外套和Perkin型的皮包。他們質地高貴的打扮與創業一百三十年製果業界老店的社長夫婦的形象確實十分相稱。但我知道，現在並不適合談論服裝的種種。

那名接待人員大概覺得我們三個人幾乎沒有講話，氣氛煞是尷尬。但我也無心排解，於是等他把行李搬上我租來的車上之後，我向他輕輕點個頭，就請他回去了。

這樣一來，我們一家人終於團聚了。話雖這麼說，我和岳父並沒有血緣關係。總之我請他們坐在後座，我坐上駕駛座，隨即問了一句：「直接去旅館好嗎？」岳父平淡地答說：「拜託你了。」他們果真是長途疲憊所致？或者是這次的事件對他們打擊太大？我盡量不去叨擾他們，默默地握住方向盤，車子從航廈前大大繞了一圈，正當要進入高速公路的時候，岳父問道：

「真的一點線索也沒有嗎？」

「是啊……」我點著頭說：「今天我來機場之前，還打了電話到大使館詢問，現在還沒下落……」

我說到這裡的時候，岳母用比平常更高亢的聲音說：「我不相信，這裡不是巴黎嗎？」從岳母的聲音之近，我知道她是整個人從後座探出身子的，而岳父也高出一層聲浪地繼續說道：

「在這裡怎麼會發生那種荒謬的事呢？」

「就是嘛！簡直是胡鬧，太荒謬了！」

他們氣憤的聲音像打擊樂和管樂器般轟鳴，我請求他們冷靜一下，又把兩天前在國際電話中已詳細敘述的事件始末說明了一次。

前天中午，我和妻子月子租了一輛車，去了巴黎郊外的楓丹白露，我們先繞到森林以西的巴比松村，在村裡最富盛名的「老爹餐館」吃過中餐以後，沿著村路來到森林的入口。我記得是下午二點左右，秋天的陽光灑落在幽靜的柏油路上，我們在離入口約一公里處的地方停下車子，兩個人就這樣走進森林裡。這座森林有兩萬五千公頃，在巴黎郊外中占地最廣，我們只前行了二、三十公尺而已，已經置身在蓊鬱的濃蔭之中了。

在這之前，或許是因爲我們巡遊波爾多視野遼闊的平地的關係，難得看見森林，一時被樹林的靈氣所吸引，直往深處走去，來到石灰岩裸露的地方，才停下腳步。

走探到此，赤松和山毛櫸伸展的枝葉濃密得幾乎遮蔽天空，腳下盡是腐爛而蓬鬆的落葉，一踩上去土質鬆軟軟的，半路上月子還因爲高跟鞋踩陷，叫我拉她一把。

我們從停車的地點約走了五、六十公尺，來到岩石堆處，但森林的陰暗與靜寂突然使我心生恐懼，我對月子說：「我們回去吧。」可是月子說她看到掉落的橡實，於是蹲下揀了兩三顆。

事件就是在這之後發生的。當月子喊著「竟然有這麼大顆的橡實」，我正要看她手上的東西時，驀然覺得後背隱痛，猛一回頭，這回換腹部被狠狠地打了一拳，我就這樣抱住腹部趴伏在落葉上。

我是在那之後聽到妻子的尖叫聲的，當場就知道妻子遭受到攻擊，不過，我頭昏眼花站不起來，兩隻手揪著喉嚨，剛才吃下的食物和黃色汁液全吐了出來。儘管如此，我依稀斷續地聽到妻子直喊「你要幹什麼！」、「救救我……」的聲音，我一邊嘔吐，好不容易抬起頭來，眼睜睜看著月子被幾名男子架走了。由於事出突然，加上森林很暗，我沒有辦法正確地指認，但我記得他們三個人身材高大穿著黑色大衣。

現在回想起來，他們是在我們之前已經在森林裡埋伏？或者看見我們進入森林尾隨而至的？總之，當我看到他們離去的不遠處停著一輛類似黑色的廂型車，我才會意到，他們一開始就打算綁架我的妻子。

我說到這裡，岳母帶著哭聲地喊道：

「可是月子爲什麼被綁架呢？她只是從日本來巴黎旅行而已，沒做什麼壞事啊……」

我稍踩了一下油門，看著車速從一〇〇公里飆到一一〇公里，回答說：

「我也搞不清楚，我實在想不出我們遭到襲擊的原因。說不定他們根本就是隨便抓人，只要是年輕貌美的女性都行，月子只是剛好被『選中』而已……」

語畢，我發覺「被選中」這種說法有點不妥，但一時找不到適切的話。說的奇怪一點，月子今年二十七歲，年紀已經不算小，或許日本人看起來總是比實際年齡年輕得多。儘管我這樣的比喻有失妥當，不過我始終堅信月子是美麗的女性。

「總之，他們動作之俐落絕不是一般的等閒之輩。當時我也奮力地想站起來，不料，整個下半身抽筋，加上頭昏眼花，一陣掙扎之後弄傷了左手……」

我暗示方向盤上綁著繃帶的左手就是這樣掛彩的，可是岳母絲毫不當一回事。

「可是這裡是法國！全世界文化最發達的國家，怎麼會發生這種事呢？」

「媽，事情不能這樣講。」這點我堅決地予以反駁。

「不能說因爲在法國，就不會發生事端。任何一個進步的國家都有不肖之徒，毋寧說，正因爲這種國家才有壞人。」

我這樣辯解著，但似乎沒有說服力，岳母也全不理會我的說詞。

「不管怎麼說，月子是我唯一的心肝寶貝，她居然會碰到這種倒楣事！像這次我不是說用不著這個時候來啊……」

看來岳母把這次事件的責任通通歸咎在我身上。說不定我也希望藉由對我的責備，多少能緩和一下事件對她的衝擊。

毋庸置疑的，我必須心甘情願接受她的責難，因爲這次旅行是我提議的，所有的行程也是我一手安排的。月子對這次出遊的確興致不大，一副要理不理的態度，還說結婚已經兩年，用不著做什麼事都非得出雙入對不可。她之所以答應同行，是因爲我在行程中特別加入她心儀已久的波爾多的城堡之旅。

「如果是這個行程，我可以去，不過……」

儘管月子答應同行，卻提出一個交換條件。這個條件說小是小，但說它重大，沒有比這更重大的了。至少對我來說，這是一個無從忍受的極具屈辱性的條件。

「旅行期間不要找我做愛！」

月子如此無所顧忌且面無愧疚要求道。

難道岳父和岳母也知道我們這樣的約定嗎？不，如果他們知情的話，應該會和善地對待我。但話說回來，就算對我再好，我們之間的關係也不會改善。

「事情到這種地步，你打算怎麼辦？」

現在，岳母的怒火剛好找到出氣口對著我直劈而來。

「要是月子就這樣沒有回來，你可要負責任！」

「妳冷靜一下。」

岳父也按捺不住地加入了話局。

「重要的是，先考慮下一步該怎麼做……」

因爲岳父的勸解，岳母激烈的措詞已獲平息，但轉而嗚咽地啜泣起來。

想不到他們剛抵達巴黎，這麼快就陷入愁雲慘霧之中，老實說，我除了無言地開車也沒有其他的辦法。

車子即將進入市區，左側方向正是舉辦過一九九八年世界盃足球賽的露天大運動場，不過，在這個時候介紹風光，他們不會感興趣的。前方的巴黎依舊是低雲籠罩，臨近黃昏時分，雲隙間透映著微紅的斜暉。

月子失蹤後已經進入第三天的晚上。我覺得整件事就像是很久以前讀過的老故事中的一節，緩緩地把車子切入慢車道。

那天晚上，我們三個人在可以眺望塞納河的旅館內日式餐廳用餐。這家餐館是日本的航空公司經營的，對不擅外語的岳父和岳母十分方便，而且離我下榻的洲際飯店也不遠。

餐廳內賣的日式餐飲和日本毫無二致，岳父喝過啤酒之後，又點了日本酒，岳母和我也仿照岳父點的東西，氣氛依舊凝重。

在這種狀態中，我們三個人得出二點決議，也就是說，明天先去楓丹白露的森林查看事件的現場，然後再去遇襲後我前往報案的日本大使館探詢後續的搜救情況。

「這次去，不會出事吧？」

我早就料及岳母會提出此去森林是否會受到相同危險的疑慮，於是安撫她說：那種事不可能再發生，而且明天到了森林也不下車，就坐在車內直接穿過森林，用不著擔心。

接著，岳父彷彿宣布重大事件似地壓低著聲音說：這次是一樁綁架事件，攸關著我們寶貝女兒的性命，說不定歹徒會要求贖金，所以案發期間我在日本一直保持低調。我也考慮明天找大使館的相關官員商量，眼下就我們三個人知情，絕對不可以對外聲張……。

我當然贊成岳父的意見，並說依目前的情況來看，此舉是上上之策。

或許是因為這此事件打擊之大，岳父和岳母沒有半點食慾，我提前吃完餐點正想離去時，岳母突然疑惑地問了一句：

「你們之間沒有什麼問題吧？」

面對突如其來的詢問，我不由得點著頭，趕緊做出澄清：

「我們之間沒有問題……」

「該不會是因為吵架吧？」

「怎麼可能……」

岳母一向感情用事，正因為這樣我覺得她容易對付，然而現在她看我的眼神，冷靜得出奇，好像把我的心思全看穿了似的。

「你愛月子吧？」

「那當然。」

我雖然點著頭，卻突然覺得岳母令我心生畏懼。

搞不好我對月子既愛又恨，甚至這一年來，我們之前沒有性關係的事情，岳母早就知之甚詳了？

「如果你還深愛月子的話，就得把她找出來。」

在我的腦海中，岳母逼視我的眼神，倏忽轉成今天在機場碰見的那隻狗的眼神了。牠和岳母的眼神一樣，充滿狐疑不肯原諒我。

「你一定要把她找出來。」

岳母再次做了叮嚀，我像撇開那隻狗執拗的視線似地站了起來，不敢正視岳母的眼神，分別向他們道了「晚安」便離席了。

翌日，我遵照這對早起的老夫婦的要求，早上八點就去旅館接他們，然後直接前往楓丹白露的森林。

只需一個小時，就可以到達位於巴黎東南方六十公里處的森林，我和三天前事件發生時一樣，先進入森林以西的巴比松村。這裡曾經是十九世紀中葉米勒和盧梭等人，也就是法國風景畫派的畫家們尋求自然寧謐的移居之所，目前還保留著他們聚會的酒館和展示他們作品的博物館以及美術館。我放慢車速，逐一解說著那些充滿歷史氛圍的老街，但不知道岳父和岳母是否把它聽進耳裡，幾乎沒有反應。只有一個地方，也就是我們最後來到的「老爹餐館」前，聽我說昭和天皇曾造訪此地時，他們才湊近車窗稍微看了一眼，始終不發一語。

現在剛好介於早餐與午餐的時間，餐館內顯得冷清，我看著秋天的陽光映照在餐館古式的白色外牆時，不知緣由地回想起之前那隻慵懶地躺在餐館門廊的沙發上的小貓。原先是月子發現牠的，月子擦著珍珠色指甲油的手指從頭到背撫摸著牠，牠絲毫不怕生，舒爽得直瞇上眼睛。牠大概是一隻母貓，純白的毛色看起來十分柔順，很適合在安靜的門廊下沐浴著暖陽。突然，我爲月子對那隻貓的呵愛心生嫉妒，也想伸手摸牠，但貓突然回過頭來，一瞥見我，一反剛才的溫馴姿態敏捷地逃走了。

「你不要幫倒忙嘛！」

月子追著貓的行蹤，並說著：「貓最討厭被束縛了。」

我朝貓逃去的庭院看去，覺得月子和那隻貓很相似。表面上看似極其溫柔婉約，但同時，又是無限的驕慢自私自利，而月子最厭惡受到束縛了。

不用說，岳父和岳母不可能知道我們之間的感情出現裂痕的事。我重振精神地穿越主要幹道，從村公所前方進入了森林。

這座被稱爲「比爾之森」的森林曾經是王公貴侯們的獵場，至今仍盛名遠播，聽說連村民們有時還會迷路。

正如我告訴岳父和岳母的，我們在林中路行進了約一公里，在四周全是歐洲赤松和山毛櫸、小橡樹等闊葉樹濃密遮天的地方停下車子，我指著幾十公尺前凸起的黑岩說：

「就是在過了那堆岩石不遠的地方。」

他們打開車窗，稍微探出身子直瞧著，我說了聲：要不要下去看看？岳父依舊不發一語地搖了搖頭。

「想不到我們會在這種地方遭到攻擊……」

他們只是默默地聽著，但現在我終於比較實際感受到突挨一拳、月子強行被架走的經過了。

「我們拚命叫喊，可是沒有人出面解危……」

我補了這句話，對他們似乎奏效了。我們就地停留了十分鐘左右，稍後岳父一邊關上車窗，一邊說：「走吧。」

「那我們就走這條路回去。」

我從停車的位置行駛了約十公里才開出森林，一路上幾乎看不到來往的車輛，放眼盡是綿延的濃密樹林。

我初次造訪這座森林，是四年前在倫敦的皇家醫院研究人工關節停留一年期間來的。那一次也是秋天，走進這座森林最先感受到的，是整齊和保持完善的植林狀態，但無限深暗的森林令人恐怖。乍看之下是自然景致，其實與大自然的原貌相去甚遠。這座精緻的森林是出自人類的巧手，正因爲如此，它又夾雜著營造出來的妖冶氛圍，至今我還認爲它代表著歐洲自身的詭異。

坐在車內的岳父他們，當然不知道我一邊開車，一邊思考著這些事情。

現在，他們應該明白事情的眞相了。也就是說，即使在距離巴黎六十公里的 Iru・do・France 裡一個令人安適休憩的村落旁邊，存在著幾時發生凶惡事件也不足爲奇的、充滿妖邪氣息的森林。

回程途中我們雖然沒有交談，可是比去程時氣氛緩和了許多。與其說是岳父他們情緒平定下來，倒不如說是因爲他們見識過森林的靜肅與恐怖，證明我沒有說謊，因而接受這種說法從而產生共識所表現出來的溫和吧。

老實說，昨晚開始我連日來的緊張情緒逐漸獲得舒緩，心情上多少也快活了些。照這種情況前往大使館的話，說不定我們之間會更加理解親近。

半路上，我們折回巴黎在蒙田大街稍內的餐廳吃過午餐，和昨晚相比，他們態度明顯友善得多，岳母看著我纏著繃帶的左手，還關心地詢問我的傷勢。我回答她，事件發生已經第三天，手傷好多了云云，岳父也說，他在巴黎有認識的朋友可以幫我換藥等等。我感謝他們的好意，並說已無大礙，這時他們才安心似地點了點頭。

我們雖是岳父與女婿的關係，但出於這樣的變化，我感受到親子般的關懷，一起去了日本大使館。我們從凱旋門往東北方走，經過種有兩排美麗的法國梧桐的歐香大道，來到蒙索公園。大使館坐落在公園前，環境清幽，嵌在入口處黑門旁的白牆上的銅板寫著大使館的上下班時間。我們前往的時間剛好是下午開始上班的二點半，由於事前已經電話預約，一個姓須藤的承辦官員迅即出來接待。

兩天前我好不容易恢復意識前往報案時，他是第一個出來接待的使館人員，爲人很直率不像是外交官。

我先向他致謝，接著介紹受害者的父母也就是我的岳父和岳母，然後向他探詢後續的搜查進展。

須藤用外交官特有的愼重口吻說，在那之後警方沒有任何聯絡，接著他說，有件事想請教我，拿出兩天前製作的通聯筆錄。

資料上全是法語，只懂英文的我僅能推測其意，後來他一邊說明一邊教我塡寫，它的正確名稱好像是「失蹤人口紀錄表」。據說這是要送交巴黎警政署刑事警察局的資料，上面有一欄詳細寫著失蹤者、也就是月子的名字、出生年月日、出生地、職業、地址、電話號碼以及失蹤的經緯等。當然，這些已經記載完畢，上面有報案的我和作證的須藤的署名。

坦白說，事件發生之後，我也茫然失措，直接就趕往大使館報案，這似乎是正確的做法，據說失蹤者若是外國人的話，規定須向該國的大使館或領事館聯絡。

接下來有一欄叫「signalement」，也可說是「臉形特徵」吧。巴黎不愧是人種的大熔爐，正因爲如此，塡寫的項目極其繁瑣。首先是失蹤者的姓名、年齡、性別、身高、體格等；接著是區別人種的項目，分爲白人、黑人、黃種人、阿拉伯人或地中海人等；眼睛的眼色，分爲藍、褐色、黑、綠等；再來就是複雜的毛髮項目，例如，直髮、鬈髮、鬈毛或者混雜的程度、是否禿頭等；頭髮的眼色也分爲金色、白色、栗色、褐色、斑白，有無染髮或何種髮型等；其他，還記及是否戴眼鏡或隱形眼鏡；有無鬍鬚、何種形狀、身體的傷痕、刺青的部位和圖形；牙齒的排列、假牙、有無缺牙；繼而是講話的腔調、是否口吃、痙攣等；失蹤者的特殊癖好，以及失蹤時的穿著、攜帶物品、手飾等，總共三頁都必須詳細塡寫。

毋庸置疑的，這些資料我都盡可能具體而微地塡寫，但那時候我沒攜帶月子的照片，於是趕緊沖洗才趕上今天帶來的。

那張照片是事件發生的前三天我爲她拍攝的。穿著大衣的月子站在波爾多的城堡前，大概是陽光刺眼的關係，她微皺著眉頭，但在我看來，這絲毫不損及月子與生俱來的靈秀之美。

須藤愼重地把月子的照片貼在「人口失蹤紀錄表」右上的照片欄，隨即問我，受害者獲得自由之後可能的去處。這時候我們互望一眼想了一下，就算月子被釋放，畢竟是誘拐事件，如果是這幾天大概會回到我下榻的旅館，除此之外就是去大使館求助吧。有關這一點岳父他們與我同感，須藤補寫了上去，我決定請他把補寫上去的內容譯成日語念給我們聽。

須藤首先念了月子的名字和年齡，接著在職業欄的地方念了聲「無」，問我是否同意這樣。半年前，月子在某家公司擔任室內設計師一職，後來因爲和老闆意見不合辭掉工作，我同意他的寫法，接下來的項目也沒問題，岳父和岳母逐一點頭聽著，待須藤讀完所有項目時，他們向他深深鞠躬，並說了聲「一切萬事拜託了」。

岳父他們過於鄭重的鞠躬方式讓須藤擔待不起似地說：「我們沒有把握是否能幫上忙，但我們會盡一切所能協尋的。」接著又問我是否還待在巴黎。

坦白說，我也不能在巴黎停留太久，不過，我不能就此拋下行蹤不明的妻子獨自回國。我跟須藤說，我衡量一下事態，早已向任職的醫院請假，說我身體欠佳，必須在巴黎待一陣子。

「這兩三天我還在旅館，有什麼消息請聯絡。」

我這樣說著，接著又拜託他：

「我岳父有他的處境，這次事件請您務必保密。」

須藤當場也明白事態的嚴重，直說沒問題，不需擔心云云，我安心地向他施上一禮，然後催促著岳父他們，就此離開了大使館。

岳父和岳母返回日本是翌日的下午。才短暫逗留了三天，但因爲他是擔任要職的社長極其忙碌，爲了趕來巴黎，一定是十分爲難。與他相比，岳母在時間上應該充裕得多，但一個人留在異國也覺得不安，後來知道我要留在巴黎，她才和岳父一起回日本。

和他們來巴黎時一樣，我到機場爲他們送行。岳父和岳母已經非常信任我，告別之際，他們交互握著我的手，情真意切地說：「一切拜託了！」

我當然也安慰他們說「不會有事的！」、「也請你們祈禱，月子一定會平安回來的！」而一一握手致意。他們把我回握致意的動作當成是岳父一番激勵之故，其實，我對月子的釋放早已胸有成竹。這種事當然用不著現在和盤托出，因爲此話一出，我們之間辛苦建立的信任關係就要土崩瓦解了，尤其是現在，一齣壯麗的戲劇才剛啓幕而已，此後才是關鍵。

我朝往登機口走去的岳父和岳母揮手，看見他們也轉身向我揮手，我連日來緊繃的臉終於恢復了笑容。

送走岳父和岳母，一回到旅館，我簡直累垮了。

事件發生之後，我一直陷入極度的緊張狀態之中，加上岳父和岳母要來巴黎，我可說是緊張到了極點。光是知道他們搭乘的班機抵達時，我就緊張得手掌出汗、心跳加快，頓生尿意衝向廁所卻尿不出來。當時，我還預感他們會看破我的伎倆，一碰面就被他們羞辱臭罵一頓，成爲十足的罪人。

然而，此刻我正克服了有生以來從未有過的緊張，整個身心獲得了解放，一個人四肢盡展地躺在寬大的雙人床上。

毋庸置疑的，現在我贏了。在這之前的兩年期間，不，若加上訂婚期間總共三年，一直蔑視和欺我甚深的岳父、岳母和妻子這三個人，眼下正被我耍得團團轉，推入地獄的深淵。因爲我用卓越的智慧、意志和復仇的怒火完成了這個出奇臆造的陷阱！

今後，我再也不用受岳父和岳母的頤指氣使，不用被驕慢的妻子擺布而暗自悲嘆了。從這一刻開始，蔑視者與受辱者角色互換，我成了新的支配者威風地站在目空一切的妻子的頭上了。

「熬到現在，總算有代價了。」

在勝利的愉悅中，我把今天清晨傳到房間的一紙傳眞展看一番。

信上沒寫明發信者的地址和姓名。發信者只用一個「Z」字代表，受信人也只取我的名字「克彥」的頭一個羅馬拼音「K」而已，從傳眞號碼開頭的「02」來看，顯然是盧瓦爾地區的區號，這是Z事前告訴我的。

他知道我的法語學得不好，特地用英語寫了傳眞信。

給親愛的「K」。有關兄臺妻子T子的報告：

依照計畫綁架、軟禁後，T子因爲不安與恐懼，陷入一種激動狀態中，有時會連續哭喊。第三天起情緒逐漸穩定，昨天在接受我們的勸說之後，已經開始進食和睡眠。

據本城堡一名日法混血的女性F表示，目前尊夫人沒有生命危險，適當調教的期間一結束，一定將其釋放，經過她的極力撫慰，尊夫人的精神狀態已經恢復正常。

以上是兄臺所託之調教，明天正午起，我們預定在全裸下進行全身的測量和拍照。

兄臺如欲觀賞，請於事前通知抵達時間。

「Z」上

大清早開始，我就一邊查閱著《英日字典》一邊讀著這份雖是立場客觀，但充滿淫亂激情的報告。我再次告訴自己：總之，已經放手一搏了。事情到了這種地步，我要把道德和倫理那些僞善之物全部拋棄，如今也只能朝自身的期望往前衝刺了。

我想像著明天將加諸在月子身上的精彩而淫靡的調教情景，同時因暗自期待和不安而全身顫抖著。

第一章　調教

很久以來，我就對西方的門印象特別深刻。當然，不管是東方或西方，門既有內外之分，並且也區隔出若干內在的空間。從這一點來看，日本的門與西方並沒有什麼差別。但如果更廣義地解釋門這種東西，甚至包括日本的拉門和隔扇的話，兩者的內涵就相去甚遠了。眼下我思考的並不包含那些，只把它當作單純的門，也就是統稱 door 這種東西，不過即使如此限定，西方與日本的門似乎還是大異其趣。

確切地說，西方的門就是道道地地的門，除此之外別無他義。與門這麼字聯繫的有門扉或鐵門這些令人覺得堅固硬質的形象。而西洋的門，不像日本用木材製作的門般往往不由分說地就被敞開，即使關上，佇立在外照樣可以窺知內部情形的那種毫不設防的門，有根本上的不同。它一旦關閉便文風不動，刹那間，門的內外完全被阻隔，門的那一方成了另一個截然不同的世界。毋庸置疑的，置身門外的人，任憑你如何敲打吶喊還是不得進入。同樣的，被鎖在門內的人，就算喊破喉嚨仍舊無法返回外面的世界。

而西式的門正具備這種不受干擾的牢固、無情、禁絕與威壓之感，我眼前的這扇門正是堅牢與冷漠兼備的鐵門。

當然不是我最初打開這扇門的，是那位站在進入城堡入口吊橋前的崗哨的男子。乍看之下，那名男子神色凜然，約四十幾歲，但仔細一看，他身材修長、挺直，刮過鬍鬚的下顎泛著淡淡的鬍青，跟我一樣頂多三十歲左右。他的服裝有點奇怪，灰色夾克長及腰間，褲子也是灰色的，但腰間處卻特別鼓起，腳上穿著一雙黑皮的長靴。刹那間我還以爲他是騎馬回來，可是他一點也不像運動後的樣子，只是不發一語地把我帶到門前，然後緩緩地推開看似厚重的門。

一開始，我出示「紅色城堡」寄來的信時，他也只是沉默地點了頭，即使打開了門，他也只是揚起下顎示意我進入而已。頓時，我覺得這名男子有點滑頭，但看他自始至終沒有任何表情，心想他一定是受過不可隨便對訪客表態的訓練，便依他的指示走了進去。就在這一瞬間，他側身後退，從後頭正好關上了門。悶重的關門聲使我驚慌地回頭察看，可是他已不見蹤影，我眼前那扇約莫我兩倍身高的黑色鐵門，已經與四周灰色的石牆一體般密實地鎖上了。我對歐洲的門所感到一切恐懼，這扇門都具備了，而且堅實得無法打開。

我頓時覺得不安起來，將手放在鑲掛在門中的環形把手。定睛細瞧，把手的表面刻著細緻的浮雕，類似羅馬字母的C字，左右相勾連著，大概是曾擁有這座城堡的貴族的徽章。

雖然它是一扇堅固又具壓迫感的門，但顯得高雅，我試著拉開它。不過，門沒有鬆動的跡象，驀然，我心生一種困鎖其中的恐懼，繼而一拉，那看門猶如訴說著這城堡建於中世紀以來的悠悠歲月似的發出沉悶的軋軋聲響，緩緩敞開了。

門並非完全打不開，總之，當我知道門沒有鎖上才略覺安心，突然往外窺探，剛才那名男子出現在門後，我好像受到盤問似的，向他點頭致意之後，趕緊又把門關上了。

我並不是想趁此逃走，只是證實門能否打開而已，想不到他竟然在門外待命。他該不會是在監視我的行動吧？想到這裡心底直發毛，於是就站在門前環視著屋內的一切，進門的時候我只盯著那扇厚門，現在重又仔細一看，這房間倒是有點奇特。房間並不寬敞，以日式的房間來說頂多六、七坪大吧？從東西南向各矗立三座主翼豪華壯麗的城堡外觀來看，這房間意外地狹窄了些，而且它的奇異之處在於四周全是冷漠的石牆，只有進門的正面左方的一隅，擺置著彷彿另一個世界才有的、鑲著豪華鏡子的櫥櫃和躺椅。尤其是那只桃花心木的櫥櫃頗有年分，散發著暗紅的光澤，整個外觀都有鑲嵌的雕飾。櫥櫃前的躺椅沿著靠背鋪著紫色和粉紅色的絲綢，外框則是帶有新洛可可風格、雕刻成無數漩渦及曲線為主體的裝飾，躺椅旁擺了一張小茶几。

如果只看擺著櫥櫃和躺椅的一隅，會錯認為這是中世紀貴族的居所，但相對於家具的豪奢，四周單調乏味的石牆未免太不協調了。不過，與其說是不相稱，毋寧說櫥櫃前擺了躺椅怎麼看都失之自然調和。但話說回來，這輪不到我這個闖入者說三道四。弄清楚房間的配置之後，我緩步走到櫥櫃的前面，想著也許現在還站在門外的那名男子。

他究竟要在走廊上待到什麼時候？假如他只是一名單純的警衛，那麼此後有誰會出現在這房間呢？昨天中午，我從巴黎下榻的旅館打電話到資料上的地方去，城堡的地點和造訪時間都是對方指定的，但沒說明抵達後跟誰碰面，只囑咐我遵照指示前往的話，可以看到「表演」云云。

對了，我對 dressage 這句話十分在意。電話中的男士爲了讓我聽懂，特別咬字清晰，速度和緩地說著英語。但只重複著 dressage 這句法語。霎時，我不了解意思而反問他，他說英語叫做「drill」，隨即又改口說 dressage，而且有點炫耀「sage」和最後的語意。這單字譯成日語爲「調教」，而把它譯成英語的 drill 太沒情調，即使是「調教」的意思，直接發成「dressage」的音，聽起來多少有點優美雅致的感覺。

今天下午兩點，我依照指示，從巴黎經由高速Ａ一〇號線一路南下，行駛途中，我不停地叨念著 dressage 這句話，法語原本就給人一種慵倦的感覺，dressage 更是其中的典型。每每聽到「dress」，總會讓人產生即刻起要穿上各種服飾盛裝而出的聯想。當然，月子在這城堡不是要穿上衣裝，而應該是來自嬌軀深處的調教。

老實說，我聽完這句話，心情上輕鬆了不少。在這之前，我還爲一己之私把妻子幽禁在城堡裡，自覺是世上難得一見的惡劣丈夫呢！但仔細一想，月子的幽閉之處既非牢房也不是地獄，豈止如此，她正跟許多優雅的女仕沉浸在高雅的美學，一個飄飄欲仙的 dressage 的世界中。

直到現在我才察覺到，我並不完全是個壞蛋，如果我眞是壞蛋的話，今後加諸在月子身上的不論是「調教」或「drill」，我都不會在意的，甚至希望她受到更冷酷無情的折磨才對。可是現在我只發現 dressage 這句話而已，就如此快活，罪惡感隨之減輕。倘若我眞是一個惡徒，不可能僅此程度就有獲救的心情。

儘管如此，問題是「dressage」什麼時候開始呢？我從巴黎經高速公路南下，又從布洛瓦進入國道，抵達城堡時已經下午五點半了。由於中途迷路休息了一下，共花了三個多小時，相信下次只要三小時肯定可以到達目的地。離約定的六點還有一些時間，可是這裡實在太安靜了。

我又環視了一下四周，夕陽從左方豎長的窗戶傾瀉進來，四周的白牆染成紅光。

正如巴黎已到黃昏，這盧瓦爾的城堡也暮色降臨了，我像是被餘暉吸引地來到窗邊，透過嵌著厚厚玻璃的十字型木框窗戶往外眺望。

來到此地，幾公里遠的地方就可以看到這座城堡，進到裡面往外一看，它坐落在沿著河畔的山丘上，我目前的所在位置，大概是在中棟左右，從地面算起約有五、六十公尺之高。

其實，從窗戶眺望景色非常壯麗，眼下緩緩流著的正是約百公尺寬的豐沛的盧瓦爾河，往前的地方盡是展現法國是個農業大國的廣大農田，現在已到秋季，有部分的農田大概已完成採收，呈現出一片褐色平野，加上綠野的點綴，大地如同「哥白林掛毯」般美麗迷人。

把石牆映照得微紅的夕陽掛在窗戶的正面，難道這窗戶是西向的？不過，夕陽被錦團般的雲層遮去而轉弱下來，最後從雲隙間灑下幾條光束照在地面上。

在此之前，我是沿著與盧瓦爾河平行的國道來的，而這條國道一直延伸到暮色西沉的森林中，往來於國道上的車輛時現時沒。我收回視線往下俯瞰，中庭修整得井然有序，四處盡是方形和圓形的樹叢。接著，我又往前看，庭院盡頭有高出一層的樹叢，往後則是陡峭的斷崖，幾戶人家就坐落在介於盧瓦爾河與斷崖間的平地上。前來城堡方向的坡道上，可以看到矗立著十字架的教堂，現在只能從樹叢間隱約瞧見尖高的屋頂。

我大約環視了一下周遭的環境，才發現原來這座城堡是面向河流成馬蹄型展開的。正下方的中庭正是馬蹄型中的平地，三座主翼的圓柱型尖塔就建在馬蹄型的彎角和上端的三個地方，而我似乎就是從離馬蹄上方最近的一個房間眺望著的。

我不禁感到疑惑，這座城堡到底有多少個房間？當我藉由在倫敦認識的K醫生介紹，和一個叫吉洛姆（暗號「Z」）的男子見面時，他若無其事似地嘟囔了一句：大概有三、四十間吧。

在那個時點，我終究是無法想像城堡內部景觀的，可是實際進入一看，才察覺他的說法沒有誇大之嫌。據居中牽線的K說，這座城堡完成於十五世紀中葉，有段時間，王妃和國王的愛妾還爲了爭奪城堡的所有權起了爭端，後來數度易手，三十年前Z的父親買下之後，經過一番改造才成了今天的規模。

「在那裡幹些什麼，外界是無法知道的。」

那時候K迸出神祕兮兮的笑聲，來到這裡我才明白他的意思。

的確，我到達城堡時，城堡前面有一處類似崗哨的地方，站著一名騎馬打扮的男子，不過，由崗哨進入城堡的吊橋高高立起，不得而入。我一出現，那名男子立即在崗哨內打了電話和內部聯絡，於是吊橋放了下來，我才得以進入，如果沒有那座吊橋，是不可能跨過其間寬達十公尺的深溝。

這座城堡果眞遺蹟處處，是外人不容易進入的陸上孤島。光是外觀確是豪奢偉岸，但總有點陰森；也就是中世紀城堡共有的華麗中暗藏著驚悚。

我又多一層理解了。原來，在這裡什麼事情都可能發生。譬如，在古城堡裡享受不遜於巴黎三星級餐館的大餐，同時又可暢飮限量出品的高級紅酒；或者綁架某人幽禁在此；或者進行淫靡的表演，只要想做都是可能的。

想到這裡，我驀然擔心起現在月子人在何方？五天前開始月子就被關進這城堡的某個房間，也許此刻她正從某個窗口跟我一樣眺望相同的風景。或者突然悲嘆自己的命運，極度疲憊地躺在床上？

我倏地感到憂心，極力窺清每個角落，但窗戶既狹長又窄，任憑我用盡各種角度，可看到的視野相當有限。

正面的西棟似乎是三層建築，外觀高雅，只看得見堅固的陽臺和雕飾繁複的窗櫺，但卻靜寂絲毫沒有人走動的樣子。左邊的南棟只能看到一半，至於我所在的東側則因石牆的凹陷過深無法看到。

月子到底在這城堡的哪裡？她該不會被關在地下吧？我更加不安起來，可是事到如今慌張也無濟於事。因為一開始同意把月子綁在這裡，並委託給Z處理的就是我啊！現在只有相信他們，繼續等待了。

我自言自語著，為了紓解情緒，再次眺望窗外的風景。

秋天的黃昏比剛才更深濃，浮雲漸漸覆蓋住夜晚的天際，不過，田野上還沒完全暗下來，幾十隻白色的水鳥不約而同地從微亮的河面上衝飛而起。我總覺得這些赤味鷗很像我在京都的鴨川河畔看到的水鳥。總之，聳立在對面棟建物上的尖塔已經明白表示這裡不是日本。

霎時，我揮去剛萌芽的思鄉情懷，眺望著河流、田野、森林交融的黃昏景致。

這是一個多麼靜謐遐意的黃昏啊！從緩緩流動的河面望去，可以看見河岸那邊的田地上，有一個男人從右而左緩步走著。他大概是個農夫，頭戴黑色帽子，手持類似皮袋的東西，正當他走到約莫窗戶正面來的同時，隨即開始傳出悅耳的鐘響。我看了一下腕錶，原來是山丘下的教堂正在報時，已經傍晚六點，他等待已久似地停下腳步佇立著，抬頭緩緩地看向我這裡。由於距離太遠我看不清楚他的表情，但他好像放下袋子，邊看著這城堡的方向，邊雙手合掌。當我看著他那虔誠的模樣，才發現這座城堡對附近的住民而言，竟是他們抬頭遠眺的對象。

而此時，無論是奔馳在遠方國道上的駕駛，或走在田野的農夫，或來山丘下的小鎮購物的家庭主婦，一定是邊聽著教堂的鐘聲，邊看向這座城堡，由衷感謝中世紀以來持續的寧靜黃昏的到訪，對他們來說，這座城堡象徵著村落的歷史與光榮，是他們時常為之憧憬的仰望之處。

想到這裡，頓時我覺得自己身在城堡之中，是多麼傲慢與不可原諒。現在，任何人都沒察覺，在眾人仰望的城堡中，居然躲著一名陌生的東方男子，而他正從這城堡俯視著田野平疇和市鎮。

我突然覺得自己是被特別選出的，與城堡周邊的村民們截然不同；而且那些曾經住過這城堡的，或打獵歸來的法國王公貴族們，肯定與我有同樣的心情。

而所謂仰望城堡的人和從城堡俯瞰的人，原本在身分、教養、性格、興趣方面，甚至所求所做都是大相逕庭的。

現在，在城堡下，聽到教堂鐘聲的同時仰望城堡的人群，正被社會的常規、倫理、道德這些世俗之見糾纏得無法脫身，他們從孩提時期開始，就被灌輸正義、博愛、貞節等偏離人性的思想，相信它是良善的品質，而終其一生信守不渝。

可是對從城堡俯視眾生的人來說，他們非常清楚那些道德和倫理是多麼醜惡，而且充滿著偽善。一旦走過吊橋，進入這城堡之後，人都將恢復原來的本性，置身奢華的擺設之間，暢饗著佳肴與美酒，容許極盡淫亂與背德之能事。

不可思議的是，我只不過是側身在城堡的一室，卻幻想著貴族們在此暢飲狂歡的各種心情。不知道這是不是我與生俱來動輒幻想成癖的毛病？抑或被禁閉在堅固的城堡之中怪誕的氛圍所形成的？總之，我佇立在屋中，環視四周之際，有一種中世紀以來就籠罩在這城堡的邪氣慢慢地附著在我身上。

教堂的鐘聲一停止，周遭隨即恢復令人難以置信的靜寂，正當沉悶難耐之際，房屋的四個角落彷彿早已久候似地射出光束，同時傳來了兩聲敲門聲。

我慌張地轉身，正欲開門時，門由外側被開啓，一位女性出現在門口。

不是我誇大其辭，當我看到那個進門的女性時，我還以爲是上帝派來的天使。事實上，她穿著一身純白的禮服，半長的純白腕袖，中分的金髮齊肩，臉蛋像天使般純潔。

「讓您久等了。」

她初次即用日語招呼我，又使我大吃一驚，她好像打信號似地鄭重施上一禮，方才出現在門外的男子，便把水瓶和玻璃杯放在躺椅前的桌上。

「您請坐。」

我依意慢慢地坐到躺椅邊上，她便緩緩地把桌前的櫥櫃推開。

在此之前，我完全沒有注意到櫥櫃的四隻腳有滑輪，她簡單地把它往右移開，隨即現出正四方形的空間。

「這盡頭就是窗戶。」

她的日語講得很好，但聽得出外國人特有的腔調，在這石室中媚聲回響。

說到妖嬈，沒有比她的穿著更妖豔的了。仔細一看，低胸的禮服酥峰微露，前面和兩側各有高叉，背部幾乎是全裸，後腰間繫著黑色的蝴蝶結，裙子短得幾乎僅能遮住屁股。剛開始我之所以認爲她像天使，是因爲她霎時出現在我的面前，而現在凝眼細看，她穿的是與天使截然相反的妖淫的服裝。

「這窗戶可以看到對面的情況，對面看不到這邊。」

她所指的窗戶，有一公尺見方那麼大，不知道是不是現在窗簾拉上的關係，對面僅透露出微明的亮光。我不清楚爲什麼只有這邊看得到，這樣一來豈不成了一面魔鏡？

「待會兒窗戶就要打開，只有一點請您務必配合。」

她說著，輕輕地把纖細的手指豎在胸前。

「您從這裡窺視，做任何動作，發出什麼聲音都無所謂，只有一點：請您不要有奇怪的念頭。」

「奇怪的念頭？」

我不加思索地問她，而她那長睫毛底下的眼睛直看著我說：

「不要弄錯，想進入對面的房間……」

我直看著她的藍眼，輕輕地點了點頭。

原本進入城堡，能讓我窺視已經心滿意足，更不敢奢望待在調教的現場。要是那樣的話，我不但超越旁觀者的角色，也等於成了他們的同夥，變成十足的壞蛋，不過，現在我擔心的是，萬一我想回去，我能自由地離開這裡嗎？

她大概早就察覺到我的心思，指著窗框右上的黑色按鈕說：

「如果您想回去，或有任何事情，請務必按這個按鈕。」

我又點了點頭，現在終於了解這房間的裝置了。

我一進入這房間時就覺得奇怪，這房間一定是爲了窺視隔壁房間的動靜特別設計的。因爲是石造的，或許以前就已存在，甚至從前是做爲倉庫之用的。倘若不是這樣的話，在整個單調陰冷的結構中，擺設豪華的家具實在很不搭調。

此刻我多少平靜了些，試著問她：

「您的意思是我想出去的話，隨時都可以出去嗎？」

「不過，你要是走出到城堡中，會造成我們的困擾。」

「當然，我是說回去。」

「回去的話就沒關係。」

她特意在「沒關係」那句話加上重音，然後正面盯視著我說：

「約定之事您知道吧。」

她的言下之意，絕對是我委託這件事的時候，和「Z」之間的約定。也就是說，今後無論發生什麼事情，絕對不可把這城堡的所見所聞洩漏出去，終生保持緘默。這是進出這城堡的人必須遵守的規定。萬一違反承諾，無論你躲在天涯海角都有生命之虞。我當然了解這個約定，而且一旦來到這裡，更不可能毀棄承諾。

「我知道。」

我一點頭，她隨即綻出微笑，與此同時，轉身露出迷人的豐臀消失在門的那一方。

一個人待在石室中，我覺得口乾舌燥。這也難怪，自從進入城堡之後，幾乎是緊繃神經。我拿起印有老鷹模樣的水瓶，往玻璃杯倒了些水，一飲而下。

剛才被夕陽照得明亮的窗戶，因爲屋內點了燈而顯得暗淡下來，取而代之的是四個角落投出的光束映照著石牆。儘管如此，屋內的照明還是很微弱。雖然有四道光束，但從天花板看去只是四個圓點，沒照到的地方，暗得無法看清一般的細字。我暗自嘀咕：爲什麼不加裝一盞豪華的枝形吊燈呢？對於我這個單純的疑問，隨著傳出一聲悶響，正面的窗簾開啓時，謎團爲之豁然開朗了。

驀然，正面的方窗亮了起來，我彷彿被這射入的亮光吸引住似地從躺椅上起身窺探。

刹那間，我懷疑起自己的眼睛。

眼下，展現在我面前的是現實還是夢境？難道是電影？一張照片？或者是一張畫？

在被石牆隔開的窗戶那邊，可以看到一個女性赤條條地站在燈火通明的房間裡，她伸開手腳，站成大字型，下腹部至胯股間被微微往前推挺。

坦白說，我從未看過女性被這樣攤開四肢的模樣，而且定睛一瞧，她的手腕還連結著從天花板而下的鎖鍊，兩腳被釘入地板的鐵環扣住。

看到這幕情景的同時，我不由自主地別過臉去，與其說她那悽慘的模樣使我心生恐懼，倒不如說，我覺得自己像是窺見了不存在於世上的、且不可告人的祕畫。

我暗叫了一聲，與此同時，雙手緊緊抓住窗框，盯著那全裸的女性。

的確，我現在所看到的既不是畫也非影像，而是活生生的現實。因爲她的雙手被高高吊起，而且低垂的頭和腰肢微微扭動著。

奇妙的是，那時候我還不認爲眼前的女性是月子。她的確是脫得一絲不掛，眼睛的部分蒙著白布。如果我現在還能保持些冷靜，理應可以知道情況，可是這異常的一幕來得太突然，對我衝擊太大，使我一時無法意會過來。

這時從某處傳來音樂，伴隨著「啊……」的女性呻吟，我好不容易才恢復理智。

音樂是從調教室那邊傳來的。正當我這樣想的瞬間，我的眼睛和耳朵整個五官都爲之一亮。我又把臉湊近窗戶窺視，那女子曲線苗條，個子也不高。以歐洲女性的標準來看，屬於身材矮小型，卻有一頭黑髮。由於她的雙手被高高地吊起，以致腋窩特別深凹，由腋下至胸前，可以看出酥軟的乳房微微挺著，她的腰肢很細，朦朧難辨的下腹顯得弱不禁風。她應該不是一名少女，不過還帶點稚氣，似乎在某方面還不夠成熟，然而氣質不差。

至今我才發現，他們特意把我的房間弄暗，是爲了烘托隔壁房間的明亮。她的肌膚在亮燦燦的照射下，與其說是雪白，不如說是蒼白，那不是裸體，像是沐浴著月光的寶石……。

看到這裡，我不由自主地嘟囔了一句「月子」。

啊，那不是月子嗎？只有月子的肌膚才能如此晶瑩剔透。事實上，我第一次遇見月子，問她名字的由來時，她得意地說：由於天生肌膚雪白，所以取名爲月子。我從來沒見過這種不合月子形象的姿態。直到現在，我一直想望月子的裸體，但無論在浴室或床上，她總是拒絕裸露。記得結婚當初與月子交媾前，我偷偷看了她的胸部和背部一眼，就被那雪白的肌膚弄得心慌意亂。

不過，這一年來月子開始拒絕與我做愛，慾火難耐的我，好幾次要求至少讓我一親芳澤，但月子一句「少噁心」，接著用極度輕蔑的眼神，就把我的哀求擊得粉碎了。

而那樣的月子，現在居然赤條條地站在燈火通明之中。蒙眼下的高傲的尖鼻、可愛的薄唇、低垂的項頸，在在都屬於月子的。此刻，她毫無遮掩。換句話說，她纖細的身軀、略顯豐滿的乳房、雙手可以合握的細腰、圓柔卻如少年般瘦削的臀部以及陰翳的下腹，甚至大大被撐開的微顫的大腿內側，都逃不出我的眼睛。

我是多麼希望這一刻的來臨。在此之前，我好幾次夢見這樣的情景，惹得慾火焚身，頻頻自慰。現在，看來我終於完成最大的願望了。一開始，我就想把自恃家境富裕，蔑視我出身貧窮、嫌惡我擁有與出身不相配的優秀頭腦的月子剝個精光，飽覽一番。這個心願似乎達成了。

我再次爲城堡的堅牢與巨大感到震撼。正是它自中世紀以來以磐石層層鞏固，以吊橋區隔俗界，所以才能完成如此艱巨的任務。

「月子，感覺如何啊?!」

我不由地拍手稱快的時候，一群男人出現在月子的面前。首先是一個穿著類似黑色天鵝絨上衣、底下穿著及膝的白色馬褲和長褲，一副十九世紀時髦男仕打扮的男人。接著出現的是穿著領口高緊、斗篷式衣袖毛衣和黑色長褲的高大男子。另一個體型微胖，同樣穿著白色上衣和黑色長褲。最後一個則是穿著長夾克，衣領裹著白色圍巾。總共四個人。詭異的是，他們都不露出臉孔，戴著動物形狀的面具，一個是豎著鬃毛的雄獅吧！接著是鳥和羊，另外一個是刺蝟。

這也是現在我才察覺到的，窺室的位置大概位於二樓，比客廳高出一些，因此看不到正下方的部分，他們似乎是一開始就坐在那裡凝視著全裸的女人。

月子被吊起的地方，稍高出地板，這時候他們陸續出現，是已經飽覽女人了？或者正因爲只看已慾火難抑？

圍住月子的四個男人像是商定好似地，各自朝中意的部位撫摸。

首先是戴雄獅面具的男人撫摸月子的酥胸，戴鳥面具的男子藉身高之便在月子的臉頰到脖頸間游移，戴刺蝟面具的則撫摸月子的後背和屁股，而那個戴羊面具的矮者用手伸入月子兩腿間的私處。

霎時，月子「啊」地哼吟了一聲，我也跟著喊叫。

「住手！你們在幹什麼！」

誰允許你們這樣做的？當丈夫的我都沒觸碰過的肌膚，你們哪有資格撫摸月子的身體？我氣得掄緊拳頭，月子好像察覺我的怒氣似地扭動身軀。

「不要……救救我……」

妻子求助，丈夫哪能袖手旁觀。我的情緒極度混亂，像一頭野獸被關在牢籠，在窗前來回走動，但待在房間是無法把人救出的，我不由地朝門的方向跑去，卻想起剛才那女子叮囑的事。

「即使您覺得不對，也不要有進入對面房間的念頭。」

女子吩咐的事情是指這件事吧？說不定在這之前，由此窺視的男人也跟我一樣，春情竄動得想衝到走廊去呢！

「混蛋……」

我嘟囔著，雙手蒙住眼睛。

月子掙扎的樣子，讓我難以卒睹，如果救不出月子，我只好閉上眼睛耐心等待了。

可是他們也未免太粗魯了，居然四個人圍住一個全裸的女性恣意地上下其手，若就此放任不管，我實在不敢想像他們會做出何等淫亂的事啊！

想到這裡，我才發現自己闖下大禍了。

就算他們舉止如何輕浮幹下不可原諒的事，但終究是我委託他們調教的。因爲我希望改變性冷感的月子，把只懂得孤芳自賞、蔑視性愛的女人，改造成淫蕩縱慾的女人，我爲此託付他們，現在卻因爲幾個男人撫摸月子而火冒三丈，我究竟是何心態？

稍前，我看見月子被吊起的模樣還暗自心喜，怎麼現在憎恨起那些戴面具的男人？我的想法爲什麼無法一以貫之呢？

我果眞是個壞胚子？或者只不過是一個隨性的、自視甚高的好色男？若回想當初的目的，我是沒有權力責怪他們的。倘若此刻我無法冷靜下來，看不下他們玩弄月子的話，我是應該旋即撤出這城堡的。

我自言自語著，驚懼地睜開眼睛。他們仍舊圍著月子盡其所好撫摸著，但看上去不甚用力，似乎只是在享受撫摸的觸感而已。月子也相應地輕輕扭動身體，可是看不出抗拒的樣子，而且已經不像剛才那樣哼吟了。

那樣的狀態大概持續了數分鐘。其中彷彿有人在統御他們的行動，不久，他們依序從月子的四周回到沙發上，最後只剩下戴鳥面具的男人，他用拿在右手上的黑色皮鞭的前端，抵著月子的下巴囁嚅著。

從這裡聽不清楚他在嘟囔著些什麼．只聽到了一句「dressage」。難道他是說「現在起要開始調教妳！」，但月子昏死似的沒有回答。

儘管我覺得惱怒，但並沒有別過臉去，繼續看下去時，戴鳥面具的男人把鞭子放地上，代而拿起捲尺測量月子的身體。

他依序測量著，首先量了頸脖，那是不是製作頸環的尺寸呢？接著量了手腕，然後將捲尺移到乳房上圍一圈，由胸圍、腰圍量到臀圍。這就是聯絡信上所示的計測過程嗎？從他一一報數來看，旁邊似乎有人在記錄著數據。

緩慢而確實地量完腰臀部位後，他來到月子的面前，將捲尺由乳頭處下拉，接著兩腳屈蹲在月子的大腿前。

他要幹什麼？我探出身子，月子又「啊……」地哼吟了一聲，激烈地擺動著頭部。

但他依然故我地把手伸進月子的胯股間，月子閃躲地縮腰，只見戴羊面具的男人跑了出來，從後面把月子的腰肢往前推。

「不要……」

儘管月子叫喊，但雙手被吊起也反抗不得，整個私處赤裸裸地暴露在蹲踞著的男人面前。

「你要幹什麼！」

我又失聲喊叫，但旋即知道這是徒勞之舉。

總之，眼前這幅淫穢猥瑣的情景我再也看不下去了。倘若我還保有一點良心的話，現在就應該馬上離開。

我下定決心往窗框右上的黑色按鈕一按，不到幾分鐘，剛才那名穿白色禮服的女性出現了。

「我要回去！」

我語帶怒意地說道，她卻無關緊要地要我再等一下，隨著她離開房間的同時，窗簾也關上了。

這樣一來，我就看不到月子了。想到這裡，我突然戀戀不捨地往窗戶窺探，但依舊什麼也看不到，倒是我的陰莖勃起了。不，這也許是看到月子的裸體時就勃起的，由於事態發展得太快，我根本沒有充裕的時間摸它。

我摸了摸自己興奮莫名的陰莖，這時才終於明白爲什麼房間裡要擺一張躺椅。說不定在此之前許多男人正是從這裡一邊窺視一邊自慰的。看著最愛的妻子或女友，被一群戴著面具的男人玩弄、調教，心中同時交錯著施虐與受虐、愛情與憎惡、憤怒與哀憐的複雜情緒，最後只得靠自慰消耗自我。或許來這裡的男人，本來就知道此舉異常，但他們只能用這種方式和妻子或女友交合。

「可憐的傢伙……」

正當我這樣自語時，那穿著白色禮服的女性說了聲「請」，便走了進來。

我一站起來，她便走在前面帶路。她依舊是那襲露背和短得勉強僅能遮住屁股的裝扮。她跟傍晚來的時候一樣走下旋梯，接著她又往更寬的階梯走下去。然後往左右牆壁畫著各種天使像和鋪著地毯的通廊走了三十公尺左右，向右走去，出現大理石柱和拱門，再往前就是城門了。來到這裡，她施上一禮告別地說：「這是今天的記錄。」並交給我一個紙包。

這是什麼東西？我想打開一看究竟，可是站在城門前那個一身騎馬裝束的男子直朝這邊看，我接過紙包後就向她告別了。

稍早之前，我還待在房間裡時，城門的吊橋似乎就已經放下，他帶領我走過吊橋，我乘坐的那輛車正在左側的碎石路上等著。

「bonsoir.（晚安）」

我向他打了聲招呼，他不發一語只點著頭。我從夜色籠罩的城門前，往盧瓦爾河的方向順著山丘而下。

我在緩速而下的山坡停下車子，再次仰望那座城堡。紅色城堡驟然浮現在夜空中，圓錐形突出的主塔上掛著一輪新月。

我突然對月子心生一種無以名狀的愛憐，激動得衝出車外大喊著：「月子……」在夜風中仰望著城堡。

那些惡棍們眼下仍在這座豪華壯麗的城堡中狂歡作樂，那四頭野獸仍繼續玩弄月子。這座城堡是不折不扣的惡魔城！

無助的我狠狠地朝城堡吐了口水，彷彿逃離噩夢似地坐進車內。

只需三個小時我就可以從這裡到達巴黎。回程時，我想起臨走時那女性交給我的紙包，於是藉著車內的燈光打開一看。

紙包內有兩張剛打印的影印紙，分爲英文版和法語版，開頭標示著「測量結果（Madamu Tsukiko）」。

「身高一百六十三公分、體重四十八．五公斤、頸圍三〇．五公分、手腕十三．五公分、腳踝十八．五公分、胸圍八十二公分、腰圍五十九公分、臀圍八十六公分、乳暈三．〇公分、乳頭一．一公分、恥毛顏色略黑……」

我越讀這些數値心跳速度越快，腦海中隨即浮現出月子蒼白的裸體，甚至聽得到月子持續的尖叫，我整個人趴在方向盤上，試圖讓情緒平靜下來。

說實話，我的睡癖並不好。對這一個必須處理急診病患的外科醫生來說並非好事，所以很早以前我就開始訓練自己一睡醒即能馬上出勤。從我剛當上醫生的時期來看，睡癖改善了很多，儘管如此，有時即使醒來還賴在床上磨蹭個二、三十分鐘。

在我的感覺中，那應該說是從沉浸的酣睡狀態向現實世界移動的準備期間，那時候我起身接電話，即使有時語氣不悅，絕不是對方的錯，而是我的對應裝置對腦中的現實來不及反應的關係。

其實，和睡醒時磨磨蹭蹭一樣，我入睡的情況也不好，最近，躺在床上得要二、三十分鐘才能睡著，有時乾躺了一個小時，甚至更久仍無法入睡，整個腦袋東想西想的；略嫌誇張地說，我想的都是一些未來的事情，正因爲對人或宗教這些抽象的觀念還困惑不解，所以與其說是自身的痛苦，毋寧說是我熱衷於夜晚的冥想比較適切吧。因爲這樣的關係，從某一時期來看，我的睡癖和入睡情況應該改善很多，不過，今天早上我爲什麼久久不願起床？

兩個小時前的早上七點，我記得醒過一次。因爲我確實看了床頭櫃的時鐘，絕對錯不了，但我並沒有即刻起床，與其說捨不得床被的溫暖，倒不如說是離不開像床中祕密般的感覺，仍半醒半睡地躺著。

坦白說，我難得這樣意猶未盡地賴在床上。平時再怎麼疲累或是提不起幹勁，只要醒來三十分鐘，還繼續躺在床上會讓我覺得渾身彆扭而一躍而起，因爲我一直把它當做自身的果斷。唯獨今天早上爲什麼醒了將近兩個小時，一點也興不起起床的念頭。豈止如此，更誇張的是，戶外晨光燦爛，我居然窩在房內的床上玩起自慰，享受銷魂之樂和等待手淫後隨之而來的慵懶餘韻席捲全身。

說實在的，這是我第一次在慵懶中醒來。可是仔細想想，這種慵懶的感覺並非今天早上開始的，它是昨夜的延續，而且肯定是這樣的。因爲他們讓我看了那幅難以想像的殘酷而猥褻的光景……。

沒錯，就是昨天晚上。我離開城堡驅車下坡之後，在靜悄悄的村路旁停下車子，一邊眺望浮現在空中的城堡一邊自慰。那是因爲我讀著測量月子身體器官的報告所致，但想不到我這種年齡竟然在車內自慰！表面上扮演忠厚角色的我，這種行爲是何等荒謬、羞恥和可鄙啊！

露骨地說，當時我的恥骨下方異常硬直，分秒也不能等待得興奮莫名。倘若我直接驅車開往巴黎的話，說不定我會無法壓抑這股湧自全身的狂暴慾念，不小心撞上高速公路的護欄釀成嚴重車禍呢。也就是說，多虧我在車內偷偷地自慰搞得疲憊，使得我稍能恢復些許平靜握緊方向盤。

在那之後的三個小時，我始終被必須盡速趕回的念頭所驅使，一個勁地加速直奔巴黎。那種迫切感來自我一旦袖手旁觀把月子交給他們蹂躪，後果將不堪設想。眼下，彷彿有人在後面追補我似地逼得我惶惶不安。那既像是城堡那群惡棍的手下，又似巴黎警察，也像岳父與岳母等關心月子安危的親友。

總之，我必須趕快離開在遠方暗處赤裸裸展開的邪惡而淫蕩的世界，而且逃得越遠越好。這個念頭始終縈繞不去，使得我拚命地加速奔馳。車子從高速公路A一〇號線來到奧爾良門的出口，當我置身在巴黎街衢的燈光時，突然有一種總算脫離魔掌的釋然，打開車窗，呼吸著夜巴黎的空氣。

一旦來到這裡，他們就沒辦法簡單地爲所欲爲了。

情緒稍獲平靜之後，我若無其事地走過旅館的櫃檯，逕自回到房間，連續的緊張使我口乾舌燥，我拿起冰箱裡的啤酒一口氣就喝光了。這時候，我才如釋重負地環視一看，擺在窗邊桌上的傳眞機夾了一紙傳眞。

大概是我外出時傳來的吧？我隨手拿起來瀏覽，心跳隨即劇烈起來，一時顫慄不已。

這是什麼資料？噢，這世上沒有比他們的做法更惡毒的了！乍見這份資料，他們是故意展現他們動作的迅速和愼重，其實無非是要證明他們反覆做著無限淫穢而執拗的工作罷了。

「混蛋……」

我暗自嘀咕著，想不到回到房間，那些惡棍的魔手仍黏乎乎地從我的脖頸、背部到五臟六腑纏住不放。

我只能用卑鄙或無恥的字眼形容這種行徑了。這顯然是蓄意對我的侮辱，形同對我下戰帖。令我吃驚的是，這份資料竟然露骨而一五一十地寫著，自從我離開城堡之後，他們加諸在月子身上的種種淫穢的行爲。

總之，爲了平息心中的慌亂與燥熱，我索性脫掉衣服，鑽進那張唯一得以休憩的床鋪閉上眼睛。

我就那樣不作聲地繼續傾聽著心臟的鼓動，在黑暗中嘟囔著。

「你們這些惡魔……」

不管那些惡棍怎麼說，我已經不會再對他們言聽計從。換句話說，儘管他們使出何種卑劣的手段，我是不會讓他們得逞的。

「絕對不會……」

我這樣喊著，但不知什麼原因，我胯股間又恢復活力似地勃舉起來。

若說疲累，我現在眞的疲憊不堪。今天下午至晚上這段時間，光是巴黎至盧瓦爾間，我一個人開車就往返了一百六十公里。而且因爲緊張過度與擔憂，眼前又不時閃現出深印腦海的衝擊性的場景，在在把我搞得身心俱疲。

可是這到底是怎麼回事？我的陰莖又勃起了，整個腦際盡浮現出全裸的月子和那群戴著面具的男人圍聚的身影。

難道肉體的疲憊與陰莖的勃起沒有關係嗎？我心想，讓我的身體狀態變得如此奇異莫名的，肯定是來自他們那封彷彿等待我到達似的報告。

他們說的就是所謂的測量的數值。而所謂「後續測量」乍看之下，也僅是寫著幾項數值。

「大陰脣正常、小陰脣淡紅略小、陰蒂長〇・七公分、陰裂三・二公分、會陰部二・五公分、膣深九・五公分、肛門沒有異常、未通」

有一個不爭的事實，那就是在我離開城堡之後，他們仍繼續而執拗地測量月子的身體。的確，我曾猜想他們會這樣做，可是他們所做的數值未免太過細緻了。不，問題不是出於數值，而是他們的行爲本身。

儘管如此，他們紀錄陰脣的部分我還能容忍。也就是說，月子在亮燦燦的燈光下，一旦硬被擺出露骨的體位，很難不暴現在他們的面前。

不過，在那之後提及陰蒂．長○．七公分到底指涉什麼？在這裡問題倒不是測量值，而是他們得出這個數值的行爲和月子不得不甘受測量的姿態。

連我這個當丈夫的都沒清楚看過的部位，他們竟然強行把它撐開，拿著捲尺正確地測量了?!還不僅這樣，我身爲醫生當然立刻了解所謂陰裂、會陰部這些字眼。陰裂是指陰道口的長度，會陰部則是指陰道口下方至肛門的距離。爲了正確測量這個部位，他們一定要求月子做出各種姿勢，而月子又是如何撐忍過來的呢？即使她撐忍住，可是後來測量膣深，也就是陰道的深度，他們是用什麼方式測量的？而那時候月子是如何呻吟悶叫的？

無論如何，他們至此的作爲已經違反常態。雖然一開始我就知道他們不是尋常之徒，可是他們有必要測量到這種程度嗎？他們的行徑如此肆無忌憚，不禁令我質疑他們到底打算把這數值做什麼用途？

而且，還有一點就是，他們對「肛門」的測量表示「沒有異常」，之後的「未通」又表示什麼？如果所謂的未通表示月子的肛門還未被侵犯的話，這樣一來，豈不是表示他們已經用手指伸進月子的陰道測量過了？綜合他們的種種做法來看，他們總有一天會從背後侵犯月子的吧？

總之，讀到這裡，我只能用「蹂躪」兩個字形容他們極盡淫穢與背德的行爲。重要的是，在那之後，月子一定是任其擺布受盡摧殘。而他們迫不急待地就把確實的證據傳送到我的房間，他們的腦筋到底怎麼了？豈止如此，他們澈底玩弄、折騰、凌虐淪爲人質的月子。展示這個事實，難道不是刻意要揶揄和嘲笑深受其苦的我？

此刻，我不再任憑他們爲所欲爲，即刻退出和他們簽訂的合約，若需賠款我會依約照付，無論如何就是要救出受苦的月子。

我這樣想著，但又覺得行事應該事緩則圓。反觀我現在的舉動，是多教人吃驚和愚蠢?!我居然一手拿著那紙令人厭惡至極的標明測量數値的傳眞，另一隻手握住褲襠下的陰莖慢慢地自慰起來。

更悲哀的是，我比發情的豬狗更直截了當，理當疲憊不堪的陰莖又翹了起來，過了一會兒，我就在身體微顫的快樂中完成了射精。剎那間，我辛苦維持至今的知性和教養這些東西變得一文不値，而是極其單純的由對占有肉體的慾望和委身暗處在手淫的愉悅中得到的那份滿足感支配著我。從那一刻開始，嚴格說我不是人類，也沒有野獸般的忠實，已經墮落成不折不扣的一頭雄獸。

雖然我這樣自責，但一個晚上自慰兩次，對剛過三十歲的我來說，還是耗損頗大弄得筋疲力竭。手淫之後，我確定自己有睡著，可是總覺得陷入昏睡的狀態。

是疲勞過度所致?或者是因爲在城堡目擊的那幕情景還深印在腦海中？爲什麼儘管我被噩夢糾纏著不放，我的陽具還是會時而憶起似地勃起。

我還記得今天早上醒來時，全身慵倦、汗溼黏身地在似醒非醒分不清時間的床上轉側的事。平常，我一醒來，二、三十分鐘後就會起床，今天卻打不起勁，還沉迷在昨夜的春情餘歡中，等我察覺時，我的右手已經很自然地伸進褲襠下，毫不遲疑地又自慰起來。

從昨晚到今天早晨，這是第三次手淫。老實說，我從來沒有這樣頻繁地自慰過，就讀高中期間，對青少年而言被升學考試壓得喘不過氣但幾乎不耗損體力的這種最不健康的狀況下，我有過好幾次自慰，但那時候也頂多一天兩次。

不消說，我當上醫生、結婚後當然就更沒有這種事了。但話說回來，果眞可以說得那麼肯定嗎？正當我這樣想的同時，我射精了，疲倦昏沉又襲向腦際，使我回想起這兩年來和月子生活的點點滴滴。

至今回想這段往事仍覺得不可思議，因爲當初在外人眼中，我和月子是十分相配、理想的一對。當然，月子的家境比我家優裕得多，我的父親只不過是住在小鎭的一個普通職員。當然，我的母親也是與父親相配的保守性格，因此論起家庭門第，我們家始終比不上月子家的名望。不過，我是一流大學醫學院畢業的，而且已經取得博士學位，正如我的指導教授在婚宴上說的，我是一個「前途似錦的青年外科醫生」。

就算月子是號稱創業一百三十年老鋪的千金小姐，畢業自名門私立女子大學發揮室內設計的興趣所長的才女，但與我這個前途無量的才俊比較起來，孰高孰低實在很難說。其實，無論是我周邊的朋友或月子的親戚們，都一致認爲我們是理想的組合。

我們的相識是我偶爾去赤坂（地名）的醫院當班打工時，院長說要幫我介紹一位不錯的小姐結緣的，也就是通稱的相親結婚。當時，我和月子都認爲彼此是很好的對象，要不是這樣的話，不可能舉行那麼華麗而盛大的婚禮。

風光地辦完婚禮之後，我們成了名正言順的夫妻，開始了新的人生旅程。那時候，我們小倆口，不，至少我覺得非常幸福，內心洋溢著已完成一半人生目標的喜悅。

然後，我雖然社會經歷尚淺，或多或少已感受到這樣的婚姻生活抹上一層陰影。這是我們相親之後約經過一年交往期間發現的，也就是說，月子比我想像中任性得多，愛擺架子。我能理解出身富裕家庭的獨生女難免沾染那樣的嬌氣，但問題是，形塑她這種牢不可破的禁慾主義的基礎。這大概是她從小就進入所謂以千金小姐就讀聞名的教會學校的緣故吧。學校教育強調的是，做人處事講求知書達禮，恪遵原則等等。加上月子家百分之百支持，她的父母親也肯定這種教育方式，他們對待我的態度，與其說把我當成月子的丈夫，不如說是視爲一般的女婿。

這件事隨著結婚成了鐵錚錚的事實，月子家有什麼聚會活動我一定每傳必到，但月子卻從來不到我家照面或打聲招呼，我之所以沒有抱怨，其實是有原因的。我們結婚之後，從在世田谷（地名）買下一棟四房一廳的豪華公寓到我們夫妻的大部分生活費都是月子的娘家一手包辦。當然，也不全然是這個原因，我們結婚才半年，我已經完全被月子的家人掌控，就這一點來說，雖然我的父母覺得於心不忍，但他們說只要我過得幸福就好了，而屆齡退休的父親和性情溫和的母親，從來沒表示過什麼不滿。

其實，我也勸過父母要他們稍忍耐些時日，先改善我和月子以及她娘家的關係爲要，不過，這時候我們之間的感情已逐漸出現裂痕了。

最大的問題在於「做愛」。仔細回想起來，一開始我們就有點格格不入，顯得意興闌珊。這種情形，若是在訂婚期間發生了關係，或許可以改善一些，可是月子生性固執，縱使訂下婚約也不給我任何靠近的機會。

月子果眞打心底愛我嗎？說不定月子是喜歡的，只是形式上與我這個在社會上體面的男人結婚，對我這個「人」絲毫不感興趣。我時常這樣質疑，但沒有進一步求愛的舉動，因爲我心想，等結了婚她就得接受不可，用不著慌亂。

正如我的看法一樣，蜜月旅行的時候我們終於「結合」了，雖然說是初次交媾，月子卻幾乎沒有任何羞澀或矜持的反應。而且也不准我吻她，我強行逼吻成功也僅只碰了一下嘴脣，但她迅即轉身逃開了。儘管如此，她至少同意做愛，不過在這時刻，她一下子要求我去洗澡，等我依示遵辦，這回又交代我得戴上保險套等等。我能了解我們剛新婚不久，她不想那麼快懷孕的心情，可是每次被她這樣折騰，我興致全消，月子也一副希望早點結束的表情，雖然說完成了交媾，我一點也沒有興奮的感覺。經過這一次交合，我知道月子已非處女，但並不以爲意，在當今的社會，一個二十五歲前還保有處女之身的女性已經少之又少，何況是月子這樣的女性，周遭一定有許多男仕追求。光是她揮斷那些情緣跟我結婚，我就心滿意足了，而不會古板幼稚到要求她是完璧之身。

我比較遺憾的是兩人的初婚之夜，月子居然沒有半句女人的嬌聲細語。或許她個性本來就比較高傲，即使訂婚之後我也不曾聽她說過些親密的話語，但做丈夫的，總是希望妻子說「我喜歡你」或「我好高興」這類的話。不過，我想了想，這或許是我一廂情願的期待，也可能是因爲初次的關係，月子在心情上還來不及調適。總之，我告訴自己，一切才即將開始，我期待著心思成熟的月子的到來。

然而這時期，從某種意義上來說，正值我飛黃騰達之時。實際情況不提，在旁人眼中，沒有人比我更幸運的了。首先，我在任職的醫院裡已經開始嶄露頭角受到重視，往後要當教授也不成問題，只要我開口，用岳父的資金蓋一家大醫院，當個院長都是唾手可得。另一方面，我太太是個才女，住的又是與三十歲年輕人收入相去甚遠的豪華公寓，而且我和妻子各自擁有專用的進口車，周遭的人的確都對我投以欣羨的目光。

可是在這種婚姻狀態中，我們夫妻之間的裂痕確實已經越來越深了。毋庸置疑的，最大的原因就是房事不和。這檔事由我來說有點可笑，我並不是精力特別充沛的男人。但提及好色則又另當別論，從體力上來說，我的確不是那麼勇猛，屬於一般男人。像我這種體力的男人，一個星期要求做愛兩、三次並不覺得多。但月子總是以「生理期」或「疲累」爲由推辭。由於成婚之後，月子希望分房睡覺，所以每次向她求愛，我就得摸到她的床上。等我克服了羞澀與煩悶，隔了一兩天又再次求愛，她便藉口「頭痛」、「今天沒有那個心情」來拒絕。

那我應該什麼時候求愛呢？有時候遇上我焦躁地強行求愛，月子也只是無可奈何接受，但在這種狀態下做愛是不可能得到滿足的。而且在行房中，月子從頭至尾不是喊疼，就是叨問幾時結束？看她的臉，只見她雙眉緊皺露出痛苦的表情。雖然如此，清秀的月子掙扭的臉龐仍舊引起我的興奮，而月子半途開始就猛往後縮腰要我休兵撤出。我一向對自己的專業充滿自信，但有關男女之間的事外行得很，對做愛的技巧幾乎一無所知。或許可說是這個原因，即使和月子緊密結合，我卻直慌張，好不容易得到愉悅的解放筋疲力盡之際，月子早已躲進浴室了。雖說交歡結束，總想互相依偎享受一下肌膚之親。月子好像不想了解我的感受，一副麻煩事終於結束似地跳下床，她一回床，就背對著我睡了。

我不禁疑惑，她爲什麼對行房表現出如此冷感？倘若一開始她就表示不喜歡做愛，我無話可說；而現今的社會似乎也有這樣的女性，但不能因爲這樣就叫我「忍耐」，身爲丈夫的我未免太可憐了。說明白一點，既然畏懼性事爲什麼結婚呢？也許我這樣說極端了些，男人結婚爲的就是擁有一個隨時可滿足自己需求的妻子，也就是穩定的性伴侶，而身爲人妻的若不暢然接受，等於失去結婚的意義。

對於男性的這些牢騷，女性可能會反駁道：結婚將帶給家庭安定，養兒育女凝聚家族向心力不也是一種喜悅嗎？在婚姻關係中，性即代表一切這種想法太過狹隘了。可是男性這種「嗜性的動物」超乎女性的想像，若是在性事上得不到滿足，還要他放棄單身的自由與任性，任誰都不可能踏進婚姻這種束縛中的。當然，假設是彼此太過了解，對性失去好奇的中年夫妻，則又另當別論，但至少像我這個三十出頭的新婚先生，向妻子求愛竟被拒絕，我越來越搞不清楚結婚的眞正意義了。

婚後一年，我對月子極度不滿，開始質疑爲什麼跟她結婚。不消說，我們周遭的朋友和月子的父母，甚至包括我的父母都不知道我正陷入痛苦與焦慮的深淵，他們依舊深信我們過著美滿的婚姻生活，另一方面，我們也繼續扮演著鴛鴦相隨的角色。

或許有人疑惑，我們爲什麼願意繼續扮演著僞善夫妻的角色呢？難道是我本身的小市民意識或消極主義在作祟嗎？或者是我不想違背親友的期待這種熱情過度的流露？總之，我也深知自己這種愛好面子的惡習，但一向堅持己見的月子爲什麼願意和我扮演欺瞞社會的夫妻呢？在我看來，月子即使不愛我，她至少想在名義上與我維持婚姻關係吧。

不過，也僅止於這種程度的利害關係是一致的，相對而言，在性事上相敬如冰的夫妻，終究是無法矇騙世人的。

記得是岳父生日那天，也就是我們結婚才一年多，一家四口在銀座的餐廳吃過飯後，我們小倆口回到世田谷的寓所。雖然這段期間我對能否與月子做愛已經死心大半，但那天晚上月子難得心情愉悅，似乎有允諾一親芳澤的氣氛，於是我就順勢求愛了。

當然，我們是一起上床的，枕邊的燈光也調得很暗，月子姣好的側臉微微浮現。我像被吸引住似地靠近月子，把手搭在她的肩上，儘管她不發一語地轉過身去，我仍不以爲意地湊近她的臉頰，卻見月子語意堅決地說：

「住手……」

這種話雖然不是初次耳聞，但這種比平常冷漠的口氣使我驚慌失措，與此同時我惱怒地問她：「爲什麼？」

只見月子背對著不回答我，她那固執的態勢更激怒了我，當我逼問她「妳給我說清楚！」時，月子回了一句「好臭！」，稍後又嘟囔著說：「有消毒水的味道！」

這到底是什麼意思？那天我確實執刀手術消毒過雙手，難道氣味還殘留在手和毛髮上嗎？我做完手術之後，確實把手沖洗得非常乾淨，莫非對氣味敏感的月子無法忍受？枉費我替她設想到這種程度，就在這一刻，一個念頭閃過腦際：月子否定消毒水的味道就是否定我的工作，也等同於否定我的存在。想到這裡，月子突然變成一個驕縱無比的女人，接著我從後面緊緊地摟住她。

現在回想起來，我的舉動爲什麼那麼粗暴呢？在這之前，我向她求吻，她便一副臭不可聞似地緊閉雙脣，做愛之際滲出汗水，她就喝令我不准貼近她的肌膚，諸如種種都讓我大爲氣憤，但我爲什麼在這時候失控，難道忍耐已經到了極限？

我抱住她之後，卻引來她劇烈的掙扭，當我意識到這個舉動將導致不可收拾的局面而慌怯時，月子趁此機會迅速掙開我的束縛，頭髮凌亂，套上內褲就逃入隔壁的房間了。那原本就是月子的房間，用來換穿衣物什麼的，裡面有衣櫥、鏡臺和沙發，月子就躲在房內還上了鎖。

月子和我分床而睡就是導因於這次爭吵，不消說，從那之後我們之間的性生活也就斷絕了。而且彼此的感情更爲冷淡，儘管如此，還是得一起生活。一如往常，我們在岳父們和他人面前繼續扮演著恩愛的夫妻，但卻是貌合神離的伴侶！

對我來說，最令我惱怒的是月子依舊美麗如昔，受到眾人的稱讚，而我這個做丈夫的卻不能隨意擁抱自己的妻子。我猶如掉進地獄般忍受煎熬，儘管絕世美女就在眼前，但絲毫碰觸不得。

就是從那時候我開始在家裡頻頻以自慰解悶。據說，在家裡自慰的丈夫還不少呢。那些人幾乎都是厭倦與妻子做愛，一個人看色情影片，或在網路上觀賞香豔的影像，或翻閱雜誌的美女裸照聊以自慰。我就有這樣的朋友，我疑惑地問他：有了太太，爲什麼還幹那檔事呢？只見他苦笑說：「與其被實體的女人發號施令，反而不好辦事，手淫倒自由得多，隨你在幻想的世界遨遊。」把妻子說成是實體的女人已夠了不起，甚至還推崇手淫的妙處，想來還眞令人嘆爲觀止。

從這個意義上說，我與偷偷在家自慰的丈夫毫無二致，只不過我腦袋幻想的對象是睡在隔壁房間的妻子。倘若我把這事告知朋友的話，說不定會嘲笑我爲什麼現在還對妻子這麼執著呢。

不過，對我來說，月子正是激起我無限想像力的夢中女人。這原因有點荒謬，我可以確定地說，因爲月子從來不讓我看清她整個軀體。譬如說，她那潔白如雪的乳房、曼妙的細腰、柔軟的下腹以及恥骨下方的私處、甚至豐滿的臀部，我從未清楚看過，我曾多次要求她讓我一窺「堂奧」，即使邀她一起沐浴，月子始終不肯答應。

正因爲無法一窺全貌想像力才特別發達，雖然偶爾可以看到月子的頸、胸、背和白淨的腳，但就是看不到重要的部位。正是這種隱約可見的誘惑令人焦躁不寧，繼而刺激男人的慾望和想像力，最終走向自慰之路的，從這個意義上說，月子是故意在挑動我的情慾。

可是既然可以和女體碰觸交合，居然沒看清楚身體的所有部位，仔細想來也眞奇妙。在和月子分居而睡之前，我和月子有過幾次交合，摸過她的乳房、下腹和臀部。雖然那種觸感至今仍記憶猶新，我卻拼湊不出整體的印象。

不過，我和擁有眾星拱月之美的月子有肉體關係是不容否認的。如果性關係是男女最後的過程，那麼最終總是會到達的。遺憾的是，與月子做愛沒預期中快樂，有點冷漠缺少情緒，儘管這樣，我也訝異自己竟如此執拗地向月子求愛。雖然在性技巧上我不太擅長，但我相信多做幾次，月子的觸覺會漸趨成熟的。我這樣安慰自己，有時也讀這類書籍，藉此鬆綁月子的心情。當時，我把治癒月子的性冷感視爲自己最大的任務，若治不好此症，直接關係到做丈夫的顏面。

可是月子依舊態度冷漠，偶爾我會半開玩笑地說：要不要握我的陽具啊？或說：我想看看月子可愛的部位等，語畢，月子必定沉下臉罵我一聲：「噁心！」這成了月子的口頭禪。她說這句話的時候，人偶般端莊的面孔隨即露出不屑的表情。

我實在搞不懂月子爲什麼對「性」如此鄙視和厭惡呢？起初，我認爲是因爲月子不是眞心愛我才拒絕性事的，但情況並非這般單純。其背後的原因，可以說是她性格上的偏執，凡事我行我素、任性驕縱、唯我獨尊、戀父情結，尚未遇到可取代父親的充滿魅力的男性等，諸如此類的因素。據我了解，她小時候開始就上教會學校讀書，頗受基督教的影響。另一方面，月子既不是基督徒，家裡也沒有人信奉耶穌，正因爲如此，可以說她接受最深的是基督教清規戒律的部分。

沒錯，就是西歐基督教文明虛華不實的原則至上的、非人性的部分。此外，或許因爲我是非嚴格意義上的佛教徒的關係，從以前開始我就對所謂無知大眾的門徒，以及宣稱神是萬能的基督教格格不入。它在對待愛與性的問題上尤其明顯，世上沒有比基督教更壓抑人性與慾望的宗教了。事實上，中世紀的天主教會把性慾視爲人的原罪，性行爲只做爲傳宗接代的手段，否定了性所帶來的快樂。教會甚至介入婚姻，主張兩人因愛結爲連理是出自神的賜予。更荒謬的是，連性行爲也受到限制，行房時只能採正常體位，除此之外的交媾體位皆視爲罪惡，甚至禁止自慰。歸根結柢地說，人的性一旦獲得解放，教會的崇高地位將爲之失墜，信眾們不再熱衷教會的事務，可是結果只促進街巷中強姦事件與賣春、色情行業的蓬勃發展而已。

這種愚蠢至極的教義一直延續到二十世紀，但隨著自然科學與文明的進步，其非人性的戒律才稍見鬆緩，教會見此大爲緊張，強行把人的靈魂（精神）與肉體分開，教示信眾：靈魂是人最聖潔之物，應該鄙視齷齪的肉慾云云。

當然，我並不是說月子完全受到上述那種刻板的基督教的影響。但可以肯定的是，月子的心靈深處被灌輸著肉慾是骯髒卑下之物的觀念。這從月子責斥男人們如何縱情好色之後，又說她「相信受胎告知」這件事可以得到明證。今年夏天，我的朋友在教堂舉行結婚典禮，事後我當場迸了一句：「處女懷胎根本是騙人的。」而與月子大吵了一架。當時我也深知自己似乎講過火了些，沒想到月子瞪視著我說：

「我討厭你講那種話！」

我雖然不吭一聲，但在心中吶喊：「我討厭妳相信那些爛信仰，搞得讓做丈夫的靠手淫自慰！」

我就是從那時候開始，對月子產生憎惡之情的。亦即從長期的焦慮和憤怒轉化成怨恨；天底下哪有拒絕丈夫求愛而讓枕邊人以手淫度日的妻子？這就是我的肺腑之言！月子自小就驕縱成性，是一個自我爲主的自戀者，而且又很在乎容貌和體面，表面上高喊誠實與博愛，只信奉基督教的美德，視性爲汙穢之物能避則避，始終認爲好色與淫蕩只會加速人性的墮落。而自以爲是相信那種歪論的女人，是既不會取悅丈夫，也不可能讓他得到片刻安息的。

那種女人應該把她關在某個城堡或軟禁起來，澈底地玩弄一番調教才好，也只有這個方法才能治療那種高傲而又冷漠的女人！

夏天臨近之際，我終於下定決心，透過我留學英國時認識的一位醫師朋友，得知有一祕密團體有此能耐，於是把月子委託給他們代訓。也就是把她交給那些雖是基督徒，其實暗地裡幹一些敗德的勾當，只需懺悔即可獲得赦免，卻反過來嘲笑基督教的男人手中。

這個遠大的計畫現在才剛開始呢，而透過這樣的訓練，月子虛有其表的美德和自尊，以及對我的冷淡與侮蔑，究竟能夠改善多少呢？

我已經不能慢悠悠地採取守勢了，而且執行這次訓練要支付一筆龐大的費用。明知把家妻交給陌生的男人供其玩弄與侵犯，還得交付巨額花費，究竟是不合乎道理的。可是若經過這番調教磨去月子的傲氣，並喚醒她對性的自覺，讓她變成愛性成痴的淫蕩的女人，這筆付出畢竟是值得的。

想到這裡，我因手淫而疲憊的腦際突生一個念頭：

明知冒著危險執行這個計畫，豈不證明我還深愛著月子嗎？儘管我是因爲怨恨和爲了報復月子，才把她推入那群卑鄙惡棍把守的地獄的，甚至花了大錢，極具熱情地看守著她，痴心等待月子的歸來，天底下沒有比這更瘋狂的愛了。

「可惡……」

我相信沒有人比我更愛月子，那種女人本來就應該被那些男人玩弄、折磨，被關在紅色城堡的地牢裡繼續凌虐。

我雖然在心中吶喊，其實我現在是躺在床上拿著聽筒，極想知道今天的調教課程，按下直通城堡的祕密號碼。

我拿著聽筒心生一種恐懼。

這個時候打電話去，城堡還有人接應嗎？不，我倒想知道那座城堡是什麼樣的組織。乍看之下，那的確是一座古城堡，但它像這一帶的城堡不對外公開的。許多城堡只要買了張入場券，就可參觀裡面的設施，也有業者只整修內部把它改建成旅館。

然而，唯獨那座紅色城堡高高地豎起吊橋，悍然拒絕一般人的進入。從外觀看去，城堡的規模不大，也沒有華麗炫目的雕飾，三個圓形主塔和幾個塔尖聳立在山丘上；它的外牆是用泛白的石頭堆砌而成的，頂端也暗淡無光。說它是城堡，感覺上少了一絲浪漫，倒像是曾做為城寨或牢獄之用，處處瀰漫著沉悶的氣息，當然，一進入城堡，內部的裝飾比起外觀超乎想像的豪華，但它的外觀，至少還保有中世紀城堡的森嚴與靜謐。

仔細想想，說不定他們就是以此外觀做掩護的。他們故意展露城堡的悠久歷史，做出維護傳統的美德，其實，連日在城堡中幹些淫穢的勾當，而且這些實情只有極少數人，譬如像Z這些表面上是紳士作風，暗地裡卻是極盡好色與悖德之能事的惡棍之道。

那種地方，果眞一大清早就有人接聽電話嗎？我半信半疑地拿著聽筒，一陣長長的鈴響之後，一個男人接電話了。

「哈囉……」

對方的問候顯得無精打采，我報上自己的姓名，因爲法語講得不好，決定改說英語，詢問了今天的課程安排，但似乎不得要領。我只想確認月子的調教課程幾點開始？可是對方似乎不明白「tsukiko」和「doresajyo」的意思。

或許時間尚早，城堡裡只有值班的警衛和清潔工而已？在電話中，我報了Z的名字問他在不在？不過，對方依舊口氣冷淡，只回答說不在。出於無奈，我留下旅館房間專用的傳眞號碼，要他轉達Z跟我聯絡今晚的調教課程，我才掛掉電話。

看來，城堡方面還未開始動作，或許只有那座城堡中的狀態與晨光相反，永遠停留在無盡的夜晚與復歸平靜而已。想到這裡，我驀然掛念起月子的安危了。說不定自我離開之後，他們還狂歡作樂到三更半夜，眼下正躺在城堡的某處呼呼大睡呢。而被他們聯手折騰得身心憔悴的月子也同在一室，疲累地墜入夢鄉？

據Z指出，其實在那些惡棍中不乏巴黎的著名玩家，也有富商參與。從Z這種前侯爵的兒子到醫生、律師，甚至是宗教人士等，個個都有很高的身分地位，卻惡名昭彰。確切地說，他們用不著大清早起床趕去上班，儘管他們有自己的職業，想必是把工作交給部下，每天晚上窩在城堡裡專幹些放浪形骸的事吧。

月子被那些傢伙圍住到底受到何種折磨呢？我心想，昨夜他們只對月子做身體測量，應該沒有對她做惡劣之舉，但月子果眞平安無恙嗎？我從窺窗探望時，因爲月子被蒙上眼睛，看不清楚她的神情，可是與她被綁走之後相比，身體雖然消瘦了許多，如果設想月子這幾天來受到的衝擊，萎瘦是可以理解的，但月子那樣的身體狀況撐得住嗎？

一開始我就和Z有約定：必須保證月子在城堡中的安全，包括吃飯和睡覺等日常生活都得妥善照料。有關如何照料的情況，他們舉出兩三個具體的事例，譬如說配屬一名略諳日語的女性照顧月子的生活起居。她是不是昨夜我遇見的那位面貌姣好卻穿著露骨的女性不得而知，但據他們說，從月子的餐飲到入浴，都由她一手悉心照料。而且城堡中供應的餐點都由待過巴黎三星級餐廳的廚師烹調，紅酒也按需供應，法國的高級品應有盡有。此外，月子的寢室是王妃住過的房間，寬大的床旁有四根支柱擎立，上面及周圍有華蓋和薄紗遮覆。根據Z的說法，月子所受的優遇與中世紀的王妃毫無二致，但原則上進行調教的時候，不分貴賤必須絕對服從。

「因爲調教正是我們唯一勝任的工作。」

戴著深色墨鏡的Z語帶嘲諷地笑著。他們唯一的工作竟是把月子剝個一絲不掛，吊起雙手，窺視她的私處，甚至測量陰道的深度，足讓聽者都傻眼了。記得當我談到月子的衣物時，Z也同樣露出這種冷笑。當時我擔憂地問他月子被綁走的時候，身上沒帶換洗衣物不要緊吧？只見他不改諷刺地說：「當然沒有必要。」現在回想起來，自從月子在城堡被軟禁之後，不得外出，幾乎待在房間；倘若她只接受裸體的調教，除了像那名女性穿著挑逗男性情慾的衣裝之外，的確不需要衣服。

到了這個節骨眼，我終於搞清楚那些傢伙卑劣的做法，雖然心有未甘，但眼下我又不能生氣或責備他們。因爲是我委託他們對月子施以性調教的，一旦正式簽約，就算他們對月子做出卑鄙無恥的行爲，也是他們分內的工作。話說回來，他們要是不做出那些「行爲」，終究無法喚醒月子的性意識。

總之，現在察覺爲時已晚，顯然是我一時大意錯估情況。當初，我委託這項訓練以前，不，應該說我當面拜託過Z之後，我並沒有想到月子所受的調教竟是如此猥瑣難耐。對於這項訓練將有無數隻男人的手在月子的肉體上游移滑動，我早有心理準備，因爲我確信要消磨月子高傲的氣焰，這是必然的懲罰。

然而，現實的情況與我想像的相去甚遠，更令人苦惱的是，這次我之所以嚴重誤判是因爲他們同意讓委託者觀看調教的過程。不，想看的要求是我提出的，不應該把所有責任全歸咎在他們頭上。他們對我說，「如果您想觀賞一下也無妨」時，是多麼親切友善。一般而言，對方主動示意，想近前觀賞也是人之常情，我敢肯定，倘若是男人都會趨之若鶩的。話說回來，當初我應該堅決拒絕才對。天底下哪有這種男人，不，哪有做丈夫的站在窺窗後面優哉游哉地觀看自己的嬌妻被陌生男人脫個精光，接受性調教情景的事?!豈止如此，我還認爲這是他們最大的善意表現，始終相信他們是一群紳士，特別驅車從巴黎跑了一百六十公里的路程前去偷窺，毋庸置疑，我專程跑去窺視調教的過程本身就是愚蠢至極，恬不知恥的窩囊之輩！

令人詫異的是，他們竟然毫不在乎地展現異樣的調教場面。正常人看到這種情況，無不痛苦難過，片刻也待不下去。而他們卻故意讓我目睹所有的過程！說不定他們是因爲自己的妻子或情人被折磨、玩弄，而氣憤得咬牙切齒，爲了報復和折磨對方，才答應讓我看那情景的？果眞這樣的話，不僅月子，等同我也被他們操弄了。

我這樣說似乎嘮叨了些，但我畢竟不該去看，而不該看的東西，無意間中邪似地全看在眼裡了。既然心知悔悟，就應該當下改過，要求自己絕不再重蹈覆轍。可是不知怎麼回事，爲了去看那令人難捱、充滿屈辱的情景，我居然自行跟紅色城堡聯絡，現在正等著他們的回覆。

我爲自己愚蠢的行徑感到忿怒，隨手拿起旁邊的空啤酒瓶往地上一丟，按著自己的恥部再次躲入被窩裡了。

不知經過了多久，我好像哭了。現今後悔已來不及，因爲我犯了重大的過錯。也就是說，我犯下違反倫常的比野獸還卑劣齷齪的事啊！思及至此，我突然想起少年時期的往事，那時候我是鎭上最優秀的學生，頗受眾人的期待。正如大家所期待的，我從一流大學的醫學院畢業之後，開始走向燦爛的未來。才一個月前左右，不，一個星期前，我還是日本人之中最優秀善良的公民，但現在我的所作所爲一旦曝光，我非但不是知識菁英，根本就是一名愚蠢之徒，從此要被月子的娘家、大學和整個社會所唾棄。

事態爲什麼變成如此嚴重？不，確切地說，爲什麼事情變得毫無轉圜的餘地呢？不過，於此自責也無濟於事，既然已經往前踏出，再也無法回頭了。至此我作惡累累，現在只好壞事作盡了。我一邊這樣告訴自己，一邊在黑暗的棉被中淌著淚水。

當我這樣哀傷自責之後，房間的電話響了。

我壓抑住眼角的淚水，緩緩伸出右手探向床頭櫃的電話機。

果眞是那剮千刀的城堡打來的。我和他們已經是一丘之貉無法劃清關係了。我做好心理準備，拿起聽筒說了聲「哈囉」的同時，對方則用日語回答：

「克彥君嗎？……」
我遲疑了一下，才意會到是岳父打來的電話。
「你還在睡嗎？」
「不，我醒了。」我慌忙地從床上起身，把聽筒貼近耳邊，岳父語帶愧疚地問道：
「你們那邊現在是早上吧？」
「是啊，日本是？」
「這裡才傍晚五點，我估計你大概起床了。」
自從前天和岳父在戴高樂機場話別之後，這是我第二次和他通話。
昨天我去紅色城堡之前，還打了通電話告訴岳父，目前仍在找尋月子的行蹤云云，倏忽已經過一天了。
「後續的情況怎樣？」
事實上，不需特別提起，我也知道岳父想問什麼。爲穩定自己的心緒，我停頓了片刻，然後搖身一變把自己扮成澈底的壞人，略帶神祕地低聲道：
「其實，現在我正想撥電話給爸爸您呢。」
「噢，有消息了嗎？」
從以前開始，我都必須察看適當場合才能跟岳父他們講話的。我告訴岳父，月子被綁走四、五天後，歹徒來過電話，或許現在正是談判的機會。
「今天一大早，綁匪終於打電話來了……」
「眞的……」
岳父緊張的情緒從聽筒那端傳了過來。

「他們怎麼說？」

「月子平安無事，目前由他們看管著。」

至此，我變成不折不扣的壞蛋了，成了按既定劇本演出的卑劣透頂的邪惡演員。

「沒有生命危險……」

「克彥，你是說月子安然無恙？」

「是啊，不必擔心。請你們冷靜一下。這件事歹徒只通知我……」

在這之前，爲了應付岳父他們問及月子的情況，我編想過各種答案，現在終於派上用場了。

「這件事千萬不可張揚出去……」

電話那端又換人講話似的，這次傳來岳父的聲音。

「總之，月子一切平安是吧。」

「歹徒是這樣說，但他們警告不可通知警方或大使館，否則月子的性命難保……」

最後我故作嚴厲地叮囑道：

「這一點請您謹記在心。」

岳父似乎理解事情的嚴重性，陷入短暫沉默之後，說：

「看來綁匪知道你的行蹤了。」

「好像是月子跟他們說的，她想跟我聯絡。」

類似這種應答，我早就準備妥當了。

「他們的目的何在？」

我咳嗽了一下，極其愁悶地說：

「好像是爲了贖金。」

「為了錢……」

「付了贖款，他們就願意放人。」

「他們要求多少贖金？」

岳父惱怒地說道，我則語帶勸解。

「我也不清楚。」

「他們不是要我們交付贖金嗎？」

「話這麼說沒錯，不過，他們只來電話聯絡說，月子由他們照看著，說不定是藉此觀察我們能不能遵守約定。」

「這件事我當然不會說出去。」

「一切拜託，這樣的話，他們一定會再跟我聯絡。」

「你查不出歹徒的下落嗎？」

「因為都是他們單方面電話聯絡而已。不過，可以確定目前月子平安無事，請放心！」稍過片刻後，岳父嘆息似地說道：

「錢的事，我來想辦法……」

「謝謝！」

我點著頭，臉上堆起笑容。總之，這樣一來，要付給Z的訓練費就有著落了。一開始，我就算計岳父的荷包，因為他們劈頭就要求我支付一百萬法郎。根據他們的說法，這是月子享受奢侈的生活，同時接受高效率的調教必備的最低費用。

這樣的費用是否偏高或便宜，我無法估計，但一百萬法郎，相當於一千五百萬日幣。他們說，月子的調教課程至少需要三個月，換算起來每個月得花五百萬。憑我的能耐籌得出這筆巨款嗎？坦白說，我沒有把握，只見Z若無其事地冷笑說：「把它當贖金就很便宜了。」

竟然說出這種話！對方大膽索價的行徑使我驚訝，但話說回來，倘若是贖金的話，這些數目岳父應該籌得出來，不，換成是岳父和他們談判，爲了救出心愛的女兒，一億日幣肯定也會輕易交出的。而且，其實眞要交付一千萬或二千萬的贖金，一億日幣當然更具眞實意味。如果岳父能交付這筆巨款，我不僅深受其惠，這樣一來，我既能遊走於巴黎和日本兩地，也可以探望月子的情況。

我惡鬼牽魂似地接受Z開出的條件，加上我身上幾百萬的存款，和向醫院的院長及朋友等商借，總算籌出一百萬法郎已經交給他們了。我當然不擔憂他們就此捲款逃走，因爲居中牽線的是倫敦著名的醫生，也是在波爾多擁有葡萄酒釀酒廠的財主，我決定相信他。後來，我側面得知Z他們個個財力雄厚，和那些仲介的醫生在歐洲屬於上層階級，他們一貫主張是：「最高的美德與最高的惡德，需要最高的價錢。」

總之，現在得知月子的安全無虞，岳父也保證籌錢，我卸下重擔似地安慰岳父：

「不管怎麼說，月子一定會回來的，請您放心！」

此刻，就這一點我敢斷言，至少三個月後，月子可以平安回到東京。至於屆時她是以前的月子或是截然不同的月子，我不敢保證，但月子可以返回日本是毋庸置疑的。

「一切都拜託你了。」

「克彥，全靠你了。」

電話那端傳來岳父和岳母交替的叮囑，針對他們再三懇請，我信心滿滿地說：

「月子不會有事的，請你們放心。」

我這樣回答著，又撒下一個彌天大謊，我對自己成了無可救藥的壞蛋感到顫慄的同時，另一方面也爲巧計得逞而喜不自勝。

第二章　愛撫

見到全裸的月子後的第三天下午，我再次前往位於俯視盧瓦爾河山丘上的紅色城堡。在這期間，空等了一天，城堡方面遲遲未回覆我的詢問，直到傍晚才來通知，而且還說「今天是星期日，調教課程暫停」云云。

對方這麼說明，我這才知道今天是星期日，但同時，因爲星期日所以休息這種說法，讓我覺得詫異不解。難道把女人脫得一絲不掛，硬是上下其手做出各種淫穢的動作，也有平日與假日之分嗎？在我看來，他們的調教只不過是恣意的戲弄與消遣。可是仔細想來，多虧碰上假日月子得以避開調教的課程，倒不是一件壞事。

至少，我多少安心了些，但隔天中午城堡方面通知說，希望我晚間九點以前去城堡一趟。假日終於結束，今天開始就要正式展開了嗎？我又陷入一種不安，因爲多了一個新詞，也就是「Madamu Tsukiko 今天要『卡列斯』……」，我不懂他們眞正的意思。而且前天約的是傍晚六點鐘，今天爲什麼改成九點呢？

想到這裡，我的腦海中突然浮現出幾項疑點。難道這城堡裡除了月子之外，還有其他的女性接受調教？而今天晚上因爲某種原因讓她提前訓練，月子調教的時間延至九點開始？我心想「不會吧」，但不知什麼原因，只要心生狐疑，那疑問很快地就會蒙上現實色彩。當然，這種事我不曾聽Z提到，也沒有向城堡查證過，可是那群傢伙什麼事都幹得出來。他們除了與月子接觸之外，其他的時間是否與受託調教的女性們縱情放蕩呢？其實，就算我容許月子的身體接受測量，他們的慾望也不會得到滿足的。難道他們不會趁此機會，和關在其他房間的女性，或者和那天深夜帶我到窺室的、前裝清新背後卻妖冶誘人的女性們瘋狂地玩到半夜？而且在調教之後，接續下去的「卡列斯」，究竟指什麼呢？根據我膚淺的法語知識，這句話意謂著「盡情愛撫」和「撫摸」。這樣看來，今天的調教課程主要是撫摸月子的肌膚，難道是從撫摸全身開始嗎？大概是因爲我心有旁騖，以致下了

A一〇號線高速公路之後搞錯路向，在約定的九點遲了二十分鐘才抵達城堡。

和前天一樣，我把車子停在吊橋前的一隅，然後走向崗亭。崗亭內的警衛雖然不是之前的那一位，但我報上姓名，他隨即通知城堡內部，不久，吊橋便緩緩落下。巨大的吊橋在黑暗的夜空中降下的情景，看得我心生恐懼，我小心地走過吊橋，一進入拱形的城門時，正面站著一個女子。她不同於前天那位接待我的女子，身材修長、金髮、胸圍和臀圍都很豐滿，但還是前面穿著白色禮服，背後露背，底下的迷你裙短得僅能勉強遮住屁股。說不定這城堡的所有女人都被規定穿上這種服裝。她充當前導，走在鋪著豪華地毯的通廊，行至二、三十公尺處向左轉，登上旋梯，把我帶到前天來的那間窺室。

窺室中有點陰冷，裡面的擺設和前天一樣，正面有一個大櫥櫃，前面擺了一張躺椅和桌子，我環視了一下，她用英語問我要喝什麼飲料。

前天，我看著月子的身體被他們測量時的姿態，壓抑得無以自容，於是決定喝點酒解悶，向她要了紅葡萄酒，她點點頭就走出去了。

現在，房間內只剩我一個人，前天我造訪此地時，臨窗眺望著夕陽，但外頭已經暮色四合，只朦朧看見山丘下的萬家燈火和泛著白光的寬廣的河面。

的確，若只是在夜空下眺望這座寂靜無聲的城堡，任誰也猜不出在這堅固的石牆深處，正進行著不可告人的淫蕩的調教戲碼。或許其外觀與內部的差異，就好似彩色玻璃裝飾下的莊嚴教堂和乍見之下造型樸素的修道院。亦即表面上看似虔誠莊重，其實背地裡進行什麼勾當沒人知曉。正當我一邊浮想聯翩，一邊眺望著夜晚的平原之際，剛才那名女性端著一瓶葡萄酒、玻璃杯和乳酪走了進來，把它放在桌上。

方才我在車上的各種聯想，倒使自己感到不安。我試著問她，這城堡裡是否還有其他接受調教的女性時，她只回答一句「不知道」，把葡萄酒斟入玻璃杯，然後走向櫥櫃的側邊。

「有任何吩咐，請按這個黑色按鈕。」

這個叮囑前天也說過一次，我點點頭，她施上一禮便離去了。房間內又只剩我一個人，我坐在躺椅拿起那瓶葡萄酒一看，原來是八二年分的珍品。她毫不在乎地把昂貴的葡萄酒放在桌上，令人感到窩心，我啜飲了一口時，正面的窺窗爲之一亮，可以一覽無遺地俯瞰下面的房間。

霎時，我慌張地別過臉去，因爲月子的臉好像迎面看向我這邊。當然，眼睛被蒙上的月子不可能知道我在這裡，只是臉朝向我這邊而已，不過，今晚月子的姿態和前次截然不同。

從窺室看去，下面擺了一張略窄的雙人床，月子就赤裸裸地躺在上面。一如往常，她的眼睛被蒙上白布，大概是頭底下墊了枕頭的關係，角度略高些，使得我可以清楚地俯瞰她的全身。尤其是那秀氣的鼻梁和可愛的鼻孔都看得一清二楚，這就是我熟悉的月子的面容，奇怪的是，床的兩側各站著一名僅裹住胸部與下半身的女人，床身好像是黑色的皮製品，月子近乎晶瑩剔透的裸體躺在上面，黑與白的對照鮮明無比。

那兩個女人到底要做什麼？我探身一看，她們分別從左右按摩月子的手腕與胸部。她們按摩的部位格外嬌媚動人。難道這就是他們傳眞信上所說的「卡列斯」？當我略感安心地坐在躺椅上，房間的角落流瀉出微微的音樂聲。乍聽之下恰似充滿莊嚴音色的風琴聲，後來，我才弄懂原來是巴哈的〈前奏曲與賦格曲〉。

我不禁詫異，這種地方爲什麼播放這種音樂？而且是一邊幫被脫得赤條條的女人按摩，一邊播放著幻想曲！難不成他們想把月子當成獻給神的祭品？他們的做法再次讓我愕然，那兩個幫月子按摩的女人彷彿配合曲調節奏似的，從緩慢的曲子到賦格曲隨著音樂變換動作，而被按摩的月子，宛如死了似地動也不動。

說不定下面的房間就是他們所說的調教室，但對我來說，它顯然是一座刑場！那種地方爲什麼要播莊嚴的音樂呢？我的思緒一片混亂，狠狠地灌了幾杯葡萄酒，但她們依然動作確實地持續按摩著。

說實話，這是我第一次如此無一遺漏地觀看月子的裸體。前天晚上，月子也是被脫得精光地站在約莫相同的位置，但由於她的雙手被吊起，腰身後縮，低垂著頭，不能說看得非常清楚。加上她的模樣太過悲慘，我實在難以卒睹，趕緊別過臉去。與前次的姿態比較起來，今晚月子仰躺在床上的睡姿顯得自然些，我多少也不那麼掛慮了。

話說回來，那兩個負責按摩的女性和月子顯得多麼舒泰啊！在旁人看來，她們對月子的態度，宛如侍女虔敬而又細心地呵護著女王如玉般的肌膚。另一方面，表面看來月子正被兩名侍女左右服侍著。

這就是他們所標榜的「卡列斯」，最高的美德需要最高的價錢就是這麼一回事嗎？看著她們的動作，我越發能夠理解他們調教月子要求一百萬法郎的理由了。倘若是這般優雅細心地琢磨月子的肌膚，這種價錢也不無道理，當我用這樣的心情去看，月子的肌膚就益發白皙照人了。

這種動作優雅的按摩到底要持續到什麼時候呢？說不定要耗上一個小時。這段時間，我充分欣賞著月子的裸體，又暢飲著葡萄酒而有些微醺，但我並沒有因此感到滿足。豈止如此，我甚至產生自己的身體碰觸到月子的肌膚且不斷撫摸的幻覺，搞得邪思蕩漾。我就這樣陶然入醉，當我意識到時，恥骨下方已堅挺起來，我的右手順勢撫摸褲襠下的硬物。

此刻，即使我一邊欣賞月子迷人的肌膚，一邊自慰的話，相信沒有人會責備的。他們正因爲預測到來此窺視的男人會在這房間手淫，所以才故意把燈光調暗，甚至備有躺椅。前天晚上帶我到此長相清秀而妖嬈的女性暗示「在這裡做什麼事都無所謂，但不可離開房間，或敲打窺窗」的叮嚀，我並沒忘記。

我的臉依舊看向窺窗，平躺在躺椅上，雙腳微微攤開。我就躺成這種姿勢，解開褲子的拉鍊，正要抬手伸進褲襠的時候，突然發現有幾個男人正在交談。

是誰出現在下面的房間？當我直起上身窺探時，幾個戴著面具的男人緩緩地圍在那張床的四周。我已經忘了剛才在一旁觀賞按摩表演的那些男人，以致搞不清楚他們是從哪裡冒出來的。他們的服裝跟前天晚上不同，一身輕裝便衣，只是普通的褲子搭配花色的敞領襯衫，但臉部仍戴著面具。一如往常，我目光投向戴著獅子和刺蝟面具的男人，心想，他們就是在這之前吊起月子測量她身體部位的惡棍嗎？

接下來他們到底要施展什麼花招呢？我貼住窗戶似地往下看，那兩個女人彷彿等待他們出現似地結束按摩的動作，拿著毛巾開始擦拭月子的全身。

奇怪的是，這時候戴獅子面具的男人，用鞭子掀起那女人的短裙，那個戴鳥面具的男人，則把像黏附在筆桿的長羽塞入她的乳溝，她們絲毫沒有抗拒，溫馴地持續工作著。而且當她們幫月子擦完全身之後，彷彿向中世紀的國王施禮似的，向戴面具的男人恭敬地單跪欠身行禮之後便離開了。

最後，只剩下戴著猙獰面具的幾個男人和全裸躺在床上的月子而已。而被他們圍住的月子會怎麼樣呢？我屏息守望著，戴獅子面具的男人順著月子的頭髮和肩頭輕撫著，然後把她的右手腕和腳踝扣在床邊。同樣的，戴鳥面具的男人好像對月子說了些什麼，接著綁住她的左手腕和腳。在這之前我完全沒注意到，床的兩側有固定手腳的皮製束具，而月子被固定著的四肢剛好攤成大字形，藉此良機，我的位置剛好可以清楚地瞭望月子迷人的胴體。

我暗忖他們大概又要展開淫蕩的惡作劇，而蓄勢以待，但有一點令我不解的是，月子對他們的所作所爲幾乎沒有抵抗。前天晚上，她還痛苦得搖首縮腰掙扎著，爲什麼今晚卻百般順從？難道是因爲她已覺悟到那時候進行的身體測量，任憑如何哭喊也敵不過他們而放棄掙扎？還是因爲她們細心按摩的關係，情緒稍獲得緩和？總之，令人詫異的是，她幾乎沒有反抗的跡象。雖說月子的手腳受到拘束，但也只是用床側的皮具輕輕扣住而已，沒有羞辱性的意味，燈光也比前次調得暗淡許多，足以讓我目不轉睛地看個夠。

儘管如此，撫摸的過程已經充分進行，他們還想幹什麼？我忐忑不安地看著，幾個戴面具的男人坐在可以清楚看見月子下半身的所謂的觀看席，各自喝起葡萄酒和利口酒。月子的周遭只剩下戴鳥面具的男人，他站在床的左側，俯下身子像是親吻似地貼近蒙著眼睛的月子的耳邊嘟囔著什麼。剛才流瀉而出的手風琴樂聲逐漸消失了，稍後我才意會到他講的是法語。「Tu es belle!」「Quelle tu es charmaete!」「Tu as un corp parfait!」他接連說了幾次，即使我的法語能力不好，也聽懂它的意思，譬如：「妳很漂亮！」、「妳太有魅力了！」、「妳的身體太完美了！」這類男人像心愛女人的輕輕低語。不知是幸或不幸，月子在大學讀的就是法文系，這種程度的詞彙她應該知道。總之，那個戴面具的男人講出那種話，讓我感到驚訝，而與此同時，他的右手又開始在月子的胸部、腋下和纖纖細腰之間來回撫摸。

這到底是怎麼回事？難道這就是他們所說的眞正的「卡列斯」嗎？前天晚上他還粗暴地測量月子的身體，今夜卻輕聲細語地爲她愛撫！那個戴鳥面具的男人和前天戴鳥面具的是同一個人嗎？仔細一看，他穿著時髦的淡藍色襯衫，敞著前襟，肢體頎長，臀部顯得渾圓結實，從背後看去充滿青春活力。總之，他現在的工作就是愛撫月子，雙手在胸腰之間輕輕地撫摸著。坦白說，自己的妻子被這般上下其手，看在當丈夫的心裡很不是滋味，不過，與前天晚上他們卑鄙至極地測量月子的身體相比，這樣的動作我還能忍受。正當我這樣想的同時，剛才他那毛色濃密還在月子的腰際間時續時停的右手，突然動作過火地摸及下腹部，而一旦得逞，就如同既得權力似的頻繁地延伸至下腹部，接著就出人意料地觸摸到恥骨下方的私處。

霎時，月子的下半身爲之顫動，但被拉開的雙腿無法合攏。雖然那男子的手一度離開月子的私處，但又隨之頻頻直搗黃龍，儘管他不斷地反覆，但也頂多是溫柔地在恥毛上撫摸而已。而今夜戴鳥面具的男人大概察覺到月子的心情似的，動作比前次溫柔體貼許多。

單純的我看來，那只不過是緩慢的游指動作，可是下腹部到大腿間若即若離的輕輕愛撫，或許達到挑逗的功效，使得月子的下半身每次都微微地往後扭動。不過，他的動作並未停止，甚至繼而撥開月子的陰毛，接連幾分鐘愛撫後，似乎觸摸到她最敏感地帶。

當然，我並非看到他撫摸到私處的動作，而是在一瞬間聽到月子發出「啊……」的哀吟，同時看見她顫動的下半身。可是那男人彷彿意料中似地提高音量說：「un corp parfit!」，每次稱讚月子的身體後，便若無其事地在月子的胯股間撫摸。他一連串的行爲，簡直是肆無忌憚！即使月子有時候捱悶難當或發出哀吟，他從不心慈手軟，依然執拗地撫摸著。接著，又見他的指尖探進月子胯股間最敏感的地帶，月子掙扭了一下，但他早知有此反應似的，頗有把握地繼續著愛撫的動作。而月子每次哀吟、掙扭身體都使我產生一種被玩弄、折磨的感覺，逼得我只好借酒澆悶，全身躁熱起來。

說起來，那個男人的細心與耐心眞不簡單。倘若取悅女性需要付出這些努力和時間的話，那我之前的所作所爲，是不是未免太草率行事了？總之，他光是彈指愛撫已經進行約莫三十分鐘，仍不見他稍有停歇，持續地愛撫著。這個動作是出自他的願望嗎？或者是受同伴之託接續執行的？誠然，表面上看來，撫摸酥軟的女體似乎占到便宜，但這是一項吃重的工作。因爲他不是躺在床上，而是彎下身子，把整個臉貼近月子的耳邊，左手伸向胸部，右手在胯股間輕撫挑逗，一刻也沒有休息。先不提月子的身體，光看他的動作，這項工作是極需體力和耐力的。而他任勞負重不厭其煩地驅使靈活的手指，所求的又是什麼呢？

突然，我想起在英國的醫院看見那些歐洲醫生對手術異常執著的態度。一般而言，他們的手指靈活度比我們日本人來得笨拙，不僅是我，日本所有的外科醫生對此都充滿優越感，但相對的，他們只要下定決心，從不半途而廢貫徹到底。極端地說，就算患者已經斷氣他們也要完成手術極力搶救。這就是幾個世紀以來他們不斷上演著血腥狩獵和殺戮，偏重肉食，怠忽輕巧之工的歐洲人的特性。

現在，戴鳥面具的男人正充分展現這種執拗的特質，纏著月子的身體不放。進一步說，他不僅有歐洲人的堅韌特性，還兼具著能夠甜言蜜語和難得的靈手巧指。說不定正因爲實情如此，所以今晚他才身負「撫摸」月子肉體的調教重任呢。

然而，縱使他們玩弄女人的本領在法國多麼名聞遐邇，手指的技巧比其他人來得優越，月子也不是省油的燈，並不那麼輕易就棄械投降。就算事前有幾個侍女爲月子舒身按摩，藉此鬆緩情緒，接著又在她的耳畔說些甜言蜜語，同樣是無法解除月子的心防。更進一步說，儘管剛才她的私處頻頻受到進犯而扭身哀吟，要不是她喜歡的男人，她的身體深處是不會輕易做出反應的。

不過，當他開始進犯月子達到三十分鐘，將近四十分鐘之際，他彷彿時刻已到似地把月子粉紅鮮亮的乳頭含在口中，與此同時，用右手抵住月子私處的某一定點，朝重要的軟穴搓摸起來。可是他的動作並不粗暴，依舊像執行紳士般的任務，一邊口含著乳頭，一邊重複著輕聲愛語，用靈巧的右手撥開私處，伸出竄動的中指挑逗月子最敏感的部位。不，雖然我並沒有清楚證實，但那非比尋常的氣氛的確感染到一旁偷窺的我。

這樣折騰約莫一個小時之際，月子的身體出現了奇異的變化。

就在那之前，月子的下半身忸忸怩怩地左右搖動，腹部也隨之劇烈地起伏著，臉孔略帶潮紅，櫻脣微開地哀吟著。蒙布已經有些鬆脫，說不定月子的眼睛有輕微充血，泛著淚水呢。

當我這樣揣想，苦悶難當正想喝起葡萄酒的時候，月子突然叫道：

「啊啊……」

月子發出哀吟的同時，下半身也跟著扭動，賦格曲的旋律彷彿配合這時刻似地傳響開來。

前天晚上，月子的四肢被撐開時也曾發出類似的語聲，但那聲音的內涵截然不同。前夜的哀吟聲中帶有明顯的憤怒與抗拒，而現在的聲音則隱含著慌亂般的壓抑。

然而，月子這個女人不會這麼簡單就感到歡愉的。果真有這麼容易的話，就不是那個高傲而自以爲是的月子了。

「絕對不可能的！」我在窺室裡喊道。

我心想，即使那男人死纏不放的撫摸，讓月子的身體有所感應，不自覺地哼吟出來，亦即儘管她對身體做出的背叛感到驚訝，她也不會由衷允許的。

「不可能的！」

不知道戴面具的男人是否聽見我的叫喊，他竟對著我投來一個飛吻。不，那個動作是對著始終一邊觀看月子的身體反應，一邊啜飲葡萄酒的同伴們而作的，但在我看來，那彷彿是宣示勝利的手勢。

「不可能，不可能的……」我抱頭叫喊著。

這時候幾個戴面具的男人在我的面前，慢條斯理地鬆開月子肢體的束具，宛如舊情人般地輕輕抱起月子的上半身，對著全然失去抵抗力氣的月子的臉頰和耳畔頻頻親吻著。

從昨夜到今天早上，說的確切些，從昨夜十一點離開紅色城堡到返回巴黎的兩個多小時，以及後來在旅館沖浴，躺在床上就寢，不，即使入睡了，各種雜念仍在我的腦海中閃現。

其中，最令我擔心的是，月子果眞感受到那個戴鳥面具的男人執拗的愛撫嗎？

誠然，戴鳥面具的男人把月子玩弄了一個小時，也就是他們所說的「撫摸」，最後月子「啊啊……」低聲哼吟出來，下半身扭動了幾下後，整個人酥軟了下來，由於月子被蒙上眼睛，我看不清楚月子在那之後的表情，但看她櫻脣微開，一副滿足後的慵懶模樣，要是旁人看見這一連串的過程，也許會認為月子已充分感受到愛撫的勾引了。

不過，我就是不相信。月子那種美麗而冰冷傲慢的女人，不可能就這樣有所感覺，亂了方寸的。因為這樣一來，她豈不是和周遭無數放浪形骸的女人一般?!我可以確信，月子不是那種女人。當然，這是我身為月子的丈夫的主觀意願，但月子終究不是那麼輕易就感到滿足的女人。

談到其中因由，我又得自曝其短了，但事到如今這也是無可奈何的事。說實話，我和月子之間的性關係，婚後只維持了一年左右。不，即使在這一年期間，也是我頻頻向她求愛，數次僅得月子恩准一次的情況，所以一個月頂多一次或兩次，整年算下來也許不到二十次呢。姑且不提次數的多寡，每次做愛我都是盡己所能全力以赴的。然而要說性技巧是否高超，或許是有點問題。

坦白說，剛開始的時候，我的做法或許有點霸王硬上弓和自以為是，不過，這也是有其原因的。我之前也提過，我和月子是相親結婚的，換句話說，我們實際交媾是在結婚之後。婚宴當天，由於月子喊累所以作罷，隔天在飛往紐約的班機上也不行，眞正得以做愛是在婚後的第三天。

那時候，我因為苦等已久，加上腦中不斷浮現終於可以如願以償地擁抱月子的念頭，因而一時急著求歡。但這個舉動，似乎讓月子有點不悅，不過我也是抱著陰莖不能挺舉的不安進行的。我想，每個男人都會有此疑慮的，尤其要與心愛的女性交媾難免緊張，預想得有優異表現才行，而這倒成一種壓力，反而搞得失敗告終。我們的初次也是如此，在上床之前我對自己的陰莖的威猛程度也感到滿意，可是一上床，抱住僅著內衣褲的月子，聞及她胸前散發出來的迷人的香水味時，我那威猛的寶貝旋即萎軟下來了。我趕緊抓住自己的寶貝加以鼓舞，無奈一反常態毫無反應，但又擔憂此刻若不插進去肯定會不行，情急之下就撲到月子身上了。如果有人斥責這一連串的動作過於粗暴不夠體貼，或許眞是如此，而我也只能這樣做了。總之，大概是我餓虎撲羊般的求愛動作嚇壞了月子，使得她的下半身往後縮身體僵硬，我並不以爲意地猛插最後終於完成交媾，但與此同時，我一下子就射精了。這種毫無情調的性交，是不可能滿足月子的，當她知道我已經射精，隨即衝到浴室，留下孤伶伶的我爲自己的魯莽之舉後悔不已，難得的初夜變成氣氛尷尬的結局。

事情爲什麼會搞到這種地步呢？許多人認爲，我是個醫生，學生時代一定很會玩，好像對女性知之甚詳，但唯獨這件事，無法像做學問般靠自修習得的。再怎麼說也只有靠實驗，也就是跟女性做親密接觸，才可能掌握竅門。就這一點來說，我這個人的確有些羞怯和發育遲緩。其實我並不是沒有女人緣，要由我自己來形容確實是有點難爲情，我身材高瘦又戴著眼鏡，看起來也許有點神經質，但我面相長得端正，還有女性稱讚我頗有「才子氣質」呢。

我之所以變得畏懼接近女性，起因於我就讀醫學院的時候，曾經想和一個叫K子的同年級女性上床失敗告終所導致的。我當然知道箇中的原因，曾經和她發生關係的男性是我認識的學長，他向來素有花花公子的美名。我因爲同情被學長拋棄的K子，變得與她過從甚密，但不知什麼因由，一到上床做愛的階段，學長的陰影便在我腦中盤旋不去。我一想到「她就是和學長搞過的女人」時，心便失去信心，在緊要關頭頓時萎縮下來。這是因爲我過度在意不想敗在學長手下所導致的結果，心情越是焦慮，萎縮得更快，搞到最後和K子什麼也沒辦成就分手了。現今回想起來，這完全出於情緒上的調適，或許若我不胡思亂想，把K子當成一般女人看待的話，就不會發生這種問題了。在那之後，我雖極力想忘記失敗的恥辱，但同樣的事情又出現在我和月子的性事上，由此看來，或許在那之後所造成的精神創傷還一直留存在我的心裡。

除了這件事外，還有一個就是數年後我當上醫生和同科的一名護士打得火熱，某天和她做愛之際她所說的一句話。

「來，墊一下枕頭。」

我按正常體位趴在她身上時，她若無其事地這麼說道。我應她的要求把枕頭挪過去，她旋即挺起腰身，我順勢把枕頭塞到她的臀下。我們再次交合在一起，多虧墊了枕頭，我們得以交合得更深，不久我就射精了。就那一次，我的確得到蝕魂般的滿足，但後來不知什麼原因，我變得無法和她做愛了。當然，只看她拿枕頭墊在屁股的舉動，她並沒有什麼不對，毋寧說就做愛的技巧而言，她還教我要領，我必須感謝她才行。不過，大概是自尊心太強的關係，凡事認爲比她優秀的我，總覺得她那句話充滿蔑視和輕鄙，我一想到這裡，自然就意興闌珊了。坦白說，自從在那之後，我突然覺得她是一個常和男人廝混的性交老手，充滿著齷齪和淫蕩。

這兩件有關性的瑣事，不，對我來說是至關重要的事件，確實給予我往後與女性的關係，甚至於性交方面產生了微妙的影響。

說實話，從那之後，我變得有點厭惡女性，同時也對自己的性能力失去信心。而且一直陷在這種狀態中，開始覺得做愛是一件令人鬱悶麻煩的差事。甚至爲了將自己的心態正當化，從而蔑視那些爲性追求女人，熱衷談論性事的人。

然而，我並非滿足這種狀態，我越是輕蔑那種事，整個腦海中，越對女性的肉體和性愛充滿好奇與慾望。其實，越是想壓抑那種慾望越是無法做到，反而使慾望一再膨脹，繼而加以壓抑，它終究要尋求出口發洩的。

我知道這樣說會令人恥笑，要發洩我這鬱悶難伸的慾望，最好的方法就是自慰！每次我在醫院遇見身穿白衣凜然地四處走動的漂亮護士，或看見經常上電視氣質優雅的女明星，或刊登在週刊上扉頁的露毛的模特兒，我都會在腦中幻想和她們做愛的鏡頭，以此自慰。確切地說，從這時候開始，我喜歡上那種冷若冰霜的美女，亦即乍見之下對性表現出極端冷漠的女性。不知是幸或不幸，妻子月子的條件正好與我的希望吻合，就這一點來說，月子正是我理想中的女性。

不過，二十歲的年輕小伙子只靠自慰滿足慾望，未免太令人沮喪和感傷了。我想大多數人都會這麼認爲，我本身也不是沒有這樣想過，但從唯獨自己可以具體獲得快樂這一點來說，除了自慰沒有其他辦法了。而且採取手淫的方式，既不必憂慮自己的陰莖是否能夠勃起，做愛至方興未艾之際，也不用被對方說三道四。當然，更不必一五一十惦記著對方現在處於何種狀態，或有什麼要求。我們結婚經過一年，月子完全斷絕和我行房，而我之所以苦忍過來，靠的就是這種自力救濟的自慰！

話雖如此，有時候當我碰觸到女性的肌膚時，也想一親芳澤，希望插進那柔軟而深不見底的私處。那時候，我自然會前往對男人而言是天堂，不，仔細想想，說不定是一場地獄的土耳其浴找女人解悶。

乍看之下，我把性看得一文不値，卻說這種話有點自相矛盾，但沒有比現代土耳其浴虛構得如此精巧、更能取悅男人們的世界了。只要鼓起勇氣快步走進等候室，一瞬間，我就變成進入皇宮內院的老爺，可以指名挑選喜歡的女人。

只要我手指著照片中的女性表示：「我要這個小姐。」店員隨即恭敬佇候，不久，那名小姐便套著一襲欲脫還穿的浴袍出現在我的面前，單手伸出三指行跪地說：「歡迎光臨！」說眞的，現在還有哪種女性會以如此恭敬的態度問候！光是她這樣輕聲招呼，我的陰莖便不由分說地堅挺起來。我生氣勃勃地進入個室，陪浴的女郎彷彿等待已久，全裸攤開肉體讓我仔細觀賞，不僅如此，還讓我隨興搓摸。當然，我可以先進入浴室，請她用皂泡四溢柔滑的肌膚爲我搓洗全身，或立刻至浴缸旁的軟床插入盼望已久的部位也無所謂。總之，陪浴女郎總是百般順從，專爲男人服侍，任憑客人撫摸、輕舔喜好的部位，每次都讓我舒爽得宛如魂飛九天。她們簡直就是天使，我到這兒來的時候什麼也不去想，全部交由她們把弄，只靜靜躺著享受快樂的極致。你說這種享受不是天堂，什麼才是天堂呢？

天底下的事原本就有苦有樂，規定的二小時或三小時時間一到，那些天使般的陪浴女郎隨即變成現實的女人，向我收取數萬元的金額後，便像「工作已經結束了」似的，談笑風生地送我出去。也就是說，宴會已然結束，而且令人心滿意足；總之，我因爲充分享受著與年輕女性的肌膚相親和魚水之樂，使得壓抑的慾望得以消解，我突然覺得自己像稀世的多情男子了。我心想，無論在精神或肉體上，若能獲得這樣的舒爽和信心，付個五萬元也是値得的。但那些金錢是維繫不久的。進一步說，藉由金錢的買賣關係，一旦結束，便會令人覺得掃興，無端落入一種彷彿無謂浪費的虛空。因此，眼下最大的問題是，我雖然在土耳其浴裡表現得虎虎生威堅挺無比，但日後與一般女性接觸的時候，卻又變得和以前一樣焦慮和怯懦。

這到底是什麼原因呢？爲什麼我面對陪浴女郎和一般女性，陽具所做出的反應是如此不同？我首先發現到：當我和陪浴女郎接觸之際，心想反正對方是賣淫的女人，而且只是暫時交歡，即使丟人現眼露出醜態也無所謂，心情上比較坦然。相對的，我和一般女性交往並非只尋求一時的慰藉，正因爲如此，反而深怕自取其辱而顯得緊張兮兮。再來談到進行性行爲時，全程都由陪浴女郎服侍，我只要靜靜躺著就行，說得難聽一點，我像條鮪魚般躺著即可。總之，在這裡我就是大爺，而她們就是服侍大爺的下女或女僕，她們只會討好我和誇讚我的陽具，從來不會露出蔑視的神色。

如果是處於索性認定對方就是陪浴女郎，和有女人服侍把自己捧上天的心理狀態下，我的確可以自行勃起，可是一到正常的男女關係，我便失去雄心而顯得窩囊不堪，這到底是怎麼回事呢？

因爲我是醫生，從醫學上來說，我當然知道原因所在，但總之我還能勃起，這種情況不同於「不舉」或「陽萎」。話說回來，有時候周遭的因素和對象也會影響勃起與否，這種暫時性的症狀，從學理上可以稱爲「假性陽萎」，而且這種現象畢竟是短暫性的，大都是因爲緊張過度或焦慮所致，也可以說是精神作用。

那麼實際上我應該如何治療呢？治療的第一要務就是究明原因，只要了解這點，積極地加以消除即可。這種情形，顯而易見的就是，把對方視爲比自己地位低下的、卑賤的女人，即可達到心理性的效果，倘若要取其病名的話，倒可以說是「階級性假性陽萎」，雖然這有治療的功效，但進行性交之際，得把對方當成比自己拙劣、低賤的女人。進一步說，面對女人的時候，若能自覺是淫國英雄或經驗豐富的性愛高手，那就更具效力了。

雖然我不是泌尿科的專科醫生，但我已經查證過相關的病例，無論是病名或治療方式應該是正確無誤，但話雖如此，這種症狀可以得到具體療癒嗎？總之，對我這個患者而言，當務之急就是把月子當成比自己笨拙不諳性事的女人。而且在和她性交時，希望敢於不顧羞恥，盡可能展現自曝其短的勇氣與膽識。想到這哩，我的思考停止了。

「話是這麼說，但這種事有辦法付諸實行嗎？」

當我這樣反問自己時，頓時失去自信，不過，我已經按照自己的方法付諸努力了。至少在月子同意和我做愛的一年之間，我認爲我們的關係一定會更好的。雖然初次行房因爲太過緊張而以失敗告終，但第二次之後我改弦易轍，自覺此次應沒問題才向她求愛的。然而，或許是因爲月子初次有了不愉快的經驗，而不太搭理我，好不容易要接受我的態勢時，有時候是我萎靡不振以失敗收場。儘管如此，經過我不斷的努力，我約略恢復正常的狀態，但這回變成月子失去和我做愛的情趣而試圖逃避。如果說是因爲我不得要領導致的結果，或許有幾分道理，可是月子也應該勉強接受我，爲營造美好的性愛生活做出努力。

不過，這時候也顯現出月子頑固的性格，她一旦心生嫌惡便不易盡棄前嫌，只要我單方面求愛的情況繼續存在，二人的關係只會更加緊綳。

不管怎樣，難道做夫妻的不能享受性愛的愉悅，不能一同進入狂歡忘我之境嗎？我總是這樣期盼，而翻閱各種性方面的書籍，盡可能地加以實踐。比如，把寢室的燈光調到不讓女性感到羞赧的亮度，播放充滿情調的音樂，製造溫柔的氣氛。我認爲，這些事本來是身爲人妻應盡之責，但反而是身爲男人的我紆尊降貴。事實上正式交合的時候，我也是極力百般溫柔，盡量不讓月子感到不快。這一連串的動作跟我去洗土耳其浴時剛好相反，我在一旁服侍，月子變成了女王。

但令人苦惱的是，當我慢條斯理地上下撫摸，極力營造所謂的前戲氣氛，卻被月子罵成下流而扭身拒絕，我忍著不要太早射精，但她卻一副希望盡早結束的表情。也就是說，對她而言做愛是一種義務，一旦辦完事，就如釋重負似地跑進浴室了。

爲什麼事情會演變到這種地步呢？我一心求好所做的事，竟變成月子的痛苦。這或許是因爲我不諳技巧造成的，但我不認爲問題完全出於此。或者在月子的潛意識中，一開始就拒絕和排斥性愛這檔事。該不會她從小就讀的教會學校，灌輸她性是齷齪不堪的觀念，或者說她在少女時期遇上淫穢的少年或中年男人，心靈因而受到了傷害？加上月子原本就驕傲自大，因此她視做愛時的興奮和得到快感爲一種不潔的心態而排拒吧！不用說，或許她原本就瞧不起因爲做愛就被男人擺布的女人。這些事情我當然沒問過月子，據我所知，從月子的性格來看，我不認爲她會回答。總之，不管什麼原因，我絕不能袖手旁觀。

的確，幾乎所有的女性在剛開始時對性方面就不是很開放的，或多或少都有所禁忌。雖說只要讀一下精神醫學和性心理學等專書就能了解，但也不能這樣說就將問題置之不理。如果眞是那樣，縱使那扇門多麼沉重，身爲丈夫的我，也必須將它打開，讓月子從那種束縛中解放出來。而身爲丈夫的我不去做，還有誰可以勝任呢？當我這樣想的同時，月子對性的冷漠和拒絕的強烈姿態，更激發我的幹勁和使命感，使得我更加賣力地向月子挑逗。不過，我越是賣力演出，只會敗得更加慘烈。

坦白說，從今年的年初開始，我已經搞得丟盔棄甲了。就算我在性技巧上笨拙了些，但我付出那麼多努力與辛勞，終究是徒勞無功，我不相信其他人有辦法喚醒月子的性意識。既然如此，若不把月子置於絕對的權力之下，或者藉由某種異常的強烈性束縛，是不可能奏效的。

正因爲我這樣認爲，所以才把月子委託給「Z」他們訓練。說實在的，那時候我根本不認爲這樣做就可以讓月子在性方面獲得覺醒。我堅信即使他們用盡所有的手段，費盡心思去做，還是無法救治的，但才經過數天的調教，不，依他們的說法「愛撫」下開始動情。這種事情絕不可能發生的。倘若存在的話，那頂多是表面的演出，或者是一時被催眠罷了。

可是話說回來，如果眞有其事，只要月子稍微動了情慾，我無異於敗在他們的手中。昨天整個晚上我一直在苦思、煩心的正是這個問題，爲了這件事如此或許眞有點無聊，可是我還是不禁疑惑，月子眞的動情了嗎？而這是因爲那群傢伙在她耳畔輕聲細語、死纏似地上下撫摸所達成的嗎？既然我無法理解其中的因由，現在我只好親眼加以證實了。

度過了苦悶的一夜，隔天我採取的第一個行動，就是去巴黎的日本大使館。

老實說，我也該啓程回日本了。姑且不談調教的結果，月子的安全已受到妥善保護，即使我不在巴黎，也不必擔憂她的安危。這些事我已經做過確認，所以先返回東京，細心安撫憂心忡忡的岳父岳母，不要讓他們輕舉妄動。此外，我已經向上班的醫院請了將近十天的假期，回去之後還得向上司解釋一番。當然，有關遲遲無法返國的原因，我以旅行期間身體不適爲由搪塞過去，但正因爲如此，我無法再久待下去。一想到這些雜事，沒有比盡早束身返國來得重要了，但我打算今晚去一趟紅色城堡，看過月子的情形再回去。

上午，我先打了電話給旅行社預約明天傍晚飛往成田的班機。只要搭上那班飛機，日本時間的後天早上就可抵達東京。

打完電話，我穿著灰色西裝繫著深藍色的領帶前往了歐香大道的日本大使館。我心想，雖然這種穿著乍看之下樸素無華，宛如穿上喪服，但因爲妻子被綁架行蹤不明，穿著總是不宜太過華麗。

由於事前已打過電話，大使館方面還是由先前我和岳父岳母來此會過面的須藤接待。

「果眞一點線索也沒有嗎？」

一碰面，我這樣詢問時，須藤總是難掩愧疚似地說：「對不起，現在還沒有接獲任何消息……」然後攤開手上的資料說：

「這一個月，光是巴黎警察局接受協尋失蹤人口的案件就超過三十個人。」失蹤的人這麼多，看來要搜尋並不容易，之前也曾聽說巴黎的某洋裝店，一名女性進入更衣室試穿之際，遭到不明人士綁架行蹤不明的案件，而且據說後來被賣到阿爾及利亞。

「有這種事嗎？」

我這樣一說，須藤應了一聲：「雖然沒有經過證實，可是也有這種可能。」並不予以否認。

我自覺對不起這位溫厚的外交官，但還是向他說道：「明天我先回日本去，一切請您多關照了！」點頭致意之後又說：「我打算近期內再來一趟。」

「辛苦您了，希望在這之前有好消息……」

須藤送我走出大使館的時候，歐香大道兩旁的法國梧桐葉色已經轉黃，我一路走在深秋的氣氛中，爲自己犯下不可彌補的惡行感到恐懼，但與此同時，又油然生起一種只有作惡之徒才能感受到的快感。

月子形單影隻被留在異國的確處境堪憐，可是比起在更衣之際遭到挾持被賣掉的女人或許幸運得多。我就這樣自圓其說，自我安慰一番之後回到了旅館。

我向櫃檯人員表示明天要退房之後，便回房整理行李，月子的手提箱裡衣物和化妝用品還保持原狀。

原本我打算把它鎖上，但一時興起探看了一下箱內，圍巾和對襟毛衣井然地擺在上面，下面有幾件摺好的內褲。另有胸罩和婦女穿用的襯衣、運動型的短褲。看著這些東西，我突然想起臨出國旅行時，因爲考慮到各自攜帶行李很不方便，提議乾脆放入一個大手提箱的事來。不用說，月子當然是極力反對，而且她的語氣充滿無限的厭惡。當然，事到如今，我也沒去記恨這件事。

約莫整理好行李之後，我分別打了電話，向岳父、家裡和醫院告知明天回國的事，然後在旅館的餐廳提早吃過晚餐。

因爲待會兒我就要奔赴戰場。雖然不是現實上的肉搏較量，僅是從窺窗觀看月子被調教的情形而已，心中仍充滿激烈糾葛。從內心交戰的意義上來說，儘管沒動用到任何肢體，但那才是眞正的戰場！

這次我也是晚上六點離開旅館，但雨彷彿算準這時候似的，一場驟雨籠罩著秋天的巴黎街道，我快速地撥動雨刷朝盧瓦爾直進。

這是我第三次前往城堡，已經很熟悉道路和兩側的風景，高速公路上被雨淋得一片溼濡，要是在這種地方發生車禍可就糟了，也有可能因此受到警方的訊問，而暴露出此行的目的。總之，現在我已經是共犯結構的成員之一了。

大概是一路上過度謹愼的關係，車抵達城堡時已經九點多了。按照往例，我把車子停放在城堡前的空地，往崗亭走去，那位初次遇見的面熟的警衛輕輕點頭示意，他和內部取得聯絡之後，指著入口的方向讓我通行。我來過幾次，他總是面無表情缺乏親和力。

不知什麼原因，唯獨今天吊橋早已放下，我緩步走了過去，但不禁暗忖，說不定稍早之前已經有人來此進到城堡內了。我這樣想著，穿過城門的時候，正面站著一名穿白色禮服的女性迎接我。

她就是我初訪此地爲我說明窺室種種的那個小姐，我想起她會講點日本話，一起走在走廊時我問她：「妳們一直住在這裡嗎？」

我們幾乎是並肩走著，然而她像沒聽見我的提問似地不予回答。當我問她：「妳認識一個叫月子的日本女性吧？」時，她突然語氣嚴肅地說：「您的問題，我們一概不能回答。」

我再次登上旋梯來到窺室前，門前站著一個男人，隨著微微的嘎嘎聲響，他將門打開了。我像被吸進似地走入門內，在躺椅前駐足下來。這是我第三次進入窺室，不知什麼原因，當我踏入這個空間的時候，微微泛起一種懷念之情。當然，這之中還包括舊地重臨的悔恨，又夾雜著在此處無論我耽溺於何種淫穢的想法，或幹下何等無恥的行徑都不會遭到責難的安然情緒。

帶領我來此的女性不知道是否察覺出我此刻的心情，她淡漠地問我要不要喝什麼飲料，我想乾脆豪奢一下，便說出先前想好的「如果有拉菲特．羅施柴爾德（Lafite Rothschild）八五年分的葡萄酒……」，她當場應允離去。

剩下我一個人，我又環視一下周遭，窺室裡的擺置和前夜毫無二致，四周的石牆依舊是單調乏味，正面擺了一個壁櫥，前面的躺椅和桌子的位置也幾乎沒有更動。

大概是離開巴黎時分下了大雨的關係，窺室裡又暗又冷，天花板的幾個定點投下的光束顯得特別亮眼。我穿過這些光束站在窗前凝望，雨滴沿著鑲在鐵框的縱長的玻璃流淌下來，外面一片漆黑。

「這裡就是歐洲。」

我想著這種理所當然的事，繼而眺望戶外的黑暗，驀然，傳來一陣雷鳴轟響的同時，微微映現出隔著中庭的對面的尖塔和石牆的白影。緊接著又連續出現閃光，時而照亮右前方盧瓦爾河的河面和森林，隨又無聲消隱。

霎時，我感覺到時光猶如倒回至莎士比亞的《馬克白》或《哈姆雷特》的世界般而屏息靜氣，隨著雷聲遠去，這時我才理解此地發生任何事情也不足爲奇的底蘊。正當我眺望雨水滴淌的窗外之際，咚咚地傳來扣環敲門的聲音，門被打開，剛才那位女性又出現在眼前。

我離開窗邊走向躺椅，她將開了瓶的葡萄酒、玻璃杯和起司放在桌上，輕輕地把正面那個壁櫥往旁推開。隨即出現我早已熟悉的空間——方形的窺窗。她指了一下右下角的按鈕，一如往常說了聲：「有任何事情，請按這個按鈕。」之後，單膝跪在躺椅前，爲我斟酒。

我忽然對這位女性感到親切，問她這一帶是否經常打雷，只見她語調壓抑地稱是就離去了。

下雨天，葡萄酒的香味特別香醇。我獨自喝了一口葡萄酒，看了看酒瓶，果眞是我吩咐的拉菲特．羅施柴爾德八五年分的珍品。這城堡裡到底儲藏著多少名貴的葡萄酒呢？我一邊爲此讚嘆，一邊品嘗著最高級的葡萄酒，雷鳴再次傳響，正面的窺窗彷彿與此會合似地明亮了起來。

今夜，月子會受到何種形式的玩弄呢？就在我好奇地湊近窺窗的同時我不禁嘟囔著：「爲什麼……」

月子依然一絲不掛地癱睡在眼下的刑場。她躺在黑色皮製的床上，頭部微微墊高，被蒙著眼睛，她的兩側有兩個女人正動作輕巧地爲她按摩著。這和昨夜的動作沒什麼不同，只有一個顯著的差異，那就是月子恥骨下方的陰毛被剃得一乾二淨了。彷彿初生之際就是那樣，沒有半點毫毛，光看那裡的話，還以爲是可愛的少女呢。

這到底是誰幹的好事？是跟隨在月子身旁的女人們？或者是戴鳥或獅子面具的那群惡棍？總之，除了他們，沒有人會幹出這種卑劣的行徑！我猜想，大概是昨夜那個死纏亂摸月子最敏感部位的戴鳥面具的男子，用同樣執拗的精神，花了大把時間，一根一根極具細心地把月子的陰毛剃得精光的。而那時候，月子肯定是雙腿被大大地撐開，無法動彈的。

他們這種做法，顯然逾越了當初我委託調教的範圍。我絕對不容許他們這種遊戲心態及卑劣的行爲。我一下子頭腦發脹、怒火攻心，但話說回來，被剃得精光的部位反而有一種奇妙的誘惑，初看之下，宛如少女般清純可愛，仔細一看，被剃光的部位與其說呈現白皙，毋寧說是一撮蒼白，微凸的恥骨的一抹淡影略微遮住柔細的肉縫。

不管怎麼說，被剃掉陰毛的月子有什麼感想？她被如此澈底蹂躪之後，現在是否因爲精神瀕臨崩潰而痛苦不已？在不安的驅使之下，我探出身子仔細瞧看，那兩個女人不斷地爲月子按摩，月子不但沒有抗拒，而且似乎忘了私處外曝的窘態，神情安詳，一副全憑她們處理的樣子。

這到底是怎麼一回事？難道是因爲被蒙上眼睛看不清周遭，反而使月子更加大膽嗎？或者被軟禁在這淫蕩的城堡裡，輕易地就陷入了他們的詭計，整個心身都被澈底改造了？

在我看來，冥頑不靈的月子不可能如此輕易就向他們投降的。倘若月子像現在這樣百般順從，很可能是被惡劣的Z他們強打麻醉藥或服下催眠藥所致。

當我這樣揣想的時候，眼前突然出現了三個男人。我忘了剛才那幾名男子早就聚集在可以清楚觀看月子私處的位置，他們好像正喝著葡萄酒或雞尾酒。那個戴羊面具的男人的頸部已經泛紅，似乎有些醉意，他站到月子的左側。接著是戴黃鼠狼面具的男人站到床的右側，那個戴鳥面具的男子則站到月子的近腰處。彷彿和他們說好似地，在這之前一直幫月子按摩的兩名女性，施上一禮便離去了。

這三個男人接下來要做什麼呢？我從躺椅站起來一看究竟，只見戴鳥面具的男人整個臉湊近月子的耳畔低語。

「Vous etes belle!」

聽到那低沉甜美的聲音，我才知道他是昨夜一邊讚美月子「妳眞美麗」一個多小時，一邊上下其手撫摸月子胴體的男子。看到他今晚又對月子輕聲細語，或許他對自己的勾引功力頗有自信。

「Nous allons nous mettre serrice dans votre corps merveilleuse.」

雖然我聽不懂眞正的意思，但似乎是「從現在開始，我們要為妳美麗的身軀服務」這類的語意，如果我的解讀正確，「服務」又是什麼意思呢？

正當我詫異地凝視之際，帶鳥面具的男人首先從襯衫的胸前取出一條類似白布的東西，往自己的額頭沾了幾下，然後靠近月子的乳頭。這時我才明白，原來那條類似白布的東西就是羽毛，而且長約二、三十公分。說到這玩意兒，我曾見插放在歐洲貴族書齋桌上的鵝毛筆，但眼前的羽毛比它們更長也更豐滿。

他拿著羽毛先抵住月子的乳頭，然後上下輕輕撥動，月子傳出一聲「啊」的呻吟，整個上身隨即後仰。這時候他們彷彿傳送信號似的，站在對面的戴羊面具男子也掏出羽毛，抵著月子左邊的乳頭，站在月子近腰處的戴黃鼠狼面具的男子，則拿它抵著月子剃得精光的部位。

月子持續地發出「啊……」「嗯……」的呻吟，這時我好不容易才弄懂他們在玩什麼把戲。讓我驚訝的是，他們準備三個人一起玩弄全裸的月子。而且周到的是，抵著月子右胸的羽毛是白色的，抵在左胸的是藍色羽毛，粉紅色的羽毛則抵著裸露的私處，這三種顏色的羽毛分別在月子的身體上來回舞動。尤其是戴鳥和羊面具的那兩個人，各自拿著羽毛從月子的肩頭到胸部，甚至從腋窩往腰圍游移，羽毛回撥的瞬間，偶爾蜻蜓點水似地從乳頭上擦碰而過。隨著左右來回的波狀攻擊，戴黃鼠狼面具的男子拿著粉紅色的羽毛沿著恥骨的頂點撥開柔軟的肉縫，然後又深入到快碰觸到肛門時，沿著兩腿內側輕劃而下，俟輕劃至半途左右，他又想起什麼似地反拂回去，再慢悠悠地回到最敏感的部位。

在我看來，只要是被這幾個技藝高超的男人僅憑三根羽毛撫摸過全身的女人，沒有不發出壓抑的呻吟的。

儘管如此，我還是相信月子。就算那些惡棍玩弄任何技巧，費盡甜言蜜語，月子仍舊不會降伏的。豈止如此，他們越是手段卑鄙，她肯定會更加反感懷恨在心的。

不過，事實剛好相反，眼前的月子一邊輕輕呻吟，全身微微顫動著，看不出抗拒的跡象。而且仔細一看，昨夜月子的四肢還被皮製的束具扣住呢，現在則完全是自由的。

這表示月子受到任何侵犯也不逃走嗎？還是他們早已料及月子不會反抗，而不使用束具？這不是強制性的調教，而是變成衷心領受的調教了。尤其展現在眼前的，不可能是事先讓月子服下安眠藥或施打麻醉針藥的。任何人一看到月子所展現的嬌姿媚態，都會認爲是月子自願墮入地獄的，不，肯定也有人認爲是升上天堂極樂。

「月子……」

我暗自祈禱，低聲吶喊著：月子，妳不要輕易就中了那些惡棍的詭計，即使受到任何侵犯，妳也要保持冷若冰霜的高傲態度。

然而，就在這一瞬間，一個單字意外地掠過我的耳際。

「fraise.」

霎時，我隱約知道那代表草莓的意思，接著才意會到它指的是粉紅色羽毛觸碰的位置移至女子突出的最敏感的部位。其實，說這句話的，不是反覆在月子耳邊盡說甜言蜜語的戴鳥面具的男子，好像是那個纏住月子大腿間不放的戴黃鼠狼面具的男子。他的聲音低沉，他用羽毛集中挑逗月子的私處，並連續說了幾個單字：「fraise」、「framboise」、「haricots」、「grain de cafe」、「perle」。它們分別是「草莓」、「覆盆子」、「四季豆」、「咖啡豆」、「珍珠」的意思，有著各自的意涵，但似乎都是暗示露出私處的陰蒂。

不，出聲的不止是那個戴黃鼠狼面具的男子。戴鳥面具的當然也講話了，連戴羊面具的男子也一邊低語著：「vous avez une belle poitrine!（妳的胸部眞美！）」「voes avez une poitrine!（妳的胸部很豐滿！）」「les poitrines damour!（愛情的雙峰！）」一邊集中挑逗乳頭的某一點。我只能說這是三個壞男人集中砲火攻擊一個女人！

我覺得自己好像正受到某種苛責，而情不自禁地猛喝葡萄酒，焦慮地在窺窗前面來回走動，但我又不能用這件事責怪他們。總之，我不忍卒睹地閉上眼睛，猶如看到一幅地獄圖景般又定睛一看，月子兩邊的乳頭腫脹似地堅挺著，被剃光的胯股間露出如熟透草莓的陰脣，連底下的祕密花園也已溢出滏黏的愛液了。

眼前這個女人，既似月子又不像月子：既像我的愛妻，又不似我的妻子。這個向來自視甚高的女人，其傲氣現已蕩然無存了。

我這樣想的同時，月子傳來輕喚般的呻吟，隨即整個泛白的身子也顫動起來。

「住手……」

我雙手緊抱著頭，猶如遭到雷擊般地蹲屈膝下來。

我什麼也不想看了。坦白說，至今爲止，我從未聽到月子發出這種野獸般的叫聲。不，她簡直是似獸非獸。那叫聲有時還令人感到春情蕩漾，而我也不曾看過月子白皙的肉體如此情挑難耐地顫動著。

那就是所謂的春情盡洩嗎？還是已到達身心兩忘的失神狀態……。

閉上雙眼的我這樣嘟囔著。當我悄然睜開眼睛，月子還意猶未盡似地微啓櫻脣，彷彿還在追索方才的情挑餘韻。

「原來如此……」

我輕輕點著頭，兀自低語道。

「回日本吧。」

這樣看來，即使我不在巴黎，月子的性命也不會受到威脅。

第三章　通訊

晴朗無雲的日本群島正展現在我的眼下。

剛才，從天空俯瞰到的陸地和白浪拍岸的地方，大概是鹿島灘至九十久里濱一帶的海岸線。不久，航機飛離海岸線進入千葉（縣）的內陸，機內傳來空姐告知即將抵達成田的廣播。

已經出國好幾次，每次回國都會從機上俯瞰日本群島，但不像這次讓我覺得它是這般美麗與令人懷念。這是個林色多麼蓊鬱，山形與平地富於變化，四周又有美麗宜人海岸線的國家啊。這對在這之前看慣乾旱大地與沙漠、寒冷草原的我而言，日本簡直就是綠洲，黃金般的島嶼。雖然每次返回日本時都有這樣的感觸，不過，這次的懷念之情更加強烈。

沒錯，因爲我是日本人。我在這個豐饒的大地上出生、成長，在這裡工作生活著。這個被海洋環繞的溫暖善良的島嶼就是我的祖國、我的故鄉！當我這樣想的瞬間，不知不覺間眼眶泛出了淚水。

我到底怎麼了？光是從空中俯瞰日本的島嶼就如此感傷？我詫異地拿下眼鏡，看著指頭上的淚水，在法國發生的事情宛如噩夢般逆襲而來。

老實說，待在機內這段時間，我用各種角度思考了這件事。首先是有關月子的處境，只要她乖乖地待在紅色城堡就沒有生命危險。當然，經過各式各樣的調教之後，她的身體感覺或許會有所改變，但容貌和外形是不可能改變的。姑且不提月子本人如何看待這件事，期限一到月子自然獲釋是毋庸置疑的，所以當前沒什麼問題。

但我更在意的是，等一下就要在東京和岳父岳母見面，面對期盼月子早日平安歸來的他們，我該如何說明目前的狀況，說服他們在月子未獲釋之前不輕舉妄動呢？與這個難題相比，我上班的醫院反倒容易應付，不過，我還是得步步爲營不讓他人察覺這起失蹤案才行。

總之，最難處理的是月子的父母。只要他們對我所說的話稍感詫異，或有所質疑，我在這之前的一切努力都將前功盡棄。這種事情我絲毫不願想像，但倘若岳父知道我和那些惡棍狼狽為奸並有計畫地綁架月子的話，肯定會暴跳如雷，岳母則可能陷入半瘋狂的狀態。豈止如此，他們一定會把我當成嫌犯，立刻通知警方，自己趕往巴黎。同時，還會強迫我和月子離婚，與他們斷絕親屬關係，把我從現居的公寓趕出去。不僅如此，還可能把我當成無端軟禁妻子於淫窟的異常男子加以控告，說不定就此遭到逮捕呢。

想到這裡的時候，我的腦中旋即出現一則驚悚的新聞報導，標題寫著「高材生醫生故布綁架疑雲，將妻子軟禁法國城堡」、「性無能自卑感作祟？」、「白天是優秀的醫師，晚上是卑鄙的偷窺狂」，還大幅刊出我的相片。如果事情到這種地步，我住在鄉下的敦厚的父母親會多麼悲傷啊?!而且嫁到附近小鎮的姐姐和隔年準備就業的弟弟該用何種顏面見人？不止如此，我要如何面對大學醫院的教授和醫師們、單身而潔癖的護士長、愛咬舌根的護士、我的親朋好友、以及大樓的管理員和月子的閨中密友……。

我越想心情越是狂亂，搭上這深夜班機的旅客大都已沉入夢鄉，我卻激動得想大叫出來，趕緊用毛毯的一角摀住嘴巴，好不容易才克制住內心的平靜。大概是這樣反覆折騰的關係，我沒有睡足，即使睡下，立刻像遭人追趕似地胸悶難當而醒過來，現在腦袋還昏昏沉沉的。

此刻我才察覺到，或許我應該繼續留在巴黎才對。每天晚上開著快車到盧瓦爾，只要在城堡偷窺那些惡棍卑劣淫穢的勾當，我就成了他們的同謀，儘管把他們罵得一文不值，但我就可以完全融入他們卑鄙的行徑之中。總之，不管對象是誰，這種有伴共幹壞事的踏實之感，從某種意義上來說，是有益健康，甚至激發了我的鬥志。

目前的日本表面上的確看似和平安樂、環境整潔、充滿溫馨。然而，這些美德只是虛有其表，一旦掀開，終究是造作的矯飾，但我若回到日本就不得不裝出事事講求體面。

想著想著，飛機緩緩降落，空姐廣播飛機已經抵達成田機場，我一邊聽著那開朗的廣播聲，一邊自言自語道：從現在開始我必須故作誠實與善良，融入這個國家的社會。

通關檢查結束，走出入境大廳，雖然才早上八點多，可是我便直接前往岳父澀谷的家。因爲帶了兩個手提箱，索性從機場搭上計程車，一個半小時就到岳父家了。由於事前已告知他們我搭這班機回來，所以岳父也沒去公司在家裡等著。

如果是往常的話，我都是和月子一起進入客廳的，但不知什麼原因，出來應接的女傭卻直接把我領到會客室，我一坐到沙發的同時，岳父出現了。

「累了吧？」

「不……」

從這句體恤的話語中，我知道岳父並沒有懷疑，我才鬆了一口氣，接著岳母也來了。

「你回來了。」

想不到離開巴黎還不到一個星期，岳父和岳母一下子蒼老了許多，整個人好像也瘦了一圈似的，這當然是因爲這段期間操心擔憂所致，事到如今我才察覺到自己闖下的禍端有多麼嚴重。我一點頭致意，女傭端著茶水走了進來。她已經在岳父家待了十年左右，對這起事件似乎有所了解，平常開朗多話，唯獨今天把茶碗端至每人的面前便一聲不吭地離去了。

會客室只剩三個人的時候，岳父迫不及待地問道：

「後來情況怎麼了？」

「情況一樣，沒什麼進展……」

離開巴黎之前，我在電話中已經向岳父說明事情的經緯，所以雖說回到了日本，也沒什麼好稟明的。但也不能什麼都不說，當我反覆說著歹徒來電的細節，岳父又問道：

「你確定是歹徒打來的電話嗎？」

我一五一十重又向岳父說明歹徒指名找我，以及對方描述月子的情況和特徵來看，肯定是歹徒打來的云云後，並強調此刻最好不要輕舉妄動，靜觀其變爲上策。

「總之，對方說，我們一報警他就要殺人滅口。」

我說完之後，又強調外國的歹徒是如何冷酷和膽大妄爲。我這一威脅似乎奏了效，岳父雙肩開始坐立不安時的習慣微微顫動起來，岳母則按捺不住地喊道：

「我不會讓他們這樣做的！快想想辦法啊……」

「沒問題的，我們不貿然行動的話，月子一定會平安回來。」

我強調的根據在於：犯罪集團表示不會對月子施暴，只要支付贖金，一定放人云云。「我總覺得他們與其說是單純的暴力組織，倒像是另有圖謀的集團。」

「你爲什麼這樣認爲？」

面對岳母連珠炮似地提問，我極度冷靜地回答：

「我也說不上來，對方的措辭很愼重，聽起來不像是一般的流氓。」

「可是他們不是要撕票嗎？」

「所以只要交付贖金就沒事了。」

「多少錢？」

「他們說先交付三百萬法郎，直接送到指定的地點……」

先前我已經支付過一百萬法郎，這次試著灌水趁機撈它一筆。

「那麼克彥你會去交涉吧?!」

「如果您放心讓我去的話……」

「當然要委託你了。」

在回程的飛機上，我已經事先擬好如何說服岳父岳母的對策，看來一切都按照計畫進展著。

「所以我想盡早一點再去法國一趟，不過……」

為人父母者當然希望早日看到女兒平安無事的模樣。不過，太早行動，讓月子接受調教的最大目的將功虧一簣。根據Z的說法，調教的課程需要三個月的時間，因此我得設法延長才行。

「我因為有工作在身，又不能立即就去巴黎……」

「可是這關係到月子的安危，你的妻子等著你救她呀！」

「我知道事情的嚴重性，我跟你們一樣，也想早一點把月子救出來，不過，都是對方單方面聯絡的。當然，事前我已經拜託他們，有事打電話到東京給我，所以這兩、三天應該會有聯絡。」

「事情看得這麼簡單，沒問題嗎？」

「沒問題。雖然這是我和他們談話時的感覺，但這時候千萬不可慌張，自亂陣腳。他們對月子也沒仇恨，只是一心覬覦贖金，才把月子抓來當人質的。只要拿了贖金，他們一定會平安釋放月子回來。雖然月子被他們抓去，但她是重要的人質，不會受到加害的。他們比誰都清楚，幹下這種毒手沒有任何好處。不管怎麼說，我先和醫院的上司商量，盡早再去一趟法國，所以請你們先別焦急，往後的事請交給我處理，我一定會把月子找回來。」

我一旁拚命地安撫著，有時候還語帶哽咽。毋庸置疑，這些臺詞是我在飛機上構思出來的，說它是演戲的確像演戲，不過，萬一這次說服失敗可能導致我身敗名裂，自然要卯足全力演出。大概是我的真誠感動了他們，儘管最後岳母勉強接受這個事實，岳父仍舊答應數日內籌足贖款。至此，我終於可以暫時稍喘一口氣。我再次向他們致歉，由於我一時疏忽，把事情搞到這種地步云云，順便和他們商量後續的問題。

「此後有很長一段時間月子不在日本，這件事應該怎麼處理？」

月子去一趟法國，如果二、三個月不回來，月子的親朋好友，大廈管理員一定會納悶不已，而且只有我這個當丈夫的回來，卻不見月子的蹤影，任誰看來都覺得奇怪。

岳父岳母似乎還沒考慮到這些問題，只是露出迷惘的神情。這也難怪，光是月子能否安然歸來就足以讓他們傷透腦筋了，根本沒有多餘的心思去想其他的事情。

「我想了很多方法……」

我試著說出在飛機上擬定的臺詞：

「我們可以說月子爲了學習室內設計，暫時留在法國。這種說法如何呢？」

原本月子對室內設計就很有興趣，即使結婚之後仍繼續這項工作，用這種理由，親朋好友們一定能夠接受。又說學習期間是二個月至三個月，中途順道去義大利和西班牙，即使月子沒什麼聯絡，也不會令人起疑的。

「這種說法好嗎？」

他們似乎同意我的提議而點了點頭。我發現岳父岳母已經六神無主，一切事情全交由在場最冷靜又值得信賴的我了。

我爲一切如計畫中順利進展而暗自竊喜，喝下一杯茶之後，又再次強調：

「爸、媽，月子一定會回來的，請你們耐心等待，不要焦急，絕對不會有事的。我做爲月子的丈夫這樣相信不疑，也請你們相信。」

剎那間，我覺得自己儼然成了宗教家或超級騙子，但仔細想想，這兩者也許有相似之處。總之，我終於解決了最擔憂的問題，心情上輕鬆許多。結束談話之後，岳母好意邀我共進早餐，不過，我實在不想和他們繼續耗下去，一番婉拒便離開岳父的家。

坦白說，連日來在巴黎的緊張生活，加上長途旅行睡眠不足，我已經疲憊到了極點，很想獨自清靜一下，便直接返回世田谷的寓所。才半個月沒回家，門前已經堆著一大疊報紙，室內的空氣變得混濁，桌子和櫥櫃蒙上一層薄薄的灰塵。可是此刻我連打掃的氣力也沒有，窗戶也沒打開，就仰躺在沙發上了。

我一閉上眼睛，心生一種終於回到日本的踏實感，同時又有完成重大工作的安然情緒。儘管如此，這並不表示工作到此結束，從現在開始還有更大的問題等著呢。不過，安然抵達家門倒是千眞萬確的事。

往常的話，我會什麼事也不做就鑽進被窩裡睡上一覺，可是我還得辦幾件事才行。首先是跟醫院聯絡，我喝過從冰箱裡取出的啤酒之後，打了電話給診療部門的主任。

「喔，你回來了？」

聽到主任豁達開朗的聲音，我緊張的情緒自然鬆懈了許多，我爲自己延遲了三天返國向他致歉，還說明天起會到醫院上班。

「身體撐得住嗎？」

我告訴主任無法如期回國是因爲身體不適所致，看來他很爲我擔心似的，我回答他「身體已無大礙」，順便詢問我的病患的情況，似乎沒有什麼特別的問題。

說實在的，在這之後，不，依情況而定，我還得去巴黎二、三次呢，到時候再說不遲。我暗自這樣決定，再次爲自己請了長假向他道歉，接著才掛掉電話。

接下來，我必須和住在鄉下的父母聯絡才行。我從巴黎回來之後尚未向他們問安，但是我相信，不管發生什麼事情，他們永遠會站在我這一邊的。事實上，現在打電話給他們心情上最是輕鬆。

果眞是母親先出來接電話，我告知自己返回日本的事，她滿心歡喜地說「旅途辛苦了」，接著父親也說「一切還好吧……」沒講什麼話，但他們聽到我的聲音似乎安心了不少，我說法國和歐洲比日本更有活力，景氣也不差，無關緊要地聊了一陣，接著才告知母親，月子要暫時留在巴黎學習室內設計。

「這樣一來，就只有你一個人嘍……」

母親好似擔心我的生活，我當然安慰她一切會自行照料的，儘管如此，母親仍不放心地說：「要不要我過去幫忙？」

「不用了……」

目前這個節骨眼，母親一來反而礙事，我一邊向被蒙在鼓裡的母親的關懷表示謝意，一邊叮囑她保重身體，才掛掉電話。

我抬頭看著時鐘，時近中午，再次環顧了一下房間，上次帶回來的手提箱一直擺在門口處。灰色略小是我的，腰身綁著白色束帶的是月子的。我看著這兩個手提箱，想起上次出遊時向月子提議兩個人共用一個大手提箱被拒絕的事。

不管怎麼說，我認爲還是把月子的手提箱放回房間較爲妥當。我這樣尋思著，走進月子的房間，只見白色蕾絲的窗簾緊緊關閉著，前面擺著月子休憩的床和鏡臺。所有的東西整理得井然有序，鏡臺上整齊地擺了幾瓶類似化妝水和乳霜等各色的瓶子，其中只有一瓶粉紅色倒金字塔型的瓶子較爲凸前。我好奇地拿起瞧瞧，好像是香水，水晶玻璃的平面寫著「Trésor」，我湊近一聞，傳來一陣怡人高雅的清香。

這正是月子的味道。我端視著寫著「Trésor」的字樣，這單字是「寶物」的意思嗎？從品名來看，似乎是月子所喜愛的，但爲什麼只有這瓶香水特別凸前在鏡臺上？難道是月子出門之前急忙抹上這瓶香水，忘了把它和其他的化妝瓶擺放在一起？

我打開瓶蓋聞了一下，瓶口散發出薔薇的花香。與此同時，在城堡密室看到的月子的雪白裸體浮現在我的腦際。

此刻，月子的情況如何？想到這裡，我無端地想念起月子，拿著香水瓶走進隔壁的房間。

這房間原本是我們夫妻的臥室，但後來月子在自己的房間睡覺之後，這裡成了我的寢室也兼作書房。房內的窗子也是窗簾深掛，窗前的桌子擺了一臺個人電腦。

今天，我會想早一點回家，雖然一方面是由於長程旅途引起的勞累。但主要還是因爲我想獨自祕密地觀賞電腦那端傳送過來的影像。

這件事我沒有告訴任何人，而且也不可能張揚出去，這是我離開巴黎之前，和Z之間對此後所做的一項重大約定。那就是，即使我不在法國，依然能夠看到月子接受調教的畫面。當我提出這項要求的時候，Z陷入了長考，但在我答應絕對嚴守祕密的條件之下，他才同意的。他們終究是祕密組織，似乎深怕城堡拍攝的影像外流，當然，我也不希望其他人看到妻子放浪形骸的模樣。最後，Z終於同意一天傳送約兩個小時左右調教月子的畫面，就算我待在日本，每天仍然可以觀賞到被軟禁在城堡中月子的情形。

這應該說是拜現代科學之賜？抑或因爲我的慾望暗自作祟？不，我倒希望這是我深愛月子，擔心她的安危導致的結果。

儘管時近正午，我在窗簾深閉的微暗房間裡緩緩地走近電腦前。大概外出旅行的關係，上面蒙著一層薄薄的灰塵，我用面紙擦拭之後，打開電腦的螢幕。

由於我和Z約定這件事的時候，已經同時記下紅色城堡的郵址，於是我輸入郵址，首先連接網頁，接著輸入我與Z之間交換的特殊密碼，也就是我名字的開頭字母和生日十二月十五日「KA1215」，然後又輸入「Madametsukiko」的雙重密碼。毋庸置疑，如此一來除了我之外，沒有人可以看到月子調教的影像。

我直愣愣地盯著出現在電腦螢幕上的星號密碼，在連接的項目上按下點選鍵。接下來，月子委身法國的影像就會傳送到我日本的家裡，從今以後，我每天只要坐在桌前，不論什麼時間都可以盡情地看到月子淫姿蕩態的全部。我心情激動，彷彿在等待新世紀到來的那一刻，我屏住呼吸凝視，但畫面突然爲之一暗，隨即出現一排白色的橫寫文字。

「Madame Tsukiko a ses règles,elle est en congéde dressage.」

我知道開頭部分的「Madame Tsukiko」是指月子，先不管「a ses règles, elle est en……」的意思，根據我拙劣的法語知識，「congéde dressage」難道是指「調教暫停」嗎？這樣一來，règles又意味著什麼？我揣摩其中的文意，覺得它指的是規則，此外，是否指女性的生理狀況？果眞這樣的話，我就猜想出它的意涵了。

「Madame Tsukiko正逢生理期，調教暫停。」

當我弄懂這句話的意思，深深地嘆了一口氣。

我最後看到月子接受調教的情景是巴黎時間的前天晚上。在那之後，我回到旅館休息，爲隔天返國事宜做各項準備，傍晚從戴高樂機場啓程飛往日本，今天早上抵達成田機場。這之間，法國時間和日本時間混在一起，所以正確來說，法國現在要不是深夜，就是臨近黎明時分，這樣一來，自從在城堡看過月子之後，倏忽已經兩天半了。

這麼說，這段期間剛好是月子的生理期？我被這突如其來的眞切事實弄得不知所措，但與此同時，又有一種爲女性正常的循環代謝造訪月子的身體感到一絲慶幸的安然。

說實話，月子正被囚禁在異常的世界裡。這幾天，我親眼目睹到月子承受著那麼嚴酷的淫穢的調教，心靈備受煎熬，也許已經無法恢復正常的狀態。我心想，現在的月子整個身心已經完全走樣了。

可是他們說月子的生理期來了。

這種事可能嗎?眞令人難以相信，不過，眼前的畫面的確這樣寫著。不，與其說令人難以置信，毋寧說是因爲月子正好遇上生理期而暫停調教的課程。

當然，在這種時候強制執行，被調教的一方自然是痛苦難當，訓練的一方也不是好滋味。這種事並非不可行，但一定令人掃興的。

在這之前，我始終無法清楚把握月子的生理期，每次向她求愛，總是被她以此爲由拒絕。那時候，月子的確心情鬱悶顯得慵懶，此刻她也是這種狀態嗎?是不是一個人靜靜地躺在城堡中昔日王妃曾享用過的有華蓋四罩的豪華床上呢?

當我這樣想像著時，這三天在調教現場窺見的情景又出現在我的腦海中。此刻，那房間裡果眞沒有任何生人，燈光全熄，闃然無聲嗎?或者有其他的陌生女性成了那群好色之徒的玩弄之物呢?不管怎麼說，我對他們的做法，雖說不上是憤怒，倒有被他們技巧高明糊弄一番的感覺。

他們得知月子正逢生理期，立刻停止了調教。如果他們無視敵我雙方的立場，看起來倒像是極度尊重女性的感受，有法國男人般的紳士風度。當然，事實上他們的所作所爲，終究是不可告人的、荒誕的墮落行爲，只是表現上極盡巧飾地戴上紳士的面具，似乎也有宣示「我們正是法國的貴公子」的意味。

看來，我暗自期待看到的唯我獨享的調教月子的畫面，必須再過個二、三天或四、五天才能見到。

為此，我半是接受，半是不滿意。突然，畫面又出現一排「Réponse à votre question」的文字。我按序念著「Réponse à votre question」，這是指「回答您的問題」嗎？

我感到詫異，我並沒有詢問什麼，爲什麼卻出現這樣的文字呢？我疑惑地點選了一下，旋即又出現「Le sexe de la femme」的文字。

所謂「Le sexe de la femme」是指「女性的性器官」嗎？

霎時，我想起了委託這次傳送調教畫面時，曾問Z「女性的性器官，法語怎麼說」的事。我只問這樣，他一定會覺得非常奇怪。不過，此後他們一定會用各種語言調戲和刺激月子的，到時候即使出現形容女性私處的語言，我當場還是無法判讀。正因爲這樣，如果讓我事先學會，等調教之際，我就可以輕易聽懂他們的話語。

面對我的詢問，Z理所當然地點點頭說：「只要連上我們的網頁，我會把您想知道的準備好。」而現在出現在畫面的「答覆」，一定是對此提問的回答。

我重又坐直身子，按了確定鍵。

刹那間，我好像按錯地方似的，文字全不見了。我的電腦畫面不算小，但接著，整個畫面充滿著一排排的洋文。由於這些單詞實在太多，依我的語言能力，一下子讀不完，於是先把它列印出來，拿起辭典逐一翻查其中的語義。

到此，我終於恍然大悟，令人驚訝的是，這些全是形容「女性性器官」的單詞，種類之多猶如洪水般向我湧來。

「abricot 杏」、「abricot fendu 裂口核桃」、「amande 巴旦杏（仁）、扁桃」、「amoureux sillon 愛的縐褶、溝、畝」、「anneau 環、戒指」、「antre 洞窟」、「atelier 工作室」、「autel 祭

壇」、「autel de la volupté 悅樂的祭壇」、「bague 戒指」、「bahut 大箱子、衣櫃」、「balafre 刀傷、傷痕」、「barbu 有鬍子的」、「bas 低的（下面）」、「bassin 缽、泉水、池」、「bateau 船」、「baveux 垂涎的」、「bénitier 聖水缸」、「berlingot 金字塔形糖果」、「bijou 寶石、裝身具」、「blouse 撞球臺球袋」、「boîte d'amourette 外遇的盒子」、「bouche 嘴」、「bouche d'en bas 下面的嘴」、「bourse 錢包」、「bouteille 瓶」、「boutonnière 鈕扣洞」、「brasier 炭火」、「but d'amour 愛的目標」、「ca 這個、那個」、「cabinet 小房間」、「canal 運河、水路」、「canot 小舟」、「carrefour 十字路」、「casemate 掩蔽所」、「cave 地下室、酒窖」、「caverne 洞窟、隱匿處」、「céleste empire 神的領域、天的王國」、「centre 中心、中樞」、「centre de délices 悅樂的中心」、「chambredéfendue 防禦的房間」、「champ de bataille 戰場」、「chapelle 禮拜堂」、「charnier 墓地、死者安置所」、「chatte 雌貓」、「chemin du paradis 通往天堂之路」、「cheminée 暖爐」、「citadelle 城塞、要塞」、「citerne 儲水槽」、「cloître 修道院、禁域」、「con 女性器」、「conque 大貝殼」、「coquillage 貝」、「corbeille 籠子、圓形花壇」、「corde sensible 易感的琴線、敏感的繩子」、「corridor d'amour 愛的迴廊」、「creuset 熔鍋」、「creux 凹陷」、「crevasse 裂縫」、「cuisine 廚房」、「dedale 迷宮、迷路」、「dedans 內部」、「delta 三角形」、「devanture 店面」、「divertissoire 散心」、「écaille 鱗」、「ecoutille（船）艙」、「écrevisse（淡水產）螯蝦」、「écu 盾」、「emplatre 膏藥」、「enfer 地獄」、「ennemi 敵」、「entrée 入口、前菜」、「entresol 中層」、「étable 家畜小屋」、「étau 虎鉗」、「éteignoir 熄燭罩、熄燈罩」、「étoffe à faire la pauverté 散盡家財的東西」、「évier 排水管」、「fenil 乾草房」、「fente 裂縫」、「fève 蠶豆」、「figue 無花果」、「fleur 花」、「fontaine 泉」、「for êt de bois mort 死亡之森」、「forteresse 堡壘」、「fosse 穴、墓穴」、「four 烤爐」、「ufournaise 大火爐」、「foutoir 雜亂的場所」、「foyer des plaisirs 快樂之爐」、「fressure 臟物」、

「fruit d'amour 愛的果實」、「gagne-pain 生計、維生的工具」、「garage 車庫」、「garenne 禁獵區」、「golfe 海灣」、「gouffre secret 祕密之淵、祕密的裂縫」、「grenier 穀倉、糧倉」、「grotte 深穴」、「honneur 名譽」、「huître 牡蠣」、「ignominie 恥辱、屈辱」、「instrument 樂器」、「jardin d'amour 愛的花園」、「jointure 接縫」、「jouet 玩具」、「joujou 小玩意」、「joyau 寶石」、「labyrinthe de concupiscence 肉慾的迷宮」、「lampe amoureuse 愛的燈火」、「lapin 兔子」、「lieu sacré 神聖場所」、「mandoline（樂）曼陀林」、「marchandise 商品」、「marguerite 雛菊」、「marteau 槌子、榔頭」、「médaillon 大獎章、大紀念章」、「minou 小貓」、「moule 淡菜」、「nénuphar 睡蓮」、「niche du démon 惡魔的醜屋」、「nid 巢」、「noir 黑的」、「oignon 洋蔥」、「oiseau sans plumes 無羽鳥」、「ouverture 入口」、「paradis 天國」、「parenthèse 圓括弧」、「parties honteuese 恥部」、「passage 通路」、「patate 愚人」、「Pays-Bas 低地」、「pertuis 水門」、「petitvase 小花瓶」、「piège 捕獸器、陷阱」、「pigeon 鴿子」、「pince-vit 夾子」、「pissoir 尿瓶」、「portefeuille à moustaches 長鬍鬚的蓋子」、「port 港」、「pot 壺」、「précipice 斷崖、深淵」、「puits d' amour 愛的水井」、「quelque chose de chaud 某種熱物」、「rat 鼠」、「riviere 小河」、「rose 薔薇」、「route 道」、「sac 袋」、「saint 聖所、深處」、「saladier de l'amour 愛的沙拉盤」、「salle des fêtes 祭祀的房間」、「sanctuaire 聖域、神聖的場所」、「seau 桶」、「serrure 鎖」、「sillon magique 魔幻之溝」、「sixieme sens 第六感」、「souris 小家鼠」、「source 泉、水源」、「temple 神殿、寺廟」、「terrier 巢穴」、「thermomètre 溫度計、體溫計」、「tirelire 存錢箱」、「tiroir 抽屜」、「trappe 陷阱」、「trésor 寶物」、「trône du plaisir 快樂的寶座」、「trou 穴」、「trou de service 服務之穴」、「vagin 陰道」、「vaissea u charnel 肉船」、「vase 花瓶」、「velu 覆毛處」、「vénus 維納斯」、「viande de chrétien 基督的肉」、「vigne du seiengur 領主的葡萄園」

坦白說，查譯到此，我已經身心俱疲，兩眼充血，心跳加快，翻閱辭典的手顫抖不已。至此，到底有多少個單字呢？從A、B、C、D到最後的V將近一百八十個，仔細一數，共有一百七十八個之多呢。

老實講，我只是問他二、三個，頂多五、六個左右的單詞。用日本話來說「蛤蜊」、「海參」、「草叢」等，依不同地區有各種不同的稱呼，而我只不過是想學學一般的巴黎男人常用的詞彙罷了。可是Z的腦中一下子就出現這些詞彙傳送給我，其數量之多讓我驚愕不已，而且內容豐富多采；有些詞彙是用植物和小型動物來表達的，有些則是從形態上引人諸多聯想。當然，這些詞彙都是由男人們的憧憬、願望和想像創造出來的。其中有些單字是日語中被使用的、簡單易懂的詞彙，有的妙趣橫生，有的則是充滿深刻的哲學意涵。

譬如說，我驚訝於「通往天堂之路」這種說法時，居然還有人稱呼它爲「地獄」。說的沒錯，女人的私處，對某些男人來說是通往天堂的道路，對某些男人而言，果眞是一次墮落，萬劫不復的地獄！

這些詞彙都是爲了凸顯女人的「那一點」而創造出來的。這不是方言或某地區的獨特語言，而是一般人可以共同理解的語言。當然，並不是所有的法國人就能因此意會到這些詞彙暗喻女人的性器官。因爲有些詞彙是取自於詩歌、文學作品或電影中的用語，若沒有豐富的想像力，也許還是有人不知其意。不過，倘若是具有某種教養的人，特別是那群在紅色城堡遊戲人間的頹廢之輩，只消說出其中的任何一句詞彙，他們肯定會立即知道意涵的。

毋庸置疑，這些詞彙當然都是那些法國人創造出來的。這些豐富的語言都是歷經千百年的承傳與累積，改良而留存下來，至今齊聚一堂，向我綻放耀眼的光芒。

不過，與這些豐富多采的詞彙相比，日語顯得多麼單調與貧乏啊！倘若現在月子一絲不掛地躺我的面前，就算我多想和月子一親芳澤，想說些甜言蜜語讚美一番，用日語是無法立即表達出來的。浮現腦中的，頂多是「那裡」，要不然就是「這裡」，這些枯燥乏味的代名詞而已，不可能把它形容成「薔薇」、「小貓」或「天堂」的。

仔細想想，日語在這種語言內涵上的貧乏，不單單局限在對女性性器官的形容。即使在稱呼心愛的女性時，我除了直呼「月子」的名字之外，至多是叫她「君」或「妳」而已，這樣就算培養對等的愛情了，由此可見其語言的極度貧乏，而這樣有限的詞彙，究竟可以表達出多少深切的愛意呢？

但話說回來，並不能這樣就認定日語是詞彙貧乏、單調的語言。日語的詞彙世界中也有令人相當驚訝的豐富多采的一面，我們就以常見的表達「月」的詞彙爲例。隨意舉例就有「滿月」、「朧月」、「初月」、「二月月」、「新月」、「上弦月」、「下弦月」、「夕月」、「幻月」、「立待月」、「有明月」、「雨月」、「無月」、「卯月」十幾個詞彙；即使不直接形容月亮，也有「十六夜」、「宵闇」、「良夜」、「月代」、「月兔」、「月暈」、「月鄉」，光是月的相關詞彙隨便一找就有五十來個。同樣的，形容「雨」的詞彙也非常多樣，譬如「春雨」、「西北雨」、「驟雨」、「穀雨」等，眞要統計的話，詞量相當之多。

換句話說，日語詞彙的豐富多采雖然不遜於法語，但都集中在對自然現象的描述，在表達愛的語言方面，眞的是極度貧乏不成比例。這些落差，自然是因爲日本人是農耕民族，比較偏重自然現象的關注，但愛與性詞彙的相對貧乏，也證明著男歡女愛、性慾等，向來就被視爲汙穢齷齪的行爲受到壓抑。

其實，我也深受著日本這種傳統特色的影響，一直過分簡單的認爲：只要獲得應有的地位，就能得到女性的青睞，因此專心把書念好就行。不過，這些錯誤的觀念，此刻在我的的頭上投下一片陰影，正折磨著我。

不管怎麼說，我正坐在電腦前，一邊宛如登上鋪滿薔薇的通往天堂的樓梯，凝視著那將近一百八十個表示女性私處的詞彙。

說眞的，我不得不向創造這些語言的法國人表示佩服。由此就可以看出他們是如何醉心於愛情與情慾，傾其熱情，把它視爲人生的大事和賴以生存的最大目的。我必須指出的是，在他們的國家中，男歡女愛是可以公開表示的，而且事實上已經得到承認。

面對這些意涵豐富多采的詞彙，我打從心底感到敬佩，甚至對那些好色、淫穢、狡猾、奢侈的惡棍們抱以某種類似的親近感與敬意。我相信，在他們之中，這些歷經法國幾世紀創造的飽含愛情、情慾、熱情的詞彙，已經化作他們的血肉悄悄運行著。

現在，我終於覺得把月子委託給他們是正確的選擇。要調教目中無人、冷漠，視做愛爲骯髒之舉，輕蔑我的慾望，逃避我熱情求歡的月子，除了交給擁有如此豐富詞彙並以此炫耀的他們，別無他法了。

不管別人怎麼說，我已經在最適切的地方，把月子委託給最稱職的他們了。

得出這個正確的結論，我突然有種如釋重負的輕鬆心情，此刻，我試著從A字母開始，一一念出這些美麗妖冶的詞彙。

老實說，我回到日本之後，一直深受著恐懼與失眠的折磨，主要是因爲我不能掌握月子在紅色城堡中的動靜。

離開法國之後，Z依約透過網路用影像把月子的情形傳送到日本給我，可是至今從未傳送過調教的畫面。當然，他已經做出「此刻月子正值生理期間，調教暫停」的通知，而代之傳送將近一百八十個法語詞彙答覆我對女性生殖器稱呼的提問，所以我不能片面地責難Z缺乏誠信。

然而，對於遠在日本的我來說，月子每天過著什麼樣的生活，是我最關心的事情。倘若眞的因爲月子生理期調教暫停的話，看看月子待在房間休養的情形，抑或她眺望窗外的身影也好。總之，我最想看到的就是今天這一天，月子活脫脫存在的模樣。只要能證實這點，我就可以安心休息，但每天盯著排列著相同文字的畫面，終於從不安陷入無邊無際的遐想。

他們該不會以月子正値生理期爲由沒有傳送影像，但其實已經侵犯了月子，把她當成玩物了呢？即使情況不至於如此，但無法傳達月子的現況，是不是發生了什麼特別的事情呢？我這樣東猜西想著，幾天來，我一回到家裡，總是迫不及待地打開電腦，滿心期待地盯著當天的畫面是否會出現新的影像。可是一如往常全是同樣的法語詞彙。

到底要等到何時，我才能看到月子的影像？我掛念著，重又思考妻子的生理現象，我對這方面的知識實在非常匱乏。說得也是，每當我向月子求歡的時候，都被她以此爲由拒絕，但我後來還進一步問她：既然這樣，幾天後才能做愛呢？結婚都已經兩年了，卻搞不清楚妻子生理期的約略天數，有人若就此批評我們在性事上是貌合神離，也無可奈何。

總之，等待之中，我一直往壞的方面擴大想像：說不定對方什麼也不會傳送過來，等我按捺不住直接奔赴紅色城堡時，月子和那些傢伙已經銷聲匿跡，整座城堡成了一個空殼？

我陷入這種不安之中，頂多只能再等一天。如果對方再沒有傳來任何影像的話，我就要致電城堡方面問個明白。第五天早上，我這樣決定後，便來到醫院上班。然而，這天剛好是與我同期的吉安醫師決定轉調北關東的醫院的日子，醫局的同事們在青山（地名）的餐廳爲他舉行送別會，我當然出席了這次酒宴，宴會後，吉安說要續攤再喝，盛情難卻之下我們幾個人去了赤坂（地名）的酒吧。猛喝白蘭地的吉安喝得酩酊大醉，頻頻說著他很羨慕我。他說，同期進入醫局有五個人，現在只有我留在醫局，如果把它比喻成公司的話，等於只有我一個人繼續留在總公司的主要部門。具體的說，將來我有可能從講師晉陞到副教授或教授，或成爲醫局的核心幹部，他甚至羨慕得握住我的手說：「若是有飛黃騰達的一天，千萬不要忘了遠在邊疆的我喔！」

「而且，依你的條件，隨時都可以開業的……」

他毫無做作地說道，但我剛要向他說「事情不是這樣的」，霎時又吞了下去，我心想，如果過於強烈否認的話，反倒會被他追問什麼原因，況且我對妻子的所作所爲一旦曝光，不僅當不成教授或院長，還得吃上行徑卑劣窮兇惡極之徒的罪名。

「事情沒有你想像中美好啦！」

我故意說得模糊，吉安醫師仍不懂其意，還連聲說著：「還是你有出息！」再這樣和他耗下去，我一定吃不消，於是撇下酒興未盡的吉安醫師，回家去了。

不過，就算逃開朋友回到家裡，也並非有人在等待自己的歸來，儘管整日關閉的房間瀰漫著混濁的空氣，我仍走進自己的房間坐到桌前。這一陣子，一回到家裡，打開電腦成了每天的習慣動作，可是一如往常，畫面上只出現我幾乎可以背誦的，如洪水般湧來的法語。

儘管如此，我還是輸入密碼，盯著畫面看。螢幕出現山丘上的城堡，接著映現出繁花盛放的庭園。我一看到這幕，立即明白那就是紅色城堡，但畫面立即變成法製地鐵似的背景，畫面中央一個橫寬的白色色塊，上面出現「23.oct」的字樣之後，冒出一個方形箱子的東西。

Z終於把影像傳送過來了。我目不轉睛地盯著，畫面中的景物好像是房間的一隅，一個類似人頭的東西出現在看似箱子的右角。不過，它是背對著鏡頭的，當我看到那黑髮齊肩的部分，才察覺是否爲女性？我這樣尋思時，對方朝我的方向緩緩轉過來，我不由得驚叫起來。

「月子……」

我慌張地極目凝視，原來那看似方形的箱子是一只浴缸，月子好像只露出臉部，整個身子浸泡在水中。那的確是一只浴缸，但在這之前，我從未窺見過那間房間，難道城堡裡的各個房間都裝有隱藏式攝影機？還是另有其人一邊偷窺，一邊拍攝的？

不管怎麼說，此刻出現在我電腦畫面中的人確實是留在法國的愛妻月子。

我和月子分手到底已經幾天了？自從我在紅色城堡窺窗偷看她以來，算一下我在法國時和返回東京之後已經睽違七天了，從畫面上最初出現十二月二十三日的日期來看，這幕影像是日本時間今天早上拍攝的嗎？

從畫面中看到的月子，大概是正在入浴的關係，神情顯得安詳怡然。她的身體浸在水中，只露出頭頸，臉緩緩地轉向我。她看上去比一星期前胖了些，看著她悠然泡澡地情態，難道生理期已經結束了？

「總之，月子平安無事。」

我對著畫面嘟囔了一句。此時，大概是月子在水中伸展手臂，脖頸微微往前傾的關係，細小的水泡順勢從浴缸邊漫溢出來。

Z突然傳送月子入浴的畫面給我，他的想法也眞夠新奇呢！這一幕讓我看得目瞪口呆，不過，那只浴缸似乎太大了些，即使月子在浴缸裡伸展雙手，都還有足夠的空間。浴缸邊沿是桃紅色的大理石，後面的牆也鑲嵌著菱形的大理石，是中世紀時期建造的嗎？可是當我看到安裝在牆面的扶手和毛巾架，以及出水口下方有一個溫度調節器時，猜想那浴室是不是重新經過改造的？

我想看個清楚，把整個臉貼近畫面時，月子像發現到似地，正緩緩地從浴缸站起來。

剎那間，我猶如看到不該看的東西似的，不由得別過臉去，但旋即又改變主意。

做丈夫的看妻子入浴的畫面沒有什麼不對。無庸置疑，月子當然不知道自己正被隱藏式攝影機偷拍，而且遠在日本的我正在收看呢。

站在浴缸裡的月子，全身都是肥皀泡，好像穿上泡泡衣似的。她抬腳跨出浴缸，隨著上半身仰起的動作，肥皀泡一下子全消散了。剎那間，我以爲全裸的月子正對著我的方向靠近，身子不由自主地往後退，然後月子這個動作只是爲了拿跟前的蓮蓬頭的把手，她一拔出蓮蓬頭，便動作熟練地扭開開關，旋即噴出熱水聲的同時，月子直直地面對著我的方向，先沖淋了一下肩頭。

在這之前，我曾經從城堡的窺窗看過赤裸的月子，但那時候她都是被蒙著眼睛，手腳扣著束具，見到她以這種面貌出現倒是頭一遭。我總覺得自己的視線與月子相遇而驚慌失措。正面看去，月子的身體像散發光澤的透明白瓷，她把全身都淋遍了。

我一邊目不轉睛地盯著畫面，一邊爲各種新的發現吃驚，茫然失措。譬如說，月子在沖洗脖頸和背部的時候，她纖柔的上半身總是出人意外的往後彎仰、手臂抬高的同時，微微可以看到腋毛，當她又再次沖淋時，就會露出與纖纖嬌軀不符的豐乳。女人淋浴，不，應該說月子是用這種姿勢淋浴的嗎？我好像在觀賞魔術表演似地看著，卻見月子拿下蓮蓬頭，從腹部沖淋至胯股間，與此同時，她空出的手指還抵著陰部輕輕地上下移動。我再次別過臉去，可是月子依然細心地沖洗著，最後雙腿微開地蹲下來，朝大腿內側裡裡外外沖了一遍。

這一連串的動作十分流暢，而且顯得生氣勃勃、大膽，至少與我想像的應該帶有女人般婉約的羞澀相去甚遠。就在我大感錯愕之際，月子沖洗完全身，拿起一條大浴巾開始擦拭身體，這個動作不遜於沖洗時的豪放，充滿活力。譬如，她在擦拭耳後頸時擦得十分出勁，連大腿內側也擦得仔細。她要擦拭小腿至腳尖的時候，單腳跨在類似圓椅的東西上，上身前彎，我因而能清楚看見與她細腰不相稱的明顯後凸的豐臀。

雖然這些動作讓我看得目瞪口呆，但其實多少有一種心如刀割的感覺，片刻後還是不忍看下去的。在一般的夫妻之間，這種程度也許已司空見慣，可是對我這種屢遭月子拒絕的人來說，眼前的一切多麼新鮮、眞實啊！總之，妻子入浴，沖淋身體的畫面，已經把我弄得張皇失措，春情蕩漾了！

坦白說，在這之前，我曾多次瞞著妻子上網看過色情網站，當然這是要付費的。剛開始因爲是初開眼界，所以顯得興致勃勃，但久看也令人索然無味。對方也基於商業考量，所以浴室裡的畫面固定會出現一對男女，女的偶爾幫男的「吹喇叭」，時而做出是自摸私處的姿勢。這些動作的確引人興奮莫名，可是一想到這全是精心安排的演技，一下子便意興闌珊了。而且，他們越是努力演出，就越像一種工作，換成在練習場上表演的體操，教人性趣全消。

也許這種比較有失恰當，但與此相比，月子裸身舉手投足之間是多麼自然優美、多麼淫媚啊！正當我爲此感動之際，月子先擦拭頭髮，繼而擦乾全身，彷彿等待這個動作結束似的，從左右兩邊出現二名女性，她們就是我經常在城堡看見的，前罩白色衣服，後穿短得離譜的窄裙的女性，她們從兩側用白色大浴巾裹住月子，隨即消失了，她們只是從鏡頭中消失而已……。

畫面再度回到原先壁毯模樣的桌布。這時我才醒悟過來，環顧四周，方才回家時窗簾也沒拉開，脫下來的西裝一直擱在床上。

稍早之前，我還和朋友在赤坂喝酒，此刻卻在自己的房間觀看月子在法國城堡中入浴的畫面，距離如此之近，期間有什麼連續性嗎？我覺得不可思議，再次盯著螢幕，這時候畫面依舊是壁毯模樣的桌布。離開巴黎之前，Z答應我每天傳送一至二個小時有關月子的影像，但光是浴室春光的畫面只耗去三十分鐘，應該還有後續的畫面。

彷彿回應我的期待似的，畫面再次開啓，裡面出現一個類似房間的空間，正面有根圓柱及一堵顏色暗淡的牆，由前面放置的黑色皮製的床來看，我立刻知道那是在紅色城堡看過好多次的，也就是所謂的「調教室」。這時候，我不但忘了月子曾在那裡遭受各種屈辱的事，甚至心生一種懷念之情，陷入正從窺窗偷看的錯覺，然而這一次，月子穿著純白睡袍，旁邊還跟著兩名女子出現在畫面上。

剛才那幕浴室春光的畫面結束之後，不知道已經過了多久？月子的頭髮似乎乾了，睡袍底下露出一雙赤腳。她走到床前，輕柔的樂音流瀉而出，與此同時，一名女子站到月子的面前，先是鬆開月子腰間的繫帶，接著動作俐落地幫她脫下睡袍。

再度被脫得一絲不掛的月子，不知道是不是事前受過良好的指導，抑或出於自己的意願，看去絲毫沒有違逆的樣子，讓站在她右側的女子蒙上眼睛，單手被牽著登上低矮的臺階躺到床上，月子首先坐直身子，然後輕身俯臥，身旁的兩名女子便手抹類似橄欖油的東西開始塗抹她的身體。

那流瀉的音樂彷彿是德布西的《月光》，鋼琴的音色純淨優美，配合著這樂聲被輕輕抹上橄欖油的月子的肌膚，宛如月光般晶瑩剔透。

看來，步出浴缸的月子，這回由兩個人幫她按摩。我曾在紅色城堡看過與此相同的光景，開始時都是採取趴伏的姿勢，幸好這個姿勢看不到私處的部位，倒是柔細的雙肩和大腿特別醒目。大概是腰圍纖細的關係，兩邊凸起的臀肉顯得出奇地富有彈力，看上去臀溝既圓且深。

我忘了眼前的情景只不過是影像，竟衝動得想用臉頰貼靠那豐腴的臀部。我現在才明白，不僅是法語說的「通往天堂的入口」的前方部位，藏住後方肛門的豐臀同樣令人想入非非，挑動男人的情慾。

總之，美女的胴體，一切都是美麗而令人遐想。尤其是月子的身體……

我就這樣目不轉睛地看著，過了一會兒，一旁的女性停止按摩在月子耳邊私語，月子聽令後緩緩地翻身朝上。

已經一個星期沒看到月子仰躺的姿勢了，她的身材依然均勻姣好，肌膚顯得細緻柔潤，是得助於每天按摩的功效？抑或全拜淫穢的調教之賜呢？

「乳頭勃起……」

我不由自主地嘟囔著。在我看來，月子能達到這種狀態，表示她基本上在精神上是愉悅的，同時接受了她們以及他們的所作所爲。

倘若月子害怕、厭惡她們和他們的所作所爲，乳頭是不可能這樣挺立的。其實，即使是男人，處於不安與恐懼之中，百分之百是不可能勃起的。

月子那小得嬌豔欲滴的突出的乳頭讓我感到羨慕；與此同時，我想起以前拿狗與兔做實驗的往事。

當時，我做了一項研究：故意折斷狗的四肢，然後幫牠打上石膏紮上繃帶，檢視牠骨折後的恢復過程，同樣的實驗也用在兔子身上。不過，狗隻因爲體型大小和種類差異極大，所以實驗値容易產生誤差，而兔子沒有種類上的差別，所以很容易收集到體型相同的兔子。這項實驗，對動物來說，與其說是折騰毋寧說是殘酷的實驗。由於我對那些飽受這種實驗的狗於心有愧，以致去巴黎的戴高樂機場接岳父岳母的時候，湊巧與老婦人身邊的狗目光相遇而感到心虛膽怯。

不管怎麼說，與狗比較起來，我對兔子的移情作用較淡，少了一份罪惡感，可是我發現公兔與母兔在實驗過程中的反應差異極大：首先我意圖折斷公兔的後腿骨，然後打上石膏包紮固定，之後公兔變得幾乎不再進食。最初，我以爲牠是因爲承受疼痛與包紮的雙重折磨而缺乏食慾，但經過半天，心想，牠的疼痛應該緩和了些，也習慣了束縛的感覺，但牠卻拚命地想咬開繃帶。牠完全沒有進食，只一個勁地咬著繃帶，試圖掙脫出這種不自由的拘束狀態，看在眼裡，有時候我會對著兔子低聲說：

「喂！你別白費力氣了！就算你費神咬開綳帶，我還是會立即打上石膏恢復原狀的！別做無謂的抵抗，趕快吃掉眼前的紅蘿蔔和豆腐渣吧！」

然而，公兔似乎沒有理解我的勸說，牠只執拗地咬著綳帶，最後耗損體力，漸顯衰弱。從公兔的行爲模式可以清楚證明，牠們與生俱來有強烈的反抗意識，把掙脫束縛視爲第一要義。

母兔的情況剛好相反，當然，剛紮上綳帶時，牠和公兔一樣咬著綳帶試圖掙脫束縛。不過，過了一、二天，牠悟到綳帶是咬不開的之後，便會放棄抵抗，吃起眼前的紅蘿蔔和豆腐渣。就是說，當母兔察覺到掙脫無望，就不再做無謂的抵抗，並轉念開始思考如何在束縛中生存下去。

公兔與母兔生存方式的不同，稍從學理上來說，即適應環境能力的差異，就這一點而言，母兔顯然公兔優越得多，同時也證明做爲實驗動物還是母兔的好。

其實，這個數值在其他的實驗中也得到證實。當年，蘇聯發射人造衛星時，一起登上的動物選的就是母犬，因爲母犬在適應環境和忍耐孤獨的能力頗受肯定，如果換成公犬，或許熬不住孤獨與恐懼而亂咬周邊的儀器、設備、神經質的橫衝直撞、消耗體力，導致實驗以失敗告終。

我之所以突然回憶起這段往事，是因爲眼前的月子竟忘了自己是被囚之身，意外地顯得輕鬆自在所致。

月子被軟禁在紅色城堡將近半個月之久，難道她這麼快就適應了那種狀態？至少現在看去，她似乎沒有抵抗或拚死逃走的跡象。事實上，她如果有心逃脫，就不會在舒適的泡浴之後還接受按摩，興奮得乳房挺立。我這樣一想，總覺得月子不可原諒，但仔細思量，從某種角度來看，說不定她是幸運的一方。的確，月子形式上雖然被監禁在異國的城堡中，可是她既不愁吃住，身旁又有女性如侍女般悉心照料。眼下出浴的月子正享受著那兩名女子的按摩呢。當然，按摩之後男人們進行的調教又另當別論。若能忍耐得住，即使沒有天堂一般享樂，但對一個被囚之身來說，不能不說是人在福中了。

我這樣想著，直盯著畫面，月子享受著細心的按摩，一副安然委身託付的模樣，宛如置身在美容護膚中心。凝視之際我不由得羨慕起月子來，巴不得自己也能享受按摩之樂，就在這時候，她們開始擦拭月子塗滿橄欖油的身體。

她們由前身到後背，來回細心擦拭之後，撒上爽身粉，又輕輕地按摩一番。此刻，月子眞的像極了王妃。當我這樣想時，其中一名女子在月子的耳邊低語了一下，當她剛說完第二次時，月子出聲道：

「不要……」

那的確是月子的喊叫聲。

事實上，隨著發出喊聲的同時，月子的頭也跟著劇烈的擺動，而她們正如意料中事似的，趕緊用床側的束具固定住月子的腳，倉皇的月子想仰起上半身，但被眼尖的她們按住肩膀，月子便依勢倒仰在床上，兩手旋即被扣上皮製的束具。

眼前這突如其來，令人分不清楚狀況的一幕，著實讓我目瞪口呆，不過，月子的突然抗拒和那兩名女性的動作實在太快了。從她們不容分說按倒、綁住月子的身手來看，果眞不是泛泛之輩。乍看之下，穿著禮服的她們清秀端麗、氣質高雅，可是卻暗藏著深沉的詭異，她們畢竟是和那群惡棍住在同一城堡的。

總之，現在月子的四肢已經被扣住，眼睛也被蒙著，看過剛才的一連串動作，我越發覺得她們根本是軟硬兼施。

我驚愕未定地凝視著，方才流瀉的音樂聲略微升高，與此同時，剛綁住月子的那兩名女子隨即站在床的兩側，若無其事地順著月子的胸部、下腹部開始撫摸起來，不過，這只是前奏的動作，之後她們的手指總是集中而緩慢地滑向月子的乳頭和私處的敏感帶。

一如往常，這是按摩後的撫摸嗎？我在城堡偷窺的時候，這些動作都是委託男人之手，譬如說，交由戴鳥、獅子或羊面具的男人一邊重複著甜言蜜語，一邊撫摸月子最敏感的部位。

今天，他們不在嗎？我像待在窺室般，想探頭往下瞧看，但他們是不會在電腦畫面上出現的，只見她們手指移動的速度越來越快。難道他們今天休假嗎？還是躲在攝影機照不到的地方，一如往常，一邊喝著甜酒一邊欣賞這幕情景？不管怎麼說，月子與其被那群惡棍折磨，倒不如被她們玩弄來得有救。

正如我在紅色城堡的窺室時一樣，我從客廳的櫥櫃拿出一瓶威士忌，直接就倒入玻璃杯中。我邊啜飲著邊看著畫面，站在月子右側的女子一手掰開月子恥毛初長的陰部，另一隻手握著一根粉紅色的細長棒子。

她們要幹什麼？我放下未喝完的玻璃杯，凝目一看，那女性手中握著的好像是電動按摩棒，這比我看過的略小一點，她拿起男人陰莖形狀的粉紅色電動棒，朝著被按摩和撫摸而黏液溼濡的私處，亦即法語所說的「可愛的小花瓶」中慢慢地插入。

霎時，傳出「啊……」的呻吟，電動棒也愣住似地戛然停止，但接下來威猛的電動棒便緩慢而確實地插入「花瓶中」。

對我來說，那突如其來的振動聲響，宛如遠從法國傳來的惡魔之聲，我深深感受到，此刻月子正受到侵犯。

話雖如此，侵犯月子的不是那些擅長這類把戲的惡棍，而是看似清秀、順從，喜怒不形於色的，如修女般的女性。她拿著電動棒慢慢地插進月子的私處，又緩緩地抽拉出來。粉紅色的電動棒每次加強振動頻率，月子的花瓶就會跟著舒暢得渾身扭動，愛液溼濡。

折騰到此，似乎還沒輪到男人上場。不過，交由女性「折磨」，月子有救的想法顯然是我錯估了。現在看到她們的所作所爲，才眞切認識到。對方是女性，所以會善待月子這種道理是說不通的，其證據就是她們在玩弄月子的時候，目光炯然，彷彿要揮去積壓多年來無奈禁慾的怨恨似的，直把電動棒插到盡頭，甚至加勁攪動。

現在，我終於知道方才月子斷然拒絕的理由了。那時候，她們好像低語了什麼，大概就是告知月子待會兒要使用電動按摩棒的事吧？肯定是當月子知道，不僅是到目前爲止的溫柔愛撫，自己的身體之中即將被插入不明物體而驚慌失措的。而且也爲眼下那種淫穢的舉動竟然出於女性之手而感到羞恥與恐懼吧。

從事後的經過來看，月子的恐懼心理，正如我所料想的。乍見之下，男人折磨女人殘酷得多，其實，女人折磨女人要來得執拗，甚至更得心應手呢。

由此看來，這是顯然是Z幕後指使的吧。Z認爲，與其把初次插電動棒的任務交由令人生畏的男人，倒不如借優雅的女士之手，這樣一來，既可消除對方的驚嚇，同時使其習慣這種調教方式。

看來，這種調教的方針已經獲得成效。此刻，那兩名女子一個玩弄月子的乳房，一個拿著電動棒猛插陰道，使得月子時而呻吟時而全身扭動。這到底是愉悅之聲？抑或厭惡的叫聲呢？從月子蒙著眼睛劇烈地搖擺著頭，奮力掙脫手腳束縛的情態來看，她似乎對此舉厭惡至極，可是她呻吟過後惋惜似的興奮餘緒又像歡樂的叫聲。倘若是後者，面對那女性的低語，月子表現出來的拒絕態度，只是一種單純的姿態，等於欺騙了她們。不，說不定她們早已心知肚明而折磨著月子的吧？

不管怎麼說，看著月子呻吟難耐的模樣，我越發不了解她。那個視性爲羞恥齷齪之物，屢次拒絕我求歡的月子竟是如此淫亂！如果這個動作是出自經驗老到的他們的愛撫則另當別論，但竟是由女人之手，用這種荒唐的器具挑得她情慾迷亂！說不定他們意識到我在日本觀看，因而串通月子做出這種表演吧？

「不可能……」

我不由得大叫了一聲，突然，桌上的電話響了。

這麼晚了，到底是誰打來的？我現在怎麼有心情聽電話！我暗下決心不去接聽電話，淡電話鈴連續響了十幾聲，最後留下一聲戀戀不捨「鈴」響之後，戛然而止了。

我喘了口氣，將視線回到畫面時，鈴聲又響了。

眞是煩人的傢伙！我告訴自己，儘管鈴聲直響也不接聽，但突然又擔心是不是醫院打來的。最近這幾天我沒有病情可能惡化的患者，但我想起今天晚上輪到我的學弟平尾値班，說不定他應付不了，向我求援呢。不過，電話鈴這樣響個不停，的確非比尋常。

無奈之餘，我決定開著畫面，只關掉聲音拿起床邊的聽筒。我沒出聲地靜聽著，稍後傳來「我是日野……」的名字和略帶沙啞的聲音，我才知道是岳父打來的電話。

「克彥嗎？這麼晚打電話給你，不好意思。」

「不會的……」

「你在做什麼？」

霎時，我的行徑彷彿被看穿似的，慌張地環顧了一下，低語道：

「沒有啦……」

此刻，我在房間裡的行爲是不可能說出口的。倘若我向岳父據實以告：「我現在正在觀賞您的寶貝女兒月子赤條條地被一群法國的惡棍玩弄呢！」他要不是大吃一驚，就是氣得腦充血當場倒地，要不然就是斥爲無稽之談。我這樣揣想著，這時岳父出聲道：

「你好像沒什麼精神。」
「……」
「你一個人忙得來嗎？」
岳父也許擔心沒有月子理家，我在日常生活上恐有諸多不便吧。
「沒問題啦！」
我好不容易才恢復正常應答，岳父等待似地說道：
「嗯……，後來，法國那方面有沒有聯絡？」
「噢……」我趕緊整理腦中的思緒回答道：
「還沒有聯絡，但我想明後天就會……」
「對方一有聯絡，你會馬上去吧？」
「當然，我也打算早一點啓程。」
「錢我已經準備好了，有任何消息，立即通知我。」
「知道了。」
說著，我不吭一聲，岳父語帶歉疚地說：
「對你很不好意思，可是只有晚上的時間，才能好好跟你說話。」
「對不起……」
岳父似乎察覺到我的應答有點奇怪，又覺得繼續追問下去不好意思，最後說了聲「晚安」就掛掉電話了。
「晚安。」
我同聲話別，放下聽筒之後，大大地鬆了一口氣。

岳父眞會挑時間，偏偏選我正在觀賞月子的祕密影像時打電話來。這究竟是父女連心呢？或者出於偶然？儘管岳父覺得我應答的態度有點蹊蹺，但他不可能知道我偷看月子春光外洩的事。

爲了紓緩情緒，我把剩下的威士忌一口氣喝完，回到桌前重看畫面時，只剩月子一個人癱軟在床上。

令人訝異的是，此刻，月子不但沒蒙著眼睛，連手腳的束具也被鬆開了，她卻沒有起身的樣子，胸部和大腿部分彷彿還在回想方才調教的激烈情景而微微顫抖著。

我暗忖道：月子就那樣子，舒服得魂飛骨蝕了嗎？月子在我的面前毫無防備地伸展手腳，看上去神情愉快滿足，

「她眞的達到高潮了……」

我不禁嘟囔道，月子好像聽到似地緩緩站起來，在她們的攙扶下，下了床鋪。剛才那兩名「行刑」的女子爲月子穿上睡袍，繫上腰帶。她們現在變成服侍月子的侍女，態度恭順地攙著她的手緩步離去。

月子和他們到底是什麼關係呢？不，更重要的事，月子果眞如此就高潮了嗎？當我還在深究這點時，畫面變白，接著出現壁毯模樣的桌布，回到開啓時的畫面。

今天預訂傳送的影像就到此爲止嗎？無論如何，漏看的部分待會兒可以重看。

我這樣想著，腦中泛起我離開巴黎時Z所說的話。

「任何一個女性，都不可能沒有感覺的。天底下要眞有那麼性冷感的女性，一定是還未遇到讓她能感受性愛的男人。」

醉意與疲勞使我的頭腦昏重不清反覆琢磨著Z這番話，爲了讓過度興奮的身體獲得安歇，我獨自縮回冷清的床上。

至此，我終於有些明白紅色城堡他們的所作所爲了。

老實說，雖然我把月子交到他們手上，但並不認爲有什麼方法可以徹底改變她厭惡性愛，從不關心與丈夫交歡的心態。眞要說有的話，只有一種，就是採取暴力的強制手段讓她習慣這種訓練了。譬如，正如在色情錄影帶經常看到的劇情：卑鄙無恥的男人，先是拿刀怒罵脅迫女性就範，最後來個霸王硬上勾。幾次之後，女的會因而絕望，放棄抵抗，心念一轉，變得大膽地接受色狼的摧殘。就算情況不致那樣，但整個故事情節大都是爲男性安排的，亦即儘管女的百般不願，在屢遭侵犯之後，最後仍享受著快感。

然而，我是不會幼稚到相信那種故事的，也不認爲女人就是那樣。如果那種事眞有可能的話，天底下幾乎所有的男人都可以暴力脅迫得逞。但從結果來說，這反而招致女性的反彈與憎惡，就算表面順從，最終只會把她們逼進冷感的深淵。

雖然我十分了解那方面的事情，但要讓一個拒絕做愛的女性開竅是不容易的。雖不能說絕對不可能，不過，若沒有經過技巧卓越的人，以強制性的，偶爾訴諸暴力手段，肯定是難以奏功的。

其實，當我擅自將月子送進紅色城堡時即已明白，那群惡棍會施予相當程度的暴力行徑是無可避免的。當然，在這之前Z向我保證：「她的身體不會受到傷害，不是施暴，而是調教。」除此之外，他們會爲月子提供珍饈美酒，這一點的確讓我感到安心。但話說回來，月子被一群陌生的外國男子強逼著做出她原本就厭惡至極的行爲，心裡一定受到巨大的痛苦與屈辱。

對於將月子推入那種境地，我既感到不安與愧疚，但同時也是我對她的一種懲罰。這是對訂婚期間開始就輕視我，結婚之後更冷落丈夫驕縱自恃的妻子最貼切的報復！我正是基於這種心理，才甘冒將月子監禁在紅色城堡的危險，但我不認爲透過這樣的調教能喚醒月子的性意識。我最低限度的期待是，經過他們的折磨、勒索，能改去月子的傲慢，重新體察和接受我這個做丈夫的心情，若能奏效的話，即使冒險，還是値得放手一搏。

然而，令人錯愕的是，到目前爲止，月子表現上並未露出受傷或受虐的神色，毋寧是已經習慣於被捕的狀態，精神上相當穩定。當然，這或許不能把它說成「舒暢」，但身旁有幾個女子服侍，每天猶如置身在美容護膚中心享受著按摩之樂，即使是重要的「調教」，似乎也不是那麼痛苦和屈辱。當然這只是我的猜測，不知道月子眞正的感受。不過，至少表面看去，月子沒有陷入我所擔憂的遭到暴力脅迫與死命抵抗的慘境，這一點是可以確定的。

面對這種活生生的眞實，此刻，我應該如何自持呢？的確，正如Z事先約定的那樣，他們所說的「調教」既不激烈，也沒有暴力行爲。這些訓練我都能接受，但越是這樣，便失去懲罰月子的意義了。當然，對月子來說，被軟禁在陌生的城堡中就是一種懲罰，但令人吃驚的卻是他們調教的技巧。

現在，我終於明白，他們自有一套獨特的調教方式，而且切實地執行著。

一開始，他們冷不防就把月子全身赤裸，四肢被綁的姿態展現在我的面前，讓我驚慌失措，後續對待月子的做法，更極爲巧妙，而且計畫縝密。

其證據就是，首先蒙上月子的眼睛，祛除內心的不安，隨著輕鬆的音樂，透過女人的細手反覆按摩全身，讓她舒心愉快，然後若無其事似地觸碰她的乳房，繼而以同樣的方式探入她的私處，溫柔地撫摸最敏感的部位。而且男人們還要一邊重複這樣的動作，一邊在她耳畔說些輕聲愛語。他們的計策發揮得淋漓盡致是在那之後，由女人們幫月子細心做完按摩之後，心有所想地拿出電動按摩棒，略帶捉弄似地朝愛液溼濡的洞窟輕慢地插進去。如果這個動作出自男人之手，或許月子會因而備覺屈辱，加以抗拒，但若換成女人的溫柔撩撥，說不定月子只象徵性的抗拒便作罷了。

從以上的事情可以知道，他們的做法超乎想像中的溫雅高尚。儘管有時候也會出現令人驚愕的、強逼上陣的舉動，但整體的流程是緩慢、細緻的。而我簡直要說，那正是最擅長於表達愛意的法國式的做法：淫亂與優雅兼具。對他們的做法，我當然沒有異議。比起拙劣的暴力方式，他們的做法要來得安心可靠。只有一點令我強烈不滿的是他們盡會吹噓自己是法國的花花公子，一副自鳴得意的模樣。可是再說下去便沒完沒了，就此作罷，

不管怎樣，就我目前的經驗來看，他們的做法大致沒有問題，與此同時，我也興致勃勃地盯看著網路傳送過來的畫面。

月子的陰道被他們直接插入電動按摩棒之後，今天已是第五天，看來調教進展順利。月子除了第一次體驗時，曾霎時出現扭動身軀抗拒的動作，不過，現在已態度從容地任其擺布了。而且她不但承受住她們在那之後執拗的攻擊，絲毫沒有抗拒，最後還發出微細的呻吟、顫動著上半身，一副舒爽至極的姿勢。

這五天來，我鉅細靡遺地觀看其中的經緯，大致上似乎是依照進度進行著。可是進一步觀察的話，可以發現每天都有微妙的差異。

最明顯的變化就是插入月子陰道的電動按摩棒似乎有日漸增大的趨勢，剛開始只是直徑二、三公分大的，現在則是越來越粗有兩倍大了。而且正因爲是握在身材苗條的女性手中，所以顯得特別醒目，同時，顏色也從最初的粉紅色變成現在的黑色，看似更加威猛了。

自從我發現這種變化以來，我總是於心不忍地看著日漸變粗的電動按摩棒插入月子的陰道，瞬間，她雖然痛苦似地扭動腰肢，但最終仍樂在其中似地吞沒下去。

月子這種反應讓我感到驚訝、困惑，我想起之前傳送過來的眾多表示女人私處的法語詞彙。譬如，其中有「antre（洞窟）」這個詞，現在我看到的確實是「洞窟」，它的裡頭有多深？又能容納

多少東西呢？同樣意義的詞彙還有「grotte（深穴）」，和「cave（地下室、酒倉）」這兩個詞彙。這樣看來，此刻我對月子的私處所得到的印象和那群法國男人毫無二致，說不定都感受著陰道的諱莫如深與妖氛。

不，還不僅只這樣，當我看過它每天吸呑著粉紅、藍、黑，色彩繽紛的東西時，除了洞窟這個形容之外，使我想起形容拿進蔬菜或香腸或肉品的「cuisine（廚房）」這個詞彙。說的沒錯，光看「那裡」的話，它倒像是可以儲存各種食物的廚房。

總之，自月子的陰道被插入電動按摩棒後，算起來已經第五天，我越看越發覺得女性的陰道眞是奇妙，深不可測。所以，我可以理解「gouffve secret（祕密深淵）」、「abyrinthe de concapiscence（肉慾的迷宮）」這種詞彙的內涵。

沒錯，女人的陰道就是一座迷宮！一座令男人一旦進入便無法回頭的、充滿難解妖氛的迷宮之殿！

然而，月子向來只要提及性愛之事便眉頭緊蹙露出輕蔑的眼神，不，也許月子現在的陰道功能才是正常的。它依序呑下色彩繽紛尺寸迥異的東西，而且加以咀嚼，最後妙不可言地達到高潮！不，我眞不希望月子已經達到眞正的高潮，那既是深穴又是倉庫的祕密深淵，眞的是月子身體的一部分嗎？

說不定就像他們常說的，唯獨「那裡」雖然是身體的一部分，但不也是與精神分離的孑然獨立的生物嗎？從那樣的反應來看，正如他們所意料的，月子已經覺醒了嗎？或者正如我最不願意想的事：月子對我露出憎惡的眼神，其實她遠比一般人對性愛要來得充滿好奇？

雖然各種疑惑糾纏著我，這五天來，我還是目不轉睛地看著傳送過來的影像，暗自期待著月子的身體做出謀略性的反叛。雖說他們技巧之高超、行事謹慎，難道他們沒有遇到月子不爲所動或完全沒有做出反應的時候嗎?就算他們如何苦纏挑逗，也有只換來徒勞無功的時候吧?

可是我這樣的期待頻頻落空，每天晚上，月子雖然像跋涉必經之路似的喘息，但最後總是發出甜美的聲音達到高潮。不，她露出高潮的模樣，其過程就像每晚走慣的道路般固定，期待能事出狀況的我，最後終於從悔恨之情轉爲怒火中燒了。

他們或許感受到我的焦慮，紅色城堡傳來的影像，除了調教的鏡頭之外，有時候會摻雜其他的畫面。

譬如，第二天，經常播放調教的影像前，突然出現寢室般的房間，中央左側的窗邊有一張床，那是一張相當寬敞的雙人床，上面是四根支柱托著華蓋，織工精巧的白色花樣的紅底褶簾從上垂覆到床腳。在這張豪華大床旁邊的牆上，畫著寧靜森林中的丘比特們和在樹蔭下休憩的丘比特神，另外還掛著與這寢室相配的圖樣優雅的大壁毯，下面擺了一只有著洛可可風格、散發古色暗光的類似矮櫃的衣櫃。它的跟前，亦即床前隔著一張圓桌，各擺著一把靠背有雕飾的椅子和沙發成組相對著。當欣賞著這兼具中世紀的高尚風格與豪奢的寢室時，垂覆的床簾緩緩地被拉往兩邊，裡面出現一個女子。

頓時，我彷彿看到電影的某一情節似的，但我隨即知道她就是月子。此刻，她是剛從睡夢中醒來?抑或甦醒了還在床上微睡?她微微地睜眨著眼睛，凌亂的髮絲披散在額頰上，顯得神情慵懶。月子就那樣坐在床沿，凝視著晨光流瀉進來的方向，過了一會兒，她撥開額前的髮絲，緩緩地離開床沿站了起來。

仔細想想，我們同住在家裡，我幾乎從未看月子起床的姿容，但令人驚訝的是，她身上僅穿著緊身襯褲和純白透明的內衣，豐滿的雙峰和纖細的腰身清晰可見。

毋庸置疑，無論是房間或家具都散發著中世紀的氣息，置身其中的月子沒有格格不入之感，毋寧說她已經與這房間的氛圍融為一體，自覺著是一名公主，坐在床前有扶手的椅上。

這時候，宛如早等待在一旁似的，左側出現一個穿著白色禮服的女子，她輕輕施上一禮，牽著月子的手起身。

影像就這樣消失了，我猜想她們是不是去浴室淋浴，短暫的斷訊之後，又出現月子穿上睡袍的身影。

好戲要開始了吧？我屏息以待，月子面向著我，自己解開睡袍的腰帶，然後俐落地脫下睡袍，剛才那名女子跪著把它撿了起來。

現在，月子的身體已經毫無遮蔽了，她的跟前大概有面鏡子，她先是正面微向左看了一下，然後再側身向右，似乎在端視鏡中自身的姿體。

我曾聽過一種說法：以前的黎民百姓對自己的私處總是遮掩為上，而眞正的王妃和公主則是無所顧忌地坦露；眼前的月子正是一絲不掛毫無羞澀之情。

難道是因為昨晚調教過度，被折騰得精疲力竭所致？月子神情慵懶，身體卻嬌豔無比，宛如添水後的牽牛花栩栩生姿。

正當我看得入迷之際，剛才那名女性提著裝有衣服的放衣籃出現了。月子從籃內拿出了一條白色蕾絲的底褲，膝蓋微彎，先抬起左腳穿上，然後套過右腳往上拉提至腰間，接著她圍上透明的長襯裙，再套上襪口有刺繡紋樣的絲襪，這一連串的動作優雅得令我讚嘆不已；她最後穿上一件米色前胸略開的禮服，在鏡前端視自己的儀態之後往右走去，畫面便消失了。這幕傳達月子日常生活的影像，既讓我多所安心也令我些許擔憂。若僅看這個畫面，月子的居所確實像回到中世紀般豪華；但從月子的行動來看，她的性格似乎有了微妙的變化。

「月子越變越多了……」

我總覺得自己被孤伶伶扔下似地惶惶不安，但當初要求改變月子的是我，此時心生不安也許有點矛盾。

姑且不提這點，對方傳來月子不在寢室的影像，兩天後又傳來偷窺月子生活起居的畫面。這次畫面上劈頭就出現一張有著貴族騎馬帶著獵犬出獵如大壁毯的桌布，接著場景換成一張方桌和四把椅子，上方點著一盞熠熠生輝十幾根蠟燭形燈管的枝形吊燈。

只有兩名女性坐在方桌前，正面坐著月子，與她相視而坐的好像是照料她日常起居的女性。月子的打扮和早晨不一樣，她穿著有如十八世紀貴婦多褶裙襬、燈籠（公主）袖口的禮服，頭髮輕輕的挽在腦後。

燭臺擺在桌子中央，其他還擺了銀器和陶盤，她們兩人正在用餐，或許那裡是提供少數人使用的餐廳。具體的菜色我不清楚，她們的面前有一個大盤子盛著帶骨羊排，有的盤子盛著蘑菇和生菜沙拉，光是看這畫面，法國料理的秋季美味便撲鼻而來。

她們安靜地動著刀叉，偶爾做些簡單的交談，講的是日語或法語我聽得不甚清楚。不過，我在意的是站在月子斜後方的男侍。他端正地繫著蝴蝶結，看似二十歲左右的俊俏青年，蓄著一頭金髮更加匹配。大概是太過緊張，他直挺挺地盯著月子的動作，月子想喝葡萄酒他便立即趨前幫忙斟酒。

在這之前我還以為月子的身旁都只有女性而已，沒想到居然有這種年輕人，我略帶嫉妒地看著，男侍站立的斜後方矗立著一個大時鐘，時針指著八點。

頓時，我想起從巴黎出發，晚間九點左右抵達紅色城堡，接著偷窺月子調教的場景。

這樣一來，今晚月子用餐之後也會被帶去那個房間接受調教嗎？現在月子喝了那青年為她斟的葡萄酒，臉色已經微微泛紅，她就是在這種狀態下脫掉衣裳的嗎？

我想像著，逐漸陷入一種妖淫的情緒，我盯視著即將成為祭品的月子和那名青年的動作，但鏡頭卻再次回到最初那壁毯模樣的桌布，不久，畫面便消失了。

藉由第二天和第四天分成兩次傳送過來的影像，讓我得以了解月子在城堡中的生活片段，這才放下了心。

總之，正如Z所說的，月子在城堡中所受到的待遇可說是無微不至。在這方面，不愧是展現出法國上流社會的紳士風度，我再次對他們的做法表示認同。可是隔了一天傳送過來的影像，卻足以把我的安然與信任擊得粉碎，充滿了刺激與衝擊。

不管怎麼說，那天打從一開始就是不祥的一日，先是岳父一大清早便打電話來執拗地詰問月子的後續情況。我回答他：綁架集團今天應該會聯絡的云云，可是岳父對每次同樣的回答敷衍感到不耐，甚至數落我的不可信任，搞得我一早心情便開始煩悶。

倒也不全是因爲這件事的影響。在醫院裡，我負責診療的女性患者下午陷入病危，傍晚即宣告死亡。

她才二十五歲，是位聰慧的女性，一年前罹患脊椎腫瘤黏連到脊髓，教授曾爲她動過一次手術，但得知極難切除幾乎無法可施因而作罷，儘管後來改爲放射線療法，也只能隨著腫瘤的生長靜待死亡。

然而，身爲她的主治醫師不可能宣布這個殘酷的事實，在她問到手術的結果時，我只能回答：「我們已經盡力了。」當她頻頻問起：「幾時可以出院？」我說：「總之，不要焦急，加油吧。」「妳一定可以治好出院的。」時，她的目光爲之燦然。

我看著她澄澈的眼眸，爲明知沒有治癒的可能性卻語帶含混的自己感到厭煩，而對病情毫無所悉的她卻向我吐露了許多心願。

譬如，這次住院頗受醫師和護士的照顧，將來可能的話想當醫生；還沒到過歐洲，身體康復之後想去看看；若碰上心儀的情人，想談一場熱戀等等。

毋庸置疑的，她所談的願景都是未來之事，往壞的方面想，也許她知道自己病入膏肓，才這麼熱談未來的嗎？不管怎麼說，她越是描繪我越是於心不忍，多是以「妳不會有事的」，草草安慰一番就此離開病房。

而她，剛好是那天嚥下最後一口氣的。當然，我們早已預料這一刻的來臨，並沒有爲她死亡的這件事感到太大驚訝，倒是在這之前，她在病房裡傾訴的眾多願望該何去何從呢？她的遺體被移到了太平間。看著她癱躺過的病床鋪席上，留下一個和她腰部同寬的凹陷與汗漬，我尋思著她眾多美好的未來該葬在何處呢？想到這裡，我不禁感嘆死亡是多麼的虛無縹緲。

總之，那天晚上我忙著向死者的家屬說明，還得協助和處置遺體並開立死亡證明等，直到十點多才離開醫院回到家裡。在回家的路上，還爲不久前才暢談願景現在已經成了無言屍體的她，感到人生無常。

當然，我的房間依舊是早上出門時的樣子，爲了解悶提振精神，我從冰箱拿出啤酒喝了起來。正想去浴室沖個澡時，卻習慣性地又回到房間，坐在桌前打開電腦，連上網路。

頓時，我爲自己在醫院的所做所思和此刻舉動的落差之大感到訝異與迷惑，不過，我仍自圓其說地告訴自己：「這才是活著的證明。」而開始移動滑鼠。

出現在眼前的畫面，截然不同於我所處的經驗世界，同時也是遠超乎想像的。的確，那天的影像從一開始就瀰漫著某種異樣的氛圍。

首先是畫面中的房間，比時常用以調教月子的房間來得狹窄、陰暗。陰森森的石牆前，排列著幾具黑色的、人體模樣的立像，仔細一看，那些是身穿銀灰色鐵製盔甲並持槍的中世紀騎士像，呈現猶如守著中央鐫刻著皇家徽章的大理石壁爐似的。

接著，鏡頭緩緩地趨前定格，黑暗的床臺上突然出現女人白皙的軀體。我好奇地凝視，正面躺著一個雙腳張開的女人。她的膝蓋高高屈起，雙腿被極大限度地往兩旁撐開，膝蓋和腳踝都被緊緊地固定著，像躺在婦產科的診療臺上。

霎時，我不敢正視地別過臉去，但那投射燈彷彿嘲笑我似地把月子的私處照得異常光亮，由於被岔開的大腿擋著的關係，使我看不清楚上半身和臉部。

姑且不談她白皙的膚色，從那大腿蒼白的曲線和苗條的腿形來看，可以毫不思索地認定她就是月子。即使我希望這不是事實，但他們是不會傳送給我與月子無關的影像，所以我不得不這麼想。

可是我仍覺得困惑，他們爲什麼做出這種驚人之舉呢？這種做法未免太違反常態了！

「太過分了……」

我不禁嘀咕著。像是聽到我的話似的，一位男子出現，向月子撐開的跨股間靠近。不同於之前的男子戴著動物的面具，他只戴著眼睛部分的遮覆，至於是否和先前的男子爲同一個人則不得而知。

總之，他微微側身到一旁，託此之助我得以看清楚月子的股間，他的指頭開始輕柔地撫摸月子的私處。他身材高大、肌肉結實，手指卻很細長，只見他的手指漸進地滑向私處的中間，接著像診察似地用兩根手指頭撐開陰脣。

一時間，兩片緊閉的陰脣微開露出淺紅色的黏膜，在投射燈的照耀下顯得鮮紅欲滴。

這就是月子的，我長年夢寐以求的、我妻子的祕密小房間嗎？

這樣說來，我倒想起法語中「cabinet（小房間）」、「fontaine（泉水）」、「figue（無花果）」的詞彙。沒錯，展現在我眼前的正像是嬌嫩欲滴的「無花果」。

看。

我睜大眼睛直盯著，總覺得他意識到一旁有攝影機，甚至知道我這個做丈夫的正在電腦前偷

我因卑鄙的心靈似乎被他看透而有點懊惱，不過還是無法移開視線。

不管怎麼說，他們把月子弄成這般屈辱的姿態，待會兒打算進行什麼勾當呢？就算他戴上面具，若做出比這更卑劣的行徑，我絕不會原諒他的。我滿懷憤怒地凝視著，不久，他停止撫摸私處的動作轉而站到正面，身子稍稍往前彎，把整個臉湊近月子的胯股間。

霎時，月子發出「啊……」的呻吟，就在此刻，我宛如聞到玫瑰花或番紅花的香味，而像等候這一刻來臨似的，身子前彎的他輕輕擺動著頭。

毫無疑問的，他現在正吻著月子最敏感的部位，由上而下然後左右吻遍。

看著這幕情景，我彷彿陷入一種自己正被舔吻或我正在舔吻它的怪異感覺，就在這時候，他悄悄地將臉移開，拿出事先備妥的電動按摩棒。爲了讓我也能夠看得清楚，他輕快地側開身子，隨著低沉微顫的馬達聲，電動按摩棒朝再次露出的陰道插入，他動作緩慢忽深忽淺地抽插著，另一隻手則撫摸著陰唇的敏感地帶。

之前，我看過好幾次月子被調教的身影，但像這樣從正面、雙腿岔開的位置看去卻是頭一遭。的確，從這個位子看去，私處是清晰可見的，但卻無從得知月子此刻是何種表情、如何呻吟的。

無法窺清月子的全身，只看見她受折磨的部位反倒激起我的想像力，從另一種意義而言，它讓我春情蕩漾。

我感到納悶，他們是在哪兒找到這種束具的？這種光是如此就足以讓女性受盡屈辱的器具，只有在婦產科的醫院才找得到吧！

然而，仔細一看，這床臺和所謂的診療床有些許不同，靠背的皮墊頗厚，奇妙的是支撐她下半

身的床臺被折成直角向下，若往上一扳似乎可以拼成床鋪。

難道把女性綁在這種床臺，準備如此豪華的寢室，重複著優雅的甜言蜜語就是他們的工作嗎？這就是他們所謂的「軟硬兼施」嗎？

我彷彿碰觸到隱藏在歐洲紳士們背後冷酷無情的一面，我將臉別過一旁，他則在盡情的折磨之後才悄然退到一旁。

他終於願意饒過月子了嗎？他在熱心守候的我面前，緩緩地抽出剛才折磨月子陰道的電動按摩棒，像是為治療那慾火焚燒過的私處，輕手撫慰了一番。

經過這番折騰，月子連站立的力氣都沒有了。總之，我希望他即刻鬆綁在床臺上的月子。不知是否了解我的冀望，他又站到月子的私處前，端視了良久後，像是想起什麼似地開始鬆開褲子的皮帶。

他到底還想幹什麼？正當我遲疑之際，他背對著我先脫下褲子，接著褪去灰色的內褲，只裸露出下半身。

眼前驀然地出現一個金髮男子的結實豐臀，我因而大吃一驚，但他毫不在乎地轉側過來，亮出自己的傢伙炫耀之後，又對著床臺輕快地彎下腰身。

從我的位置只看見他毛茸茸的下半身，不過現在，月子硬被岔開的跨股間與他威猛的「傢伙」幾乎同一高度，剛好貼觸著。

「你要幹什麼……」

我按捺不住地叫喊著。這時他使勁地扭動腰身，同時，月子也發出壓抑難當的呻吟聲，而他的動作也隨之停止。

現在，他的雄壯之物應該已經插入了。當然，我沒有辦法證實它是否屬實，我只看得見他有點髒汙的臀部。

可是叫喊之後的異樣沉靜，以及從他腰身前後緩慢抽送的動作來看，我不得不懷疑月子已經接受他的傢伙，而且是緊緊地連在一起了。

「住手！你給我住手！」

我居然忘了這是從法國傳送過來的畫面而失聲大叫，等意識到時，我的右手居然已經握著褲襠下的陰莖了。

妻子被人侵犯了，我卻幹這種事……。

雖然我對自己的行爲感到驚愕，但目光仍死盯著畫面，只有手指開始蠢蠢欲動。

「不可以，不可以這樣……」

我又叫喊，但他的動作沒有停止，這樣持續了數分鐘後畫面戛然消失，就在這時候，我壓抑不住身體深處湧升而至的快感朝自己的掌心射精了。

之後不知經過了多久，我心緒黯然地坐在桌前，身旁當然沒有任何人，窗簾緊閉的房間在夜晚的寒氣中悄然無聲。

由於剛剛射精，使我一身慵懶又感到有些寒意。我在肩頭加披了件毛衣沒有穿上，就這樣坐在消失所有畫面的電腦前思忖著。

那是夢境吧？一定是因爲我看走了眼，想像出來再簡單不過的噩夢。不過，剛才目睹的畫面卻更加鮮明地在我腦中浮現開來，像要違逆我如此設想的心情似的。

總之，我現在可以稍作冷靜的思考，其中有一點是可以確定的，那就是月子被侵犯了。月子的祕密花園被那個棲息在紅色城堡屁股毛茸茸的男子的陰莖插入，是千眞萬確的事。

這事發生在昨天嗎？不，如果是法國最近一次的夜晚，也許就是日本時間今天早上六點或七點。

月子就是在那時候被侵犯的。

我當然知道這瞬間終有一天會來臨，一旦將月子交給他們調教，像這樣的事畢竟無法避免。然而，早已覺悟和現實所見的衝擊是截然不同的。我不該堅持要看影像，不過，是我提出這項要求的。正因爲是自己請託的、自己觀看、自己受到打擊，所以怨不得他人。

我再次爲自己的舉止感到錯愕，更驚訝的是，我居然一邊觀看月子遭到侵犯，一邊自慰著。世界上竟有這種男人?!任何一個做丈夫的，只要看到妻子被陌生的男人侵犯，一定是狂怒不已，而我卻一邊觀看一邊手淫。

果眞像那句淺顯易懂的話所說的「頭和『那裡』是不同的」嗎？我從後悔、失望和反省之中做出一項決定。

「無論如何，我要去巴黎一趟。」

今天是星期二，明天或明後天，至少週末之前可以動身，去一趟巴黎紅色城堡，再次親眼證實月子的情況，可以的話，就找他們問個清楚。

接下來的調教要如何進行，每次都要把月子折騰到什麼狀態呢？做丈夫的有義務把這件事問個明白，也是以妻相託的權利。

碰巧在醫院裡，我負責的女病患因爲重病死了，目前還沒有急需看護的患者。而且岳父已經來過幾次電話詢問綁架月子的歹徒動態，每次我都以「明天或明後天他們會聯絡的」拖延一番，但他這次似乎忍無可忍了。

倘若我說：歹徒突然來電通知可以進行接觸，我將出面去交涉。岳父、岳母肯定會欣然同意的。

到時候就可以名正言順地收下岳父備妥的三百萬法郎贖款。

醫院方面，明天打個電話跟醫局長說「內人在巴黎身體違和」，他應該會准假的。

「嗯，再去一趟巴黎吧。」

我暗下決心，覺得應該結束漫長而充滿衝擊的一天了，於是將隱藏無數祕密的電腦關機。

第四章　快樂

睽違一個月的巴黎已經充滿晚秋的氣息，時近黃昏。

我和上次一樣，在機場租輛車就駛向市區了。上次來時，已經轉黃夾綠的法國梧桐現在飄落一地，光禿禿的枝枒尖針般伸向凜冽的空中。

一進入市區，霓虹燈光映照著薄暮的天空，壅塞的車道旁淨是落葉，有的則被反覆無常的雨水淋溼而腐敗枯捲。街上的行人幾乎都裹著大衣或灰色風衣小步疾走，甚少人在路上逗留或交談。

這次住宿處雖談不上是我經常住的旅館，但和上次一樣是在鄰近協和廣場的旅館，周邊的街樹幾乎枝葉凋零，正因爲這樣，使得旅館入口處的附近倍覺清爽舒暢。旅館的外觀幾乎沒有什麼裝飾，在晚秋蕭瑟的街衢中反倒給人一種有所依歸的感覺。坦白說，我就是喜歡這種美式風格的旅館。

談到巴黎的旅館，有的人喜好那種從房間窗戶放眼望去有怡靜的中庭和花圃，房間內的門、座椅、桌子無不裝飾華麗，牆上掛著中世紀的肖像畫或田園風景畫，櫃檯有個愛說三道四的女服務員，格局雅致、裝潢講究的所謂小旅館。

事實上，月子也喜歡那類旅館，以前我們還曾爲這種事發生過小小的爭吵，但怎麼說我就是住不慣那種旅館。其最大的理由：儘管小而雅致，旅館的各項功能卻非常糟糕，姑且不提房間，餐廳和咖啡廳等公共場所也小得可憐，可供活動的空間極其有限。再說櫃檯也很狹窄，雖然給人家庭式的感覺，其實深夜歸來只要經過櫃檯前就有被人監視的不安。由此來看，我剛辦完住房手續的這家旅館就寬敞舒適得多，正因爲房間的日用家具沒有多餘的裝飾反使人感覺清爽而且實用簡便。當然，櫃檯的格局亦十分寬敞，而且入口處因爲有粗大的柱子和觀葉植物遮擋形成死角，幾時出入都不必在乎服務人員的盤問。

沒錯，對現在的我而言，最怕受到盤問，只要稍微感受到那種氣氛就不想去住那家旅館了。譬如，櫃檯人員隨口說「第幾號房的確住了這樣一個日本客人」等等，往好的方面說的確頗有家庭氣息，說難聽一點，最好避開這種愛生是非的旅館。從這個意義上說，我下榻的這家旅館功能齊備、寬敞方便，最適合不過了。

在櫃檯辦完住房手續之後，一個面無表情的男服務生帶著我進入房間。當房內只剩下我一個人時，剎那間，我有一種說不出來的自由與解放感，不由得展開雙手仰躺在床上嘟囔道：

「總算可以獨處了……」

我就那樣躺著閉目良久，過了一會兒，才睜開眼睛環顧四周，確定只剩我一個人之後，這才發現剛才的嘟囔有點奇怪。

我形單影隻並不是現在才開始的，來此之前待在東京時也是一樣，更早之前即使和月子在一起的時候，我也經常是孤獨自處的。儘管那樣，來到巴黎會特別有這種感覺，難道是我即使待在東京的家裡，也早已沒有獨處的解放感了嗎？

我看著白色的天花板，邊想起班機離開成田飛出的瞬間，宛如獲救般如釋重負的感覺。只要離開日本就有安心之感，是不是因爲只要待在東京，便覺得受到醫院的工作夥伴、同棟公寓的鄰居、甚至住在鄉下的父母在暗處張望監視呢？也或許是，就算我如今再怎麼掩飾，總有一天會曝光的恐懼，使我靜不下心來。

無論如何，眼下我已經住進沒有任何熟人的巴黎，除了商業活動一切不予關注的美式旅館，整個身心的確得到了完全的自由。

我再次環顧了房間，確認周遭的動靜之後，從帶進室內的大型手提箱中取出個人電腦。上次和這次行李的最大差異，就是多放了這臺個人電腦。

現在，我已經離不開這種文明的機器了。並非我誇大其詞，這是唯一聯繫我和月子的管道，一旦失去它，我便像在空中斷了線的風箏失去平衡，從此看不到月子的身影。

此刻，我帶著向對待摯愛的親人般的懷念之情，將個人電腦放在牆邊的桌上，接上電話線。至此，接下來只要輸入識別碼及密碼就可以見到月子了。

但老實講，這幾天紅色城堡傳送過來的影像，未免太寡廉鮮恥、過度煽情了。無論是我離開東京之前看的、前天看的、抑或大前天傳送過來的影像，對我而言，都是極盡厭惡與屈辱性的。當然，我爲了觀看那種影像而提著電腦走動，說它荒唐也眞夠荒唐，不過，這幾天他們傳來的影像，不由得讓我火冒三丈。

其實，我這次緊急趕到巴黎，也是因爲看不下那種影像到了忍無可忍的地步了。

毋庸置疑，月子是四天前被那些有著毛茸茸屁股的，算不上人類的男子侵犯的。而且不止一個男人；剛開始頭兩天就被臀腿長著金毛、打扮時髦，但卻肌肉結實的男人折磨著；第三天之後，則被體型略小臀毛發黑的男子連夜地澈底蹂躪。

當然，這之間我沒有看到那群惡棍的面孔，即使看見了，他們按例戴上面具是不可能一窺全貌的；他們背對著我，脫下褲子和內褲站在月子的前面。不過，月子硬生生被撐開雙腿受縛，任憑如何掙扎也是無濟於事的。月子在極盡屈辱的狀態下遭到死纏爛打的侵犯，每當她被折騰，我只能看著月子微顫的膝腳拚命忍耐。誠然，一個男人爲了強暴抵抗的女性，把她綁在臺上硬是岔開雙腿，從那個位置也許是最容易插入的，這未免太便宜了男人，太不公平了。

而且令人驚訝的是，這個畫面開始之前還出現「Jouissance」的文字，我知道它是法語中快樂的意思。那樣做果眞快樂嗎？對那些侵犯月子的惡棍來說，或許是快樂的，但月子承受的卻是痛苦與屈辱。

話說回來，頭兩天以及第三天爲什麼要更換男性呢？難道是他們看見有人獨占月子，其中一人按捺不住跑出來攪和的嗎？不管怎麼說，他們的共同之處就是站著使腰扭臀同一節奏地由下往上抽插著。顯然的，他們事先都受過充分的鍛鍊。正如我經常看的荒誕的色情錄影帶一樣，男主角絕不會突然搞得慾火中燒難以壓抑也不會射精。這種情形，用「專業」來形容他們有點奇怪，也就是說，他們雖然獲得滿足，其實正控制著自己的慾望，並用此來確認女性的反應。

我不禁納悶，他們如此冷靜、剽悍的動作是用什麼方式訓練出來的？總之，那男子不斷地扭腰抽插傳出「哈、哈」的喘息聲，與此同時，月子也跟著發出呻吟。

難道月子也配合他扭動的腰身開始有了感覺？雖然我認爲那是不可能的事，但看著他的動作，我逐漸陷入是自己正與妻子性交的錯覺，等醒悟的時候，我的陰莖已經勃起，而右手也理所當然地正在搓摸。

說我不想看這一連串的影像，倒不如說我之所以拒看，是因爲我對看著妻子的雙腿被他們玩弄得上下扭動還不知不覺自慰起來的自己感到厭惡、失望。這豈不成了豬狗畜生？不，連豬狗畜生也不會重複這種愚行的。

總之，連日來觀看這種影像，我快要發瘋了。只要再看到妻子在遙遠的法國遭到凌辱的場面，我一定會精神錯亂，在精神衛生上造成嚴重的障礙。不，不僅如此，要是繼續將月子交給他們的話，月子肯定會陷入他們的圈套，無論是精神或肉體都會被折磨得無法恢復。

我急忙從東京出發趕到巴黎，正是因爲感受到這種危機與恐怖。

不過，坦白講，我即使來到巴黎又能做些什麼呢？事到如今，難道要跑到紅色城堡大喊「不要侵犯我的妻子！」嗎？或者一如往常躲入窺室監視他們在搞什麼名堂？雖然我特地從東京趕來，但談到即刻要做些什麼，的確沒有任何頭緒。

只有一點，那就是抵達巴黎之後必須跟Z說個明白。當然都是透過電話聯絡的。首先我想直接向他證實幾件事情。因此，事前我已經從東京傳電子郵件告知，今天傍晚抵達巴黎之後會以電話聯絡云云。

然而，只爲這點小事，我能簡單地和像隱身在那座幽深古堡的Z交談嗎？我半信半疑地打電話去城堡，罕見的是，沒等多久Z就出來接電話了。

「歡迎，Bonsoir。」

Z的聲調清爽悅耳，很難想像是在城堡裡幹那種事的人所發出來的聲音。他這樣寒暄，我也應了一句「Bonsoir」，並向他時常爲我傳送月子的影像致謝。說實話，那一刹那開始，我就被Z的攻勢壓倒了。距離半天前，我離開東京之際，我還打算不留情面的斥責他最近的調教做得太過火，要求他變更訓練課程。照那種做法繼續下去，對月子過於殘酷，也太漠視我這個做丈夫的立場了。我原本要這樣抗議的，沒想到才跟他交談，一句「Bonsoir」的寒暄，我竟然對他們的所作所爲致謝！

Z似乎看透我軟弱的一面似的，突然問了一句：「影像清晰可見嗎？」

「當然，看得很清楚。」

令人沮喪的是，我居然手持聽筒點著頭，他接著問起「聲音的效果如何？」時，我還以十分滿足的口氣說：「聽得很清楚。」

談話至此，我即使抗議也沒威力了。總之，正當我整理思緒想說幾句的時候，他又問道：「你打算來城堡看看嗎？」

「是啊，可以的話……」

這次我又配合對方的說法回答，Z停頓了一下說：「雖然您專程來此，但這個週末有點困難，希望您星期一的晚上再來。」

這到底是什麼原因呢？難道發生了不得進入城堡的特別情況嗎？我詫異地詢問時，Z說了聲抱歉之後，語調緩和地說：

「即使是我們，有時還是得停下工作休息的。」

剎那間，我對「工作」這句話感到奇妙，重又問他：

「什麼工作？」

「就是『調教』這種工作。」

我在猜想：說不定Z這樣說著的同時正在電話的那端苦笑呢。總之，我是從其諷刺的說法中意識到他所說的「工作」指的就是月子的調教。

「那種工作也挺累的呢！」

我不由得跟著點頭，旋即對Z的厚顏無恥感到訝異。他們那種行爲可以稱得上是「工作」嗎？將一個女人脫得精光，吊起雙手，置於無從抵抗的束縛下三番兩次加以侵犯，還說「挺累的」，未免太不要臉了！我邊想著這幾天在電腦上看到的活生生的情景，邊把盡可能記得的單詞聯繫起來看看。

「你們把那種事叫做『工作』實在過於自私。尤其這幾天的情況，未免太過野蠻粗暴了！」

我這麼指責，Z突然迸出「Non!」頂了我一句，用字字訓誡似的口氣說：

「是你要求要看影像的吧？我只負責傳送你覺得心悅、可供參考的畫面而已。」

的確，經他這麼反駁，我也無言以對。當初，透過醫師朋友的介紹認識了Z，在簽訂契約的時候，他既沒提到調教的內容，也沒有說可以參觀城堡，只說了「把你的妻子交給我們」而已，想從窺室偷看春光，甚至要求對方用網際網路傳送調教的影像給我的，正是我本人。

「如果你覺得不悅的話，我們就不開放城堡觀賞，並停止影像的傳送。」

「不，你聽我說……」

我慌忙地重新握好聽筒。事情變成這樣的話，我不但無法掌握月子的消息，同時也將失去我唯

—而最大的樂趣。我接著說：

「照原定計畫就行……」

看來，他似乎看透了我的心思。我這樣尋思著，但也無力回擊，只好另起話題。

「喔，對了，什麼時候可以讓月子回來？」

「最快也許還得兩個月左右。」

他是基於什麼樣的理由，我實在不得而知，大概是指調教所需要的期間。

「不能再快一些嗎？」

我誠惶誠恐問道，電話中聽得出Z語氣沉重地說：

「當然，如果你提出的話，我們會原璧歸還。不過，依現在的狀況，調教尚未完成，送回去反而是最糟的情況。」

「你的意思是……？」

「這樣送回去的話，一切的訓練都將半途而廢，就算回到你的身邊，她只會恨你而已。」

這是警告？或者是威脅？刹那間，Z的深不可測令我感到恐怖，沉默良久之後我低語道：

「那麼，星期一我會去城堡一趟。」

「可以的話，請您晚間十點左右來，比較能夠滿足您。」

這又是什麼意思呢？我沒弄懂Z眞正的意思，多禮地說了聲「Merci beaucoup!」（非常感謝），就掛掉電話。

那一天，也就是週末晚上和星期日，一整天我什麼事也沒做，倒沒特別覺得無聊。首先，來到不爲人知的異國大都會，就足以讓我心情快活；也不必爲醫院的工作和人際關係操煩。而且我喜歡巴黎這個華麗而寒冷的城市，加上我現在是身懷巨款呢。當然，那筆錢是岳父交給我做爲贖金之用的，大部分我已經將它存入銀行。不管怎麼說，我目前的確是手頭闊綽。

這次停留在巴黎期間，令我多少有點擔憂的終究是月子的安危，但和Z談過之後我的心情或多或少平靜了些。我不再胡思亂想、動怒或嘆息，期限結束之前，絕不莽撞行事，全權交給他們處理。其實，走到這種地步，除此之外，我想不出比這更適當的方法了。

當然，接下來就剩我如何安撫岳父、岳母，告訴他們月子還需兩個月才能回去的問題了，不過，那是回日本後的事情，只要應付得宜總能矇騙下去。目前，我用不著這麼快將這件事告訴他們。

我這樣盤算著，於是在週末的晚上，故意用緊張兮兮的口吻打電話給岳父，告訴他我平安抵達巴黎，或許明天就可以和那票綁匪集團接觸等等。對此，岳父囑咐我凡事小心爲要，可以的話就先通報警方一下云云，我則呼籲：一旦報警的話，月子恐怕會遭到報復，大小事情就交由我處理。我這麼一說，岳父自然沒有異議，岳母在電話中哭泣道：「你一定要平安無事地把月子找回來！」我連續講了三次「您放心，她不會有事的！」才掛掉電話。

要說我星期六做了什麼事，只能說僅此而已。大概也是因爲旅途勞頓，我很早就入睡了，隔天起來疲累和生理時鐘幾乎都恢復正常了。

早上九點左右，我獨自在一樓餐廳吃過自助式早餐之後，回到房間，坐在桌前打開電腦。我先撥接連線至紅色城堡的網頁看看，正如Z所說的，目前沒有新拍的影像，出現在畫面上的仍然是壁毯模樣的桌布而已。

看來，他們果眞停下「工作」休息了。爲此，我半是安心，半是意猶未盡，一邊打開電子信件看看，有兩封來自醫院的郵件。第一封是晚我兩屆的飯沼醫師傳來的，信上報告說，住院的患者一如平日沒什麼異常，另外一封則是主旨爲「小風波」的短文，有關週末下午發生的事件。

信上說，七〇六號房的六十五歲K姓男患者，喊說腰部疼痛找來護士，護士幫他按了按腰圍查看，這名患者突然抓著護士的手壓住自己的陰莖引發一場小風波。

S護士我也認識，二十歲左右，的確是個年輕可愛的準護士。K是暗戀著S護士？抑或他原本就有侵犯她的念頭呢？總之，護士長以下的護士們似乎都極爲憤怒，而且K以前還擔任過小學的校長，做出這種行爲更令人感到驚訝。

飯沼醫師報告到此爲止，後續的情況沒有特別提及。我猜想在那之後，護士長會嚴斥他：「下次再有類似情事，請你出院。」而他則一副垂頭喪氣的模樣。但話說回來，這種事在醫院並不稀奇，尤其是內臟器官正常，手腳打上石膏的患者，因爲長期住院性慾高昂，做出這種舉動是常有的事。當然，在這種情況下，受害者通常是護士，所有的過錯都是患者造成的，可是就此責難患者也許有點嚴苛，我這樣說，或許會招致誤解，不過，總歸一句話，男人就是那種「動物」，護士自身也應該充分注意那方面的事。

現在，大概是因爲我身在異國，我才能擺脫日本式的形式主義這樣思考，但進一步思考，我本身似乎也沒有資格責難這位退休的老校長。不，不僅如此，從我的所作所爲來看，那位老校長的行爲，要比我天眞誠實得多。

一封電子郵件，讓我感嘆包括自己在內的身爲男人這種動物的悲哀，爲了驅除這種鬱悶的氣氛，我決定下午去始終未能去成的奧賽美術館參觀。我在那裡逗留了兩個多小時，隨後沿著塞納河畔漫步，回到旅館已經下午四點。

沖過澡後，喝了點啤酒，小睡了一會兒，醒來時，窗外已經是夜色降臨了。

充實而悠閒地度過了一天，覺得肚子有點餓了，一個人上旅館的餐廳用餐有點小題大作，於是決定到外面逛逛。這次我開著租來的車，穿著毛衣，外加一件羽絨夾克，前往位於聖傑爾曼・德・

布列的布拉塞利・利普。獨自出遊的話，我既可以輕鬆自在地享用餐點，也不必故作體面。侍者安排我在臨窗的小桌坐了下來，我點了六個生蠔和法式黃油炸牛舌魚，並要了一杯白葡萄酒。這讓我想起兩年前新婚不久時，也曾和月子二人去過類似這種餐廳的往事來，由於月子不喜歡生蠔的味道，所以沒吃。而現在置身城堡的月子還拒吃生蠔嗎？

只要待在巴黎，像現在置身在寒氣與陰鬱之中，我就有一種月子即在身邊的強烈感覺，它摻雜著懷念與苦悶兩種情緒，而且配合得宜，使得我葡萄酒一杯杯喝下肚，心情更加舒暢起來。

平時在家裡我可以喝下一瓶葡萄酒，但考慮到待會兒要開車上路，於是就此打住。來到外面，厚厚的雲層遮去天空，看不到星星與月亮。我沿著石板道走著，站在停車的路口，抬頭看著進軍至此的美式咖啡館的霓虹燈，想起今晚關閉著的紅色城堡。

去哪裡好呢？我覺得此刻返回旅館時間尚早，環視了一下周遭，路上來往的行人都像是逃離寒冬似地疾步而去。我追看他們的背影，突然心生去布洛蒙森林的衝動。

記得是四年前的往事，我從倫敦取道巴黎之際，在當地的貿易公司上班的朋友羽鳥開車帶我去布洛蒙的森林。雖然時間已經很晚，但他仍執意邀我：「我們去看看森林的美女。」一到那裡，三三兩兩的美女果真站在穿越森林的車道兩旁。明眼人一看就知道她們是阻街女郎，車道兩旁長蛇般排列著聚集在此的尋芳客們的車輛。他們就這樣行進著，一邊對這些妓女品頭論足一番。她們從森林深處冒了出來，極盡煽情地做出露胸挺腰的姿勢，每個都有一百七十公分，身材高大，但從其寬肩、嗓音粗大的嬌聲可以知道有不少人妖混在其中。那時候的確是九月末，晚上很冷得穿上毛衣禦寒，她們，不，他們裹住身子的長大衣裡面只穿著胸罩和內褲，見到尋芳客便乍掀又遮地展示傲人的乳房和大腿。其乳房大得險些從胸罩掉出來似的，既圓又大，恰似掛在森林上空的圓月。

坦白說，我對人妖沒興趣，也害怕感染愛滋病，他們不知是否看出我的恐懼，只見他們走近我們徐徐而行的車子，朝敞開的車窗露出引以自豪的乳房。雖然這大膽的舉動讓我大吃一驚，但我真想輕撫一下，不禁輕輕捏了一下袒露的乳頭，那人妖突然伸出雙手叫道：「二百法郎，二百法郎。」雖然僅止是瞬間的觸摸，可是那乳頭很硬，當場就知道是整形出來的，我覺得光摸這麼一下，索價二百法郎太貴，但他凶暴得險些起腳踢踹車門般令人恐怖，我只好慌張地從錢包拿出二百法郎地給了他。

到了這種季節，那些人妖果真還站在兩側拉客嗎？即便不見他們的蹤影，去森林的路途也並不遠。我帶著這種心情前往一看，果然車道的兩側停放著車子，森林的美女們就在車間流連招攬。儘管如此，大概是寒氣逼人的關係吧，不論是阻街女郎或車潮都要少得多，因此可以較諸以前慢慢欣賞。即使這樣，尋芳客們要在這寒氣凜冽的森林的某處進行交易嗎？光想到這裡，就令人戰慄。但他們也設想得眞周到，由稍往森林裡面一點的地方到處停放著大型廂型車看來，那裡似乎是替代旅館的地方。

當然，我不想去那種地方，況且以前吃過一次悶虧得了教訓，連摸一下美女的乳房也興趣索然了，只是像繞圈似地把排列著的野妓瀏覽一番便離開森林了。

看一下手錶，已經晚上十點，回旅館休息還太早。話說回來，即使對方是個人妖，但豐碩的乳房和露出小得可憐的遮住私處的煽情之舉，倒讓我渾身燥熱想入非非。儘管我春情蕩漾，並沒有此刻就去畢加爾一帶的酒吧或聖多尼郊外買春的意思。

說起這件事，倒不是我引以自豪，我曾經在倫敦的醫院待過一年。那段期間，我幾乎從不召妓買春。不，確切地說，只做過一次，但結局有點悽慘。當時那名妓女向我招攬，雙方談好價錢後，她把我帶到她用來進行性交易的房間，一進入房間，不知什麼緣故，她飼養的狗正在床上拉大便。妓女與狗的搭配倒是很合適，不過，我實在沒有辦法在那張床躺下。當然，她把那隻狗訓了一頓，隨即擦去大便，又拿著抹布似的東西用力地擦拭了一番，然後在上面鋪上了一條毛巾說：「你躺下吧！」

不管怎麼說，看到那幅光景，我的「小弟」就萎靡不振了，加上她生龍活虎般脫下衣服，動作熟練地脫下胸罩和內褲，然後脫口而出：「來吧！」便仰身躺在床上了。坦白說，看到她過於白皙肥大的小腹和濃密的恥毛、過尖的鼻子、凹陷的眼睛，我完全萎軟下來了。然而，她似乎是個好性情的女人，哼著歌，握著我逐漸萎縮下去的陰莖，給予一番鼓舞，甚至想幫我吹喇叭，但我的命根子不但沒有勃起，反而越縮越小了。搞到最後，我只付了當時說好的價錢，什麼也沒做就回去了。

爾後，我對外國人，特別是西歐的妓女覺得反感大概就是從這時候開始的吧。

自那以後，我思考了當時無法勃起的種種原因，儘管狗的大便也是因素之一，但那妓女開口便說：「來，開始吧！」的單刀直入式的態度，似乎才是造成我陰莖萎縮的決定性原因。而且從這件事之後，讓我清楚得知，像我這類的男人潛藏著一種面對身材高大、過度熱情的妓女，便無法挺舉的算是缺陷的習性。

這樣一來，什麼樣的妓女才能讓我這個男人發動攻勢呢？其實，這一點很簡單，只要是我剛才列舉的相反類型的妓女就行。具體的說，身材嬌小、看似纖弱、保守矜持的女人。譬如說，據說從前日本曾經存在的從貧窮地區被賣掉的命運坎坷的美女，不過，現代的日本幾乎再也找不到這樣的女性了。

進一步說，也許有人認爲，只買一夜風流，其實對妓女的條件不需要計較那麼多。至少對買性這個想法格格不入的女性而言，終究是難以想像的，但男性面對妓女時表現出來的喜好，不但可以知其底蘊，甚至可以找出那男人潛在的性癖好。

舉例來說，我的朋友之中，有人公開說，他喜歡有女傭氣質的女人，這種類型的女人最令他動情。我對那種古板的說法感到訝異，但也有點同感。用另一種方式說，碰到性情拘謹類型的女人時，最能勾動這種男人內在的情慾，心生憐惜之情。這種男女關係，用另一種方式說，相對而言男性是主動，女性則是被動的型態，同時這也符合男性是施虐狂，女性是受虐狂這樣的搭配，從某種意義上說，不能不說男女在原來的屬性上是非常合適的。其實，有此癖好的男人似乎很多，不過幾乎沒人敢把它公諸於世。因爲這種事一旦不小心在女性面前說溜了嘴，就等於違反男女平等論和女權主義風潮，只會徒招女性憎恨而已。

總之，說到這種男人的癖好，探索能引起性興奮背景時，說得誇張一點，這當中牽涉到性的身分差異或階級性的問題。也就是說，男人勃起的這種乍見單純的生理現象，其背後隱藏著性的階級差異。男人只有處在自覺比對方女性優勢的地位時，才能夠展現男人的雄風熱烈地放縱情慾。

此外，男人的性能量也會因爲對方女性素質的不同，出現極大的變化。也就是說，男人的性能力會受到他對女性想像的影響，由此可知它是極精神性的。當然，這種做爲性刺激根源的精神性，每個男人都有微妙的差異，想到剛才提及的有的男人喜歡性格拘謹的女人就難免有寧願被高頭大馬巨乳壓迫的女人按倒在地，在受虐的幻想中才能勃起的男人，也有男人對女性身體的某部位或內褲顯示出異常的執著。

總的來說，我也許比較接近虐待狂的嗜好，談到慾望，那種看起來有某種高雅氣質，並且乍見之下，屬於冷漠、道貌岸然的冰山美女，的確最能吸引我。從剛才的階級性來說，這樣的男人地位較低，是站在仰望的立場看女性的，毋寧說較傾向受虐狂。但同時我也不討厭性格拘謹的類型，所以應該說我夾雜著施虐與受虐兩種截然相反的嗜好來得正確。

看到這裡，我自己非常明白，月子就是最適合我品味的女性！時到至今，用不著多說，月子是富裕家庭的子女，一開始便抱著高傲的心態，總是以一副瞧不起我的冷漠態度相待。但月子正是我理想中追尋的對象，正因爲如此與她碰觸的時候，我就會慾火爆燃，勃起男性的雄風。

然而，不知道是幸或不幸，不，現在已經成爲徹徹底底的不幸了。我們即使同床共眠，月子至始至終都是態度冷漠，儘管已經進入結婚的形式，她仍舊不改頑固的態勢。那種狀態持續到最後，我終於發現，我喜歡的高貴女人形象，和外表的冷漠無關，而是一旦躺在床上，旋即搖身一變成爲解除武裝好色淫蕩的女人。而當只有做丈夫的了解這種落差之大感到自豪優越時，情慾會更加熾旺。從這意義上說，雖然跟肉體上的條件有關，不過，從挑動腦中想像力的熱情這意義來看，我對月子的情愫，毋寧說是屬於精神性的。

正如我經常提及的那樣，別說白天的時間，縱使只剩兩人的夜裡，月子同樣是心高氣傲，冷淡相待。這樣一來，在房事上就沒有所謂晝與夜的差距了，連做丈夫的才知道妻子丰姿的優越感也消散無蹤。倘若一再失望的話，自然就會開始質疑結婚的意義何在，最後步上正因爲愛之深憎恨也深的惡性循環。

總之，現在月子在紅色城堡接受調教一事，雖然讓我得到報復後的舒心快意，不過，正如這幾天的影像那樣，月子的私處一被陌生的男人侵犯，連我也覺得自己正被他們凌辱似的，確實存在著一種於心不忍而又複雜的心理。

星期一，我做出一個決斷，再度前往紅色城堡。也就是說，即使月子在那城堡裡的祕密房間裡遭受到任何折磨，絕對不予置喙。姑且不提善惡之論，既然依約把月子委託給他們調教，除了悉聽尊便之外別無他法了。Z語帶威脅地說：現在若半途而廢，月子將回到最糟糕的狀態。雖然我還不明瞭他的具體指涉到底爲何，不過，硬是把半途而廢的的月子帶回來或許會出現問題。

根據Z的醫生朋友說，他們雖然是當代罕有的花花公子，但同時也是改造某種理由拒絕或蔑視性愛的女性爲職志的自負之士。在他們的成員中，從醫生、律師、心理學家到宗教家，人才濟濟，不僅肉體的療慰連心理諮商也頗有自信。這樣聽來，他們倒是趣味與實益兼得，可是他們果真有那樣的本領嗎？雖然我現在還是半信半疑，但腦中想起Z在電話中提及的「工作」這句話，還是讓我頗覺意外和衝擊，從他們大言不慚地說它是項工作來看，也許他們眞的相信人性是可以改造的。

總之，走到這種地步，懷疑他們的能力也無濟於事，現在只能沿著他們鋪好的軌道前行了。期盼已久的星期一晚上終於到來，依照Z的指示我應該在十點抵達城堡，因此七點多便離開巴黎了。我心裡再也沒有那種罪愆意識和膽怯，毋寧說是帶著做出覺悟後的輕鬆自在的心情握住方向盤的。

一如往常，從巴黎到盧瓦爾的路程都是取道高速A一〇號線往南行駛的。此地也瀰漫著濃濃的晚秋氣息，即使在晚間依然可以看見路旁林樹的枝葉已經掉得精光，葳蕤的雜草都被踩得枯碎滿地。入夜後寒氣更加凜冽，給人一種蕭瑟的秋寒之感，但正因爲這是我熟悉的路徑，所以一點也不覺得荒涼與不安。

我驅車跑了近兩個小時才下了高速公路，駛進國道幾分鐘後就看見盧瓦爾河了。一如舊往，這條河流在濃雲籠罩的天空下，切割般地流過黑魆魆的廣漠農田，不遠處枝葉盡落只剩枯乾的白楊像鬼魅般站立著。車子穿過其間，登上可以望見夜空下暗亮河面的坡路便來到紅色城堡。一個月前，這一帶還樹林茂盛，可是現在幾乎變成光禿禿的枝椏了，這更凸顯矗立在山丘上的城堡。

依照往例，我將車子停在吊橋前方的砂石路旁，走到崗哨時，一個男子出來確認我的名字，接著用手指著吊橋的方向示意我前進。之前，我好像見過他一次，但也許是他事前已經接獲通知我要來此地造訪的事。

我走過吊橋，穿過正門半圓形的關卡進到裡面，一個身穿白色禮服的女性已經站在那裡等著。

她看到我，隨即輕輕點頭，領路似地走在前頭。接下來也是我熟悉的走道，走過約三十公尺左右牆面裝飾著豪華壁毯的通廊，然後從那裡登上旋梯，盡頭右側有一間用來偷窺的房間。跟以前一樣，那裡也站著一個男子，他打開厚重的門，我一走進去，一個女性問我要喝點什麼，我一說想喝紅葡萄酒，她不吭一聲便離去了。

這一連串的動作和一個月前毫無二致，房間的正面依舊擺著櫥櫃，稍前處有一張躺椅，看到這裡，我有一種彷彿回到懷念的隱身之所般的安然。

看一下手錶，剛好十點，我爲自己依Z約定的時間準時抵達甚覺得意，片刻後，那女子送來一瓶葡萄酒、玻璃杯和乳酪，這些東西的搭配跟以前一樣。

她在我的玻璃杯倒入葡萄酒後，說了聲：「我想您都明白了！」然後簡短地提醒我熟知的事項：櫥櫃的後面一個窺窗，可以隨時窺視，離開房間時，按下窗框右上角的按鈕等等，接著她說：「只有一點……」的時候，口氣變得有些愼重。

「今天，下面的房間或許暗了些，但受限於燈光不能調得太亮的關係，請您包涵。」

這是什麼原因呢？難道是週末、禮拜天休息，裡面做了些改變？總之，我點了點頭，她把櫥櫃往右推開，指著那扇窗說了聲：「請！」便轉身離去了。

這雖然不能引以自豪，但我已經習慣從這扇窗偷看下面的光景。也就是說，在偷窺方面我經驗豐富，於是我誇示這種經驗似地端著酒杯，探出身子看著窺窗，的確，下面的房間比往常來得黑暗。

大體上，正下方在這之前用來調教月子的床的位置上，同樣擺了一張尺寸大了許多的床。燈光分別從天花板和左後方照射下來，天花板投下的光線極爲微弱，左側投下的淺橘色的圓形光點照著床腳的位置。

在此之前，他們都是在亮得刺眼的燈光下進行調教的，唯獨今天爲什麼把它弄得一片幽暗？正當我納悶察看之際，上面的擴音器傳來女人的啜泣聲。

到底在搞什麼名堂？驀然，我以為那些惡棍該不會又以卑劣的手段在凌虐月子，而凝視一看，只見覆蓋在床上的被單一陣波動，稍後我才知道至少有一兩個人躲在被單底下。

看來今天的床邊並沒有之前常附的黑色的皮製束具，只不過是一張普通所謂的雙人床。我的眼睛大致已經適應黑暗，繼而凝視一看，彷彿等待此刻已久似的，被單一被拉開，隨即出現一對交身纏抱著的男女。

這到底是怎麼一回事？為什麼突如其來讓我看這種交歡的場面呢？這跟「調教」未免扯不上關係。我這樣想著，認為床上那名女人絕不是月子而是另有其人。

我的論點是，她的手腳並沒有受到任何束縛，只是眼睛的部分被蒙上眼罩般的東西而已。那男子採取比側臥稍稍仰躺的體位，女的則雙腿微開，從我的位置可以看見陰莖插入的動作。這對男女，兩個肉體就以此為軸上下左右輕搖了起來。

這可以說是「雙魚合抱」嗎？這床戲讓我想起以前看過的四十八手的繪畫，不過，還是眼前雪白的女體和勇猛男子交歡淫蕩之姿要精采絕美得多，我這樣想著，就在喝下葡萄酒的同時傳來了女人「啊……」的哀吟聲。

霎時，我看著聲音來處的天花板，接著才覺得那清澈的尖叫聲酷似月子的聲音，於是我慌張地把酒杯擱在地上，雙手貼在那窗往下窺探。

現在，我眼下那兩個在幽暗照明下交纏的肉體比剛才更貼合了，與其說是分成左右，毋寧說是那男的下肢正上下插進女的胯股間，並把臉湊近女的耳邊，只見她難為情似地甩頭搖擺。頓時，照在床腳的圓光往上移動，而那微光下出現的勻稱的鼻梁、微開的香脣、纖細的下巴正是我長年熟悉的月子的部位。

「是月子……」

我不禁叫喊了一聲，頭上的擴音器又傳來月子哀嚎般的聲音，與此同時，也傳出男人急促的呼吸聲，我一下子看著天花板，一下子從窺窗往下看；隨著聲音忽然看上，忽然瞧下，宛如搖頭的玩偶，我被頭上的聲音和下面淫亂的情景搞得團團轉，激憤得全身燥熱起來。

世上竟有這麼荒謬的事?!妻子在丈夫面前和陌生人交媾，一邊貼身扭腰上下搖動，並不時發出呻吟聲。男的趁此良機，僅僅吸附住妻子，從仰躺的姿勢，接著又換成有點側臥的體位，現在，他們兩個就像被一條繩子串合起來不停扭動著。

「住手！住手……」

我狂叫起來，繼而激動得一邊拍打窺窗一邊大喊：

「不要侵犯我的妻子！滾開！滾開……」

然而，他們不可能聽得見我的喊叫，反而是女的喘息聲高亢起來，這時我才察覺到，從這聲音聽來，並不是月子受到侵犯，或許是月子要求的。

月子並未因此感到嫌惡，毋寧說是愉悅吧？這種事絕不可能！心高氣傲的月子不可能接受這種寡廉鮮恥的行爲，一定是受制於那群惡棍的淫威。

不過，在我眼下喘息的月子，手腳不但沒有任何束縛，反而主動伸手緊緊握住貼黏在她身後的男子的手。

月子正在和男子交媾……。

想到這裡，刹那間我的全身顫抖，不由自主地搖了搖頭，但眼睛還是盯著月子白皙的肉體，看著她配合著男子一起扭動身體，我緩緩地蹲到地上，閉上雙眼祈禱似地跪在窺窗前。

無可置疑，這次我之所以緊急趕到巴黎，主要是因爲看過他們調教月子的方式令我於心不忍的緣故。

離開東京之前，紅色城堡沒完沒了傳來的影像，未免太直接逼眞了。月子是在毫無反抗的狀態下，受到束縛，硬是被那群惡棍強暴得逞的，現在再想起這些令人很不愉快。而且冷眼旁觀月子持續被侵犯的情景，我終究是無法忍受的。

話雖如此，我搭機趕到巴黎又怎樣呢？不，我根本沒有多餘的心思想到這些，總之，我一個人光看著那些影像，整個精神便爲之混亂發狂了。我帶著這種窘迫紊亂的心緒來到巴黎，首先跟Z通過電話，得知接下來的兩天調教暫停的消息，便遊逛了一下出沒在布洛蒙森林的人妖們，至此我的心情才稍稍平靜下來。當然，那些令人不愉快的影像是不可能忘卻的；不過，我的確逃出了這種坐立不安的狀態。至於調教一事先不提其中的善惡之論，我大致同意，目前只好暫時將月子委託給他們了。

不過，我來到巴黎的第三天晚上，去了一趟睽違半個月的紅色城堡所見到的情景，不僅不能讓我接受，其妖淫而無法理解的現實，反而讓我驚愕、倉皇。那幕情景是眞實的嗎？在幽暗的床上和男人做愛的的確是月子，而自天花板傳來的呻吟聲果眞是月子的聲音嗎？

然而，昨夜我最震驚的是，月子並沒有受到任何束縛，處於自由的狀態，她的手、腳、膝都被鬆開了，眞想逃脫的話是可以逃開的，做出抗拒也是輕而易舉的事。進一步說，當那群野獸般的男人想要貼靠月子的面頰，她應該可以大喊「不要」、「住手」尋求救援的。

可是在我的面前，月子非但沒有逃開，也不予抗拒，最後竟接受那男人的攻勢，甚至發出苦悶的呻吟聲。

我所認識的月子到底怎麼了？那個曾經躲開男人、厭惡性愛、高傲孤冷的月子哪裡去了呢？

先不提月子在此之前的態度，我絕不原諒昨夜從窺窗看見的月子！

在這之前看著他們調教的實況，我總覺得有些愧對和同情月子，她之所以讓我感到楚楚可憐，是因爲處於無可抵抗的束縛之下，遭受到極屈辱性的折磨的關係。被脫得一絲不掛吊起雙手的時候不用說，即使是在優雅女人的纖纖細手或是經過那些花花公子指技高超的一番愛撫，加上電動按摩棒的戲弄下發出的喜悅之聲，都是在嚴酷的束縛無法逃脫的狀態下進行的。

不過，昨夜的月子關鍵性的手銬腳鐐已經完全解除，她是在自由的狀態下接受男子性交的，更令我訝異的是，她發出甜美聲音的同時，還展露出嬌態。

沒錯，那只是徒具形式的演出而已！月子本身並沒有任何感覺，她是在他們的命令下被迫做出表演的。有一下子我極力這樣自圓其說地想著，但我又不禁質疑，倘若只是逢場作戲，她可能做出雙魚擁抱般的扭動和發出舒透心底的叫聲嗎？不，自恃甚高的月子不可能學會這種演技。

不管我如何自欺欺人，我這個做丈夫的最清楚，月子剛才的動作絕不是表演或一時僞裝的。

但話說回來，如果那是如假包換的月子的眞實形象，我做爲月子的丈夫，立場何在呢？

實在說，月子變成這個樣子，非但沒有使我高興，只徒增我的痛苦而已。藉由他們的手改造的月子，爲我而言，既是痛苦也是屈辱。

或許他們不甚了解我的心情，不，他們是在全盤洞悉之下，爲了憐憫和嘲笑我，於是挑選我再度造訪紅色城堡的那天晚上，展現那場床戲的。

喂，你瞧個清楚！你的妻子現在這麼隨便就跟男人上床哼哼呻吟呢！你久攻不下的冷漠的女人，變得如此淫蕩妖氛、慾火焚身。

他們想這樣出言諷刺，才找我到這城堡裡來的。沒錯，他們的作風向來如此。他們以恩人自居，一副既然你那麼想看就讓你大飽眼福的態度，每次都深深折磨著我，紮紮實實地奪走我的信心。

說不定在我來到巴黎之後的第二天，他們雖說「調教暫停」，搞不好這期間照舊繼續侵犯著月子，爲了讓我初看月子即受到無從防備的衝擊而不斷地進行調教呢。

無論如何，現在月子變得沒有受到綑綁，就能配合他們的要求倒是事實。姑且不提她是否從中得到快感，可以確定的是，只要他們想做愛，月子是不再躲避了。

如果眞是如此，我是看不下那種荒唐的情景的。

昨夜，我因爲看不下月子和其他男人激情交纏的場面，待了一個小時左右，便離開紅色城堡，在黑暗中逕自開車疾駛回到了巴黎。在旅館沖過澡之後，一邊喝著小酒櫃裡的威士忌和白蘭地，一邊回想那幕情景，直到黎明來臨都未能成眠。

不論我如何思索，也無法否定月子改變了的事實。不，月子是被他們改造了。他們之前曾說的改造人性的誇誇其談，現在已經成爲現實了。

「那群惡棍……」

我十分懊惱，頻頻撥弄頭髮，猛喝著加水威士忌，但稍過片刻，我才發覺，這不正是我衷心期盼的結果嗎？從擬定綁架計畫到誘騙岳父交出巨額贖金的人，正是在此借酒買醉的我啊！

想到這裡，目前我正處於進退維谷的處境，一步一步被逼著走向死路。

而且，倘若月子照目前的情況繼續接受調教，改變越多，她將離我越來越遠，最後只會讓我陷入無盡屈辱的折磨。

天底下哪有這麼不合理的事啊！我冒著危險出錢，跟陌生的惡棍低聲下氣，得到的回報卻淨是受他們愚弄，面對接二連三的屈辱還得暗自忍耐！

我爲自己搞出禍端的愚蠢行徑十分惱火，爲了紓解心中的鬱悶喝著威士忌，雖然這樣會使我酒醉，更陷入激發不滿情緒的惡性循環，但即使在這種狀態中，我仍像颱風眼般清醒地看出一個事實。

也就是說，他們的調教做得相當完美。當我這樣認爲的時候，下一刻又加以否定了，但隨即又肯定它的精妙之處。

看來，或許他們如自己宣稱爲改造人性的專家般，是名副其實的專業團隊。

我對他們的驚嘆不僅止於今天，很早以前就潛藏在我心中了。

然而，坦率地肯定他們的做法，無異於承認自己的愚蠢，這有損於我的體面。想到這點便令我無法虛心承認，可是走到這步田地，死要面子也於事無補。

我重新思索，回顧他們的所作所爲，發覺其中有幾分高超之處。首先就是，雖然每次調教都讓我看得光火，但他們巧妙運用「糖飴與鞭子」的兩手策略還是令人敬服。

好比第一天吧，也就是我第一次從窺窗偷看的那天晚上，月子一絲不掛地四肢被撐成大字型，暴露在幾乎亮得刺目的燈光下。而且在這種悲慘的姿態下，被他們毫不憐憫的、事務性地測量了身體的每一個部位，甚至伸進她的陰道裡。幸虧那時候月子被蒙上眼睛，並未察覺在她身邊的男人們好奇的目光，但這種伎倆不叫「鞭打」，要算什麼呢？的確，這種方式是聽不到鞭打身體的聲音，可是沒有比這更殘酷的鞭打了。

然而，在那之後不久進行的調教，與其說是鞭打，毋寧說是幾近「糖飴」般甜美高雅的服侍了。

譬如說，他們派出兩位美女爲月子細心按摩。並且在這之前，他們可能已先讓月子浸泡在豪華的浴缸裡，等通體舒暢之後再讓她躺在床上，一邊播放輕鬆的音樂，一邊極盡細緻的按摩。這種動作根本不像是所謂的「調教」，倘若她的手腳沒有扣上皮製束具的話，簡直與高級的美容護膚中心毫無二致。她們這樣做或許是希望藉由細心的反覆按摩，盡可能地舒緩月子的抗拒，避免給予粗暴的印象使其安心定意。無可置疑，既給予舒心暢意的「調教」又有華麗的豪屋美床，美男子隨侍在側，招之即來的侍女服侍，肯定可以鬆綁月子的心防，讓她乖乖聽話的。

他們施展「糖飴與鞭子」這種軟硬兼施的策略，亦即既向月子灌輸絕不可抗拒的嚴規，同時又告之若遵從命令必有甜蜜糖飴可吃的誘惑。

至此，我想起了某訓犬師所說的一段話。他說，調教師必須掌握嚴厲與溫柔，也就是巧妙施展「糖飴」與「鞭子」的效力；下命令的時候，務必澈底執行，狗兒聽從指示後則要給予相當的鼓勵。毋庸置疑，人要比狗來得複雜，但或許他們在城堡裡的所作所爲，基本上與訓犬師的做法是相同的。

而且，他們高明之處在於按序的以溫柔對待，逐步拆除對方的心防，以極自然簡單的方式使其接受。

譬如，即使他們碰觸全裸的月子的祕密花園時，也是透過細心的按摩使其全身舒暢之後出手的；她們在按摩之中蜻蜓點水般似有若無地觸摸月子的乳房、乳頭以及胯股間的陰蒂。這些過程稍後由男子接續下去，月子完全沒有意識到，等她有所察覺時，已經被他們大膽妄爲的撫摸著了。這些動作顯然是屬於「鞭子」的範圍，不過，他們把這任務交由同性的女性執行，等月子親近習慣，沒有任何不適的感覺才交給男人之手。

現在回想起來，他們稱此動作叫「愛撫」，但說實在，單方面被陌生男人撫摸乳頭和私處等部位，畢竟是令人不快與憎惡的，無異於一種「鞭打」。然而，他們不慌不忙按表操課地進行，縱然是交由男人執行的時候，也非直接出手，只是以鳥羽代替撫摸，她只察覺到男人在耳畔低語而已。他們的手指動作極盡煽情，並以清澈溫柔的聲音無限讚美：「妳的胸部好美！」、「多麼豐滿的乳房啊！」、「愛的雙峰！」等。纏綿不斷的輕聲細語以及不是由男人的手指而是不帶任何情感的柔軟羽毛觸摸月子的身體這點，既紓緩了月子的心情，似乎也挑動了她的情慾。

當然，當時用眼罩蒙上月子眼睛的功能甚大，因爲這樣她便看不到周遭的事物，即使剛開始會覺得不安、恐懼，一旦習慣適應後，羞恥和不安便會消失，而能產生唯我獨處時行徑大膽的效果。

總之，他們施展「撫摸」絕技之後，月子似乎開始有了快感，身體微顫，同時發出喘息聲。一直觀察月子反應的他們，見時機成熟輪到自己出場，便轉為甜言蜜語與愛撫的攻勢。

在這方面他們對時間的掌控十分精準，連一旁睜大眼睛觀看的我，也不得不頻頻讚嘆。至此為止的「調教」尚屬溫和，他們稱之為「撫摸」我亦能同意，也就是所謂的「糖飴」的期間吧。

我再次從調教之中覺得「鞭打」的部分逐漸增強，是從他們開始使用電動按摩棒之後。當時幫月子按摩的女性起初只是半惡作劇似地試弄一番，後來便突然插進月子的陰道，雖然我是在電腦畫面上看到那一幕的，但它著實給了我新的衝擊。

她們這個突來之舉令人訝異，最初我還為月子被塞進那種東西心痛不已，並陷入自己也遭到侵犯似的錯覺，我在這兩種感受中煎熬著，但荒謬的是，卻同時為此慾火中燒！

在此，我另一個衝擊是，月子似乎相對地從中感受到快感。陰道被插入電動按摩棒的月子，整個下半身微微顫抖著，不久後發出微弱的呻吟和飄飄欲仙的模樣。坦白說，我還懷疑自己的眼睛是否看錯了。

想不到月子的感受竟會如此率直！我雖然驚愕，但冷靜一想，月子能夠如此輕易、從容不迫地接受性愛的滋潤，不能不歸功於他們調教之助。進一步說，我也為自己看著那幕影像，興奮得不由自主地自慰的卑劣行徑感到錯愕，只能苦笑了。

他們傳送過來諸多的影像，至目前為止我看過後都還能忍受，並且對調教的進展順利感到某種程度的滿意，也對他們的做法姑且表示贊同。

可是安心也僅一瞬間，因為接下來他們做出了不同於過去，令人難以置信的殘酷的「鞭打」。我光想到這裡就反胃作嘔，他們看似溫文儒雅，某天卻突然變成野獸，硬是把月子綁住雙腳加以侵犯得逞，我正是不忍心她受此酷刑，陷入不安與恐懼才旋即趕到巴黎的。

雖說我現在喝得醺醉，姑且不提在此之前的焦慮與憎惡，我在略為清醒的腦中想了想，那種調教的確巧妙地存在他們所說的「糖飴」與「鞭子」的策略。

首先，「鞭子」這部分的事實是毋庸置疑的，月子在毫無防備之下硬被撐開雙腿遭到臀毛濃密的男子的侵犯，這種做法只能說它是激進的「鞭子」了。然而，在那之後，月子和那男子身體交媾的動作，不同於一般的「鞭子」，而是經過某種縝密計算的精美巧局。

至於要說明具體的內容則有些困難，後來冷靜想了想，雖然有點不甘心，但覺得其中有幾分道理，我為我自己的矛盾感到焦慮，可是事到如今加以否認也無濟於事。

交媾的重點在於站著侵犯月子的男子的股間和被綁在臺上的月子的陰部約莫是同一高度，開始進入做愛的階段時，男子為配合月子的反應，巧妙地輕輕落胯，然後就勢從略低的位置來回抽送。他像是在享受觸動陰道內的快感似的，不疾不徐地抽送著陰莖，其老練的程度簡直就是淫界高手，他那種老牛吃草細嚼慢嚥的功夫我終究是學不來的。可是當我察覺時，月子彷彿充分配合他的抽送動作似的，彎挺著下半身，最後終於發出嬌喘的聲音。

看著這幕寡廉鮮恥的情景，我還暗自稱許，猶如重新被他們上了一課似的。我坦承至此，只會暴露自身經驗的生澀而已，但昨夜在紅色城堡仔細觀看月子和男人交纏的做愛身影後，我終於明白他們所圖為何了。

現今，重新回想起來雖然令人惱怒，可是若說那天站著侵犯被固定在臺上的月子的男子的動作，與昨夜我看到的和手腳未受束縛的月子性交的男子的動作，有著某種程度的相似之處，確實是十分相似。當然，昨夜他在床上是以稍仰側臥的姿勢與月子交合的，但它使腰的動作似乎都是由下往上頂碰女性的私處。

那種交媾的動作就像雙手的虎口交叉緊密地疊合著一樣，男女一旦用這種體位交合，女的臀部剛好跨在男的骨盆或左大腿上，男的就勢抽送起來，女的會跟著微曲雙腿，屆時男的藉此之助就可以達到刺激女性陰部上端的效果。

觀察至此，我終於想起以前讀過的某篇報導說，女性私處的所謂的G點，就在於陰道的上側。醫學書上當然不會記載這種事，大概是我在男性週刊或類似的色情雜誌上看來的，如果這個說法屬實，那幾個侵犯月子的男人的動作就符合這個原理了。

那個站著的男子略低下腰身，然後慢慢地向上頂著。即使採取「蝴蝶側飛」的體位，他同樣把稍仰的女性擱在自己的大腿上，由下而上緩緩抽送。

想到這裡，Z說的「我們也滿辛苦的呢！」的那句話，鮮明地在我腦中浮現開來。

用「全力以赴」形容這種事或許有失妥當，但說不定他們已經盡最大的努力了。爲了把性愛資歷尚淺的像我這種男人所交託的女人們，改造成懂得歡快享受性愛三昧之樂，他們或許付出了相對的努力與研究。我重新思考，回顧至此的種種，再次看出隱藏在他們行事背後的另一層深義。

譬如說，他們進行各種調教的時候，一定戴著面具，不輕易露出眞面目。我原先以爲他們之所以戴著面具是因幹下卑劣的勾當而感到內疚，但也許事情沒那麼單純。

正如Z所說的，這也是一種Profession（職業、工作），倘若這是一種交易的話，不僅執行調教的男人們不可摻雜個人的感情，接受調教的女性更應如此，否則會造成困擾，亦即工作歸工作，他們爲了完成交付的任務，或許其做法就是藏住顯露個人好惡的表情。不，他們不僅不露眞面目，更不出示名字或年齡，譬如說用代號Z或畫上獅子或鳥的面具加以分辨。

設想至此，或許太便宜了他們，但說不定他們是基於這樣的考量：由幾個男人逐一姦了受縛的月子，既可避免特定的男人對月子著迷，同樣的也可讓月子不會熟悉特定的男子。其實，從這個觀點來看，昨夜一絲不掛的月子和男人交媾，私處部位確實是緊密交合著的，但重要的臉頰和胸部並沒有疊合在一起。原本略仰的「蝴蝶側飛」的姿勢，除了私處交合之外，其他部位是不會親密接觸到的，他們以此避免興起各人感情的好惡，不能不說是他們考量的結果。

思索至此，我有一個新的發現。自從我收看他們傳來的影像之後就覺得詫異，他們一邊做出激情的演出，卻沒有身爲男人最後歡快射精的動作。當然，此舉大概有避孕的考量，然而，不管是對著受縛中的月子霸王硬上弓時，或像昨夜雙方盡情交纏的時候，他們個個精力充沛，在性交上耗時費思，但至今我沒見過有誰霎時射精了的。廉價的色情錄影帶常見到正當男主角猛烈地扭動腰身，卻突然從女性的陰道抽出陽具，朝女性的臉或胸前射精的鏡頭。可是紅色城堡的那些傢伙不幹這種表演，只在月子酣暢至極，欲死欲仙之際安靜地收起戰矛。他們在激烈的性愛交歡之後仍情緒穩定，行事講求理性進退得宜，儼然是專業的色情高手。

總之，我越想越覺得他們實在勇猛，與之相比，自己是多麼幼稚與青澀啊！想到這裡，又是一陣難過，乾脆一口氣喝掉殘剩的白蘭地，最後的結局就是酩酊大醉鑽進被窩裡。

翌日起連續三天，我每天晚上都從巴黎驅車前往紅色城堡。

離開東京之前，我向任職的醫院請了一星期的休假，眼下離歸期只剩三天的時間，這段期間，我唯一做的事就是從窺窗兀自盯著自己的妻子被陌生男人強暴。不，這種說法不對，乍見之下妻子看似遭到男人們的玩弄，其實她也享受著無比的愉悅。

月子已非往昔的月子了，她搖身一變成爲主動追求性愛、深諳交歡之樂的成熟女人了。此刻，我無意否認這個事實，也不爲此惱怒。反倒是，月子對性欲的態度轉變之大，著實讓我瞠目結舌。

現在，可以明確的是，月子所受到的「調教」已經極爲充分，而這遠遠超乎我當初的期待。當然，這或許是因爲月子頓覺既然身陷城堡裡，除了耽溺性愛、獲取交歡之樂別無其他活路下所做的選擇，但即使這樣，最近月子的改變實在太可怕了！

在這之後，月子到底要改變到什麼程度？而且要改變到何種程度他們才願意放走月子呢？此刻的我，顯然對月子的改變感到困惑、恐懼甚至惶惶不安。若不就此阻止，後果將無法收拾。

我再度造訪巴黎時內心的疑懼，透過三天來月子和各種男人交歡的痴情媚態，讓我更明白，但第四天，最後一夜看到的情景，更是把我忐忑不安的心靈幾乎摧毀殆盡。

那一天，我事先聯絡Z，今夜是最後一次，接著就要離開巴黎返回日本云云。

Z只是點頭應了一聲「是嗎？」，於是我試著向他要求，希望獲得月子目前平安健在之類的證物。這是我這次前來巴黎時設想出來的，譬如說，寫給月子父母親的「我平安無事，請安心！」的紙條都可以。或者留話錄音，將它帶回日本的話，至少月子獲釋之前或多或少可以撫慰她焦慮無助的父母。

針對這個要求，Z反問我一句：「讓她講日本話就行了嗎？」想不到他如此慨然應允，接著說：「我會在您今晚造訪此地之前備妥的。」

大概也是因為談話有了回應的緣故，那天晚上我心情輕鬆不少，一如往常，七點許離開巴黎，十點左右就抵達紅色城堡了。

抵達之際，我有點納悶今天的車子特別多，別說平常城堡前供停車之用的砂石路面，連周遭的草坪之上都停滿了車子。

難道有來客造訪嗎？這裡平常幾乎無人走動，為什麼一下子出現那麼多車子，正當我訝異地瞧視之際，那個男子從崗哨疾步而來，命令我將車子停在城堡左側的枝葉幾乎掉盡的榆樹底下。

我按照他的指示停妥車子，問他：「今晚有什麼盛會嗎？」但他只是聳聳肩膀，什麼也不予回答。或許對只負責守衛的他來說，城堡內的一切是他無從想像的另一個世界。我這樣尋思著，走過降下的吊橋，穿過圓形的關卡時，一如往常正面站著一名身穿白色禮服的女子。

我按例向他輕輕點頭致意，接著準備通過左牆掛飾著壯麗壁毯的走廊時，她微攤雙手擋住我的去路，用有點結巴的日語說道：「今晚本城要舉行一場特別的盛會，有興趣的話，我帶您到那邊參觀。」

在此之前，我來過紅色城堡好幾次，但除了待在設有窺窗的房間之外，從未受邀瀏覽。別說參觀其他的房間，連擅自在穿廊上走動都被禁止受到監視，唯獨今天卻要帶我到其他場所參觀，這是什麼原因呢？

「我可以去嗎？」

「可以，Z那樣交代的。」

若是Z的指示，應該不成問題。在好奇心的驅使下，我一點頭，她便說：「唯有一點……」繼而說明道：

「今晚的聚會極為私密，所以請您更換衣服。另外，就是您在離開城堡之後，聚會上的事絕對不能對外透露。」

這種事我當然不會對外張揚，問題是我沒有帶換穿的衣物來。我這樣表明，她隨時說：「本城備有換穿的衣服。」便先行走去。我帶著不安與好奇的心情尾隨而後，不過，她朝向與向來相反的、對面的左右點的燈光的走廊走去，打開第三個照明燈前的們。

房間裡面十分寬敞，好像是用來寄放大衣與服裝的場所，正面的櫃檯前吊掛著各式各樣的衣物，站在稍前處的女子確認我的身分後，便拿出一件事先準備的衣服給我。

「請穿上這件。」

我依她的意思打開一看，原來是件寬鬆的黑色斗篷，大概是基於便於行走的考量，下襬的兩邊各開著大衩，還有一個連頭的頭罩。

我覺得這件斗篷寬大了些，可是她說，這樣比較好穿，接著又說：「方便的話，請您脫下衣服。」

在房間裡穿著希望又套上斗篷確實太過悶熱，於是我脫掉西裝上衣穿上一試，舒展寬鬆的斗篷，長度幾近腳下。

她問我：要不要換下褲子？但我覺得脫下褲子實在奇怪，便回答說：「這樣穿就好。」她又叮囑：「也請您帶上這個。」隨即拿出面具。

我一時覺得有些詭異，這面具的彩繪和他們之前戴的動物圖樣不同，比較上尺寸略小，只是遮住額頭至鼻尖而已，眼框的部分鑲著綠邊。

「請戴上……」

我依示戴上面具，對著嵌在左側牆上的鏡子端詳自己身穿斗篷的模樣，突然覺得自己好像變成了惡魔或黑鬼，心情極為亢奮。

「那麼請您跟我來，但唯有一點請您務必遵守。」

「唯有一點……」似乎是她的口頭禪。

「接下來我要帶您前往的地方是室內的看臺，請您不要擅自離開。如果您想離去，我或其他人都在門外待命，請吩咐一聲。看臺上備有飲料和簡餐，請您自由取用。」

總之，這是我第一次去窺室以外的地方，心情既緊張、興奮又有點慌張，不過，我身穿斗篷戴著面具，沒有人會認出我的。

我做好變裝的準備，再度跟在她的後面朝走廊走去。兩側有燈光照明的走廊約莫三十公尺長，從盡頭登上鋪著紅色地毯的大理石樓梯，便來到掛著十幾幅年代久遠的肖像畫的走廊。這段走廊大概是少有人走動吧，燈光十分幽暗，正因爲這樣，那些肖像畫中的人物彷彿躍然而出似地陰森可怕，我看見稍遠處有一扇鐵製把手的厚重木門。

那名女子持有鑰匙，緩緩地把門打開，接著以眼神催促我進去。我慢步走到裡面，迅即傳來喧囂的嬌聲，空氣中同時瀰漫著酒類和甜膩的香水味道。

這裡到底在進行著什麼活動呢？我的眼前似乎聚集著許多男女，但由於會場燈光太暗，令人無法一窺全貌。

正當我怔愣之際，一個女子跟我說，左邊石牆前的桌上有葡萄酒和玻璃杯，接著叮嚀道：「想出去的時候，請敲這扇門。」不過，她的聲音旋即被周遭的聲浪給淹沒了，我慌忙地點頭，她日本式地施上一禮便轉身離去。

孤伶的我重又左右環顧，好不容易才弄清楚四周的狀況。

首先是我目前的所在位置，似乎是環繞著近五十坪大廳的看臺上。因爲在場的人群全在我的視野之下，看去大約有二、三十人，不，或許將近四十人左右，不知什麼原因，那些人都跟我一樣披著斗篷，戴著同樣的面具，眼框的部分在微亮的枝形吊燈的映照下，閃熠著紅綠的亮光。

這到底是什麼聚會呢？我佇立在看臺上環顧四周，大廳的中央是個舞池，隨著熱情的森巴舞旋律揚起，十幾對披著斗篷的男女翩翩起舞。

我終於明白眼前的情況了，男的好像穿著黑色斗篷，女的全部披上紅色斗篷，眼框閃著紅色的是女性，閃熠著綠光的則是男性。

會場上一片喧鬧之聲，有的隨著音樂笑鬧起舞，有的男女在一旁邊喝著酒，邊談笑地發出陣陣嬌聲，有的則坐在置於牆沿的沙發和椅子上聊談，可說是聲影雜沓。

這些全戴上面具的來客，就是進出這座城堡所謂的上流階層，並對變裝舞會有癖好的人嗎？毋庸置疑，他們不知道對方的姓名與職業，或許他們只是厭倦平凡的日常生活，尋求特殊刺激聚集在此的吧！

我約莫站在探出大廳的L形看臺中間，可以俯瞰眼下的男男女女，由大廳往上看，看臺剛好成了死角，沒有人察覺到我站在這裡。這樣看來，這個位置大概是Z特地爲我提供的吧？

我再次爲Z的善解人意感到窩心，朝下凝視著，剛才熱情的森巴舞旋律戛然而止，與此同時，出現一個身穿晚禮服的男子大喊著。我不明白眼前的狀況，覺得他是在叫喚某人的名字而朝正面的入口一看，驀然，紅、藍、黃三色的光柱分別從天花板直射地板如探照燈般交錯，一個女子在掌聲如潮中緩步登場。

令人驚訝的是，她雖然戴著面具，除此之外卻一絲不掛，而且身邊的護花使者，穿著袖口縐褶的白色上衣和膨起的燈籠褲，個個身材健美，充滿活力。

接下來，到底要開演什麼節目呢？我屏息以待，隨著大廳右側傳來喇叭聲的同時，令人慵倦的曲子應聲而起，而剛才那個裸女便配合著音樂在大廳中央屈身開始舞動起來。與此同時，兩名年輕的男子脫掉上衣，用結實的胸膛磨蹭舞者的身體。他們該不會在房間的各個角落噴上香水也燒點催情劑吧！空氣混濁，連旁觀的我都變得春思蕩漾。當然，大廳裡的男女似乎在此之前已被春藥弄得神魂顚倒，幾乎都是成雙成對，有的跳舞，有的在沙發上摟抱，有的則靠在牆上接吻。

看來這場化妝舞會與其說是聯誼，目的似乎在於讓男女齊聚一堂進行群交。

這大膽的作風讓我瞠目結舌，進而好奇地探出看臺往下凝視，披著黑紅斗篷的男女早已在牆邊的沙發和躺椅上躺著交媾起來了。

這時候我才恍然大悟，無論是男的或女的，斗篷底下什麼都沒穿，只要撩起下襬旋即露出下半身，可以輕易地搞男女關係，斗篷大概是爲此設計的。

話說回來，我倒是第一次看到這麼多男女齊聚一堂，進行淫亂的雜交。

這就是西歐的上流社會歷經數百年培養起來的，以淫蕩知名的世界嗎？正當我半是驚愕半是感動之際，曲子旋律變慢了。

僅遮住臉的全裸女子依舊在大廳中央跳舞，圍在一旁的男女個個摟抱交纏著。

奇妙的是，伸出斗篷的下肢和白皙的腰肢顯得特別妖豔，而那交媾的姿態一被掃過空中的燈光映照，更顯得妖淫了。

我被會場的熱情壓得屏住呼息，眼睛像夢遊患者般看著大廳，突然，我的目光盯住右前方的牆邊一隅。

那時候我的視線爲什麼會看向那裡呢？難道只不過是像室內的裝飾燈轉射的紅色斜光偶爾閃過那裡嗎？或者是排列在牆邊持槍的鐵甲武士怪異地引起我的注意？還是出自我本能的驅使？

那個在鐵甲武士前的躺椅上和黑色斗篷的男人抱在一起的穿紅斗篷的女人，該不會是我的愛妻月子吧？這是我霎時的想法，並沒有具體理由。

可是我這樣一想，接著又極目細看，那個被男人抱在懷裡，從斗篷衩口伸出的雙腳的確是屬於月子的，在幽暗的燈光下，蒼白的肌膚一樣漂亮；從微屈的膝蓋、線條優美的小腿肚、細瘦的腳跟，以及懸空的秀麗的小腳，在在都是我所熟悉的月子的，而且無論是被那男子吻舔向後仰的脖頸，或顯得淘氣的高挺鼻頭，微開的香脣、沿著下巴到脖頸優美的曲線，都證明那肢體就是月子的。

「不過，怎麼可能……」

我半信半疑，猶如看到可怖的景象再次凝目一看，面具下的紅脣緩緩輕啓，與此同時從斗篷的兩端伸出白皙纖細的手腕，圈住壓在她身上男人的頸項；不管是從香脣兩端漾開的笑容或搭在男人耳畔的手，沒有一項不是月子的。

「可是月子爲什麼在這裡呢？」

我的頭腦一片混亂，搞不清眼前的狀況，這時候轉動的燈光像嘲笑我似地再次掃過月子的正面，剎那間，我對著開口微喘著的月子大聲喊叫。

「月子……」

然而，任憑我在看臺上叫喊也不可能傳到她的耳裡，月子正被黑色斗篷的男子攬腰抱起，整個下半身幾乎都暴露在外，男的似乎就勢插進肉棒。

頓時，她美麗的下巴爲之後仰，與此同時，微挺著上半身，伸出的雙腳猶如內縮的蛙腿。

現在，我的目光就死盯在一點，可是男的一扭腰挺進，月子白皙的雙腿竟配合般地開始晃動起來，至此我實在看不下去，因而別過臉看著大廳的前方。

不過，那裡也是曠男怨女各隨己願地擁抱、交媾著，隨著持續而緩慢的音樂，樓下的大廳不時噴湧出誘人的香味和喘息聲。

沒錯，我只能用「噴湧」來形容它了。展現在我眼下的圖景就是十足的酒池肉林，宛如從西洋繪畫中或什麼畫偷窺到的遙不可及的世界，現在正活生生地展現在我面前。而且，月子還在這種氣氛中毫無拘束地融入其中，被陌生的男人摟在懷裡盡情做愛。

我這樣尋思的同時，不由得大叫起來。

「對了，一定是Z……」

只有Z才想得出這種無聊、荒謬絕倫的雜交舞會。這一定是Z爲了讓我目擊這幕情景特地設計的。也就是說，他讓成群的男女盡情淫亂，再引誘月子入甕，讓各種男人擁抱玩弄，硬要我充分目睹這幕淫靡的情景後，一個人獨自回日本去。

「竟然這麼卑鄙！那沒良心的惡魔！」

我氣得大叫，掄著拳頭，疾步跑向門去，用力地敲了敲鐵製的把手。

「發生什麼事了？」

我氣喘吁吁地詢問剛才在門外待命的女子：

「這舞會幾點結束？」

她略帶爲難地答道：

「到深夜吧，也可能到天亮……」

被她這麼一說，我又回頭看著躺在躺椅上的月子和穿斗篷的男人。

他們似乎還交合著，可是壓在月子身上的男人，稍稍抬起上半身，月子胸部便坦然露出，其他的男女隨即一旁欣賞地觀看著。

他們看著他人做愛當然無所謂，但自己交媾時被人看在眼裡也毫不在乎嗎？接下來他們又要男女交換配對之後，暢玩到清晨嗎？

我這樣揣想，霎時，感到一陣難以言喻的胸悶和作嘔，向門前的女子懇求。

「我要回去了！」

說實說，我終究無法忍受待在這種無恥透頂的世界裡。

那天晚上，我從紅色城堡驅車飛快地奔向了巴黎的旅館。

中途，我好幾次打開車窗，迎著冷冽的寒氣，不時對著暗夜噴吐口水。

坦白說，我總覺得全身黏乎乎的、骯髒得令人難以忍受。只要待在那種地方，一定會變得跟他們一樣墮落與悖德，至少我自認爲健全的精神與肉體都被撕得粉碎，最後和他們一樣墮入淫蕩的地獄。

雖說他們戴著面具，卻是縱情更換性對象玩到天亮，不僅展露自己寡廉鮮恥的行為，還以偷窺他人做愛為樂，以此尋求刺激催情，這種行為絕不遜於豬狗畜生，我絕不會成為那群惡棍的一員！

在深夜的高速公路飛車奔馳了兩個小時回到巴黎後，有一種從他們極盡淫亂之能事的世界逃脫出的感覺，但要說在那之後我幹了什麼事，卻是即刻至聖東尼交界處買春，這的確要教人驚愕的。我心想絕不嫖站壁的流鶯，但唯獨今晚沒有挑肥揀瘦的餘裕了。總之，他們的愚行使我錯愕不已，返回巴黎之際，我的體內逐漸萌生一種狂暴的意念，當我察覺時，胯股間的陰莖只一個勁地硬翹起來了。

不管怎麼說，要療癒這種狀態只好先上門找妓女消解一番。

我胡亂挑選的妓女雖是個白人，但皮膚粗糙得很，她帶我去休憩的旅館房間裡的木床只鋪著一張墊子，幾乎沒有任何裝飾，光是看到這裡，我硬直的陰莖開始萎軟下來，但我仍難得毫不羞赧全程做愛到底。

她顯然是一個懂得奉承的女人，對我說了聲「你很棒」，我當然沒有把這句話放在心上，總之，我是以對等的立場和巴黎的妓女交鋒的。我在有點自負、興奮的氣氛下與她分手，帶著也算得上是巴黎花花公子的心情回到夜歸的路上，但究其原因，那剎那間的自負，肯定是因為目擊了在紅色城堡的無恥透頂的雜交舞會刺激所致。

實際上，當我一邊和腰腹鬆弛的妓女性交之際，腦海中仍充滿著在城堡見到的妖淫的情景。就在我和妓女交合的時候，也聯想起那群男女在密室的掃過天花板的燈光下做愛的情態。有的女人躺在沙發上，任男人壓在身上，從斗篷伸出的下肢仰上懸空，前後搖動起來；站在一旁的女性雙手搭著椅背，被撩起的斗篷露出白皙美麗的臀部，讓男根由後面插入。更有甚者，對面的沙發椅上癱坐著一個男子，女的正對著他開股挺起的陽具張大嘴巴津津有味地吸吮著。

眼前另一對蹲坐在躺椅下的男女慢慢地揭開斗篷，良久地愛撫對方的性器官，接著大概是春藥催情的作用，男的肉棍朝女的胯股間搗了進去。而由正面被侵犯者正是月子，一個身材短小卻腕骨粗壯的胖男子正和她交媾，儘管旁邊有一對男女在嬉笑觀看，他們二人不僅依然故我，還緊緊地抱在一起。

我一邊在腦中回味這幕情景，男根也在中年妓女的陰道中射精了。

天底下有這麼荒唐的事嗎？

那群惡棍的淫蕩程度使我打從心底吃驚，因而暗自發誓絕不染此惡習，但回神時，我居然一邊回想他們的惡行劣跡，一邊和妓女性交。我經常為自己意志的薄弱感到懊惱，可是繼而一想，雖說對方是個妓女，而我因為射精有點慵倦，但頭腦和身體卻已經冷卻下來了。從在此之前只稍偷窺一下便興奮得慾火焚身的狀態來看，確實舒緩了許多，而我多少也能諒解他們的所作所為了。

由此看來，過度壓抑慾望果眞是問題所在嗎？提到這裡，過去生活在禁慾主義橫行時代的人們，不僅被剝奪了自由，違抗者甚至遭到全部殺害。乍見之下，禁慾主義充滿道德色彩，但最後往往從高張的禁慾主義轉為法西斯主義。事實上，無論是戰前的日本或強制實施禁慾主義的國家都受到法西斯主義風潮的波及。

這樣看來，或許正面肯定性愛最順乎人性，追求性愛的人才是眞正的和平主義者。我大概中了他們的毒素，我的想法奇妙地為之一轉，最後再次回到在城堡見到的充滿妖氛的大廳。我不禁納悶，他們為什麼敢無所顧忌地幹那種事呢？

男女做愛原來就應該避開他人的目光，祕密進行的，至少像我接受這種教育長大的日本人都是這樣認為的。

日本當然也有雜交之類的玩意兒，通常是幾對男女瞎混在一塊似乎以性自娛，但那些幾乎都在酒醉之後，要不然就是借助藥力等，只是年輕人半嬉玩的行爲。大人們則稱這種遊戲爲「換妻俱樂部」，有時是幾對夫妻相互交換伴侶進行性交，不過，這僅止於極少數有此癖好的人，一般人不可能參加這類聚會。

然而，城堡裡的舞會雖是祕密聚會，每個參加者絲毫沒有膽怯而且是毫無顧忌。當然他們看來似乎是出身富裕、過著高雅生活的人，但他們幹這種事倒是令我意外與驚訝。如果這是日本的祕密舞會，參加者就會覺得惴惴不安、羞赧、見不得人似的，但就我在城堡所看到的，他們沒有這種情形，每個參加者都是隨心所欲地行動，完全不在乎別人的目光，而且即使有人在一旁觀看仍不以爲意，毋寧說有人觀看反而情緒亢奮，繼而做更劇烈的交合。

他們那種公然做愛，恬不知恥、毫無顧忌的風氣到底起源於何處？

我想起之前看過一部美國電影中一對白人夫妻竟無視於奴隸在側，盡情做愛的鏡頭，那是人種歧視極其嚴重的時代，那對夫妻一定是不把僕人當人看待，才不覺得羞恥。美國的情況都如此了，歷史悠久的歐洲上流階級的男女或許已經習以爲常，在他人面前搞性愛派對根本是稀鬆平常的事。

「即使這樣……」我現在已經得到發洩，終於可以比較冷靜地思考了。

雖說他們戴著面具，但爲什麼可以在那麼多人面前勃起呢？爲什麼可以在大廳四處淨是男女交合，不時發生浪吟、扭動肢體的狀況下，讓自己的陽具勃起取悅女性的芳心？

坦言說，那種寡廉鮮恥的事我做不來，也沒有自信以身一試。或許剎那間受到周遭氣氛的刺激會爲之勃起，但眞要上場作戰，可能一下子就萎縮得不成樣子了。

至此，我想起讀過的歐洲小說。小說描寫一個老態龍鍾的修道士掏出自己的陽具，命令見狀作嘔的少女握它把玩撫摸一番，而且他還一邊大叫：「我的傢伙這麼小，都軟下來了！」一邊袒露性器官，急催少女撫摸。就算陰莖多麼小而萎靡不振，他們仍不會感到丟臉或膽怯。

這樣看來，我也可以袒露萎縮的陽具，大喊著「我現在雖然不能插入，總有一天可以的！」而自摸示人嗎？

但話說回來，我終究沒有勇氣這樣做。不管別人怎麼說，我認爲做愛就應該隱密，盡量暗中進行，即使是夫妻之間，都要知所羞恥，「幽祕」也算是日本文化的精髓。

思索至此，我才察覺無論是我的思考或行爲模式，包括對性的想法都是極爲日本式的。常言道：「看不到的最美。」我的陰莖只能在隱蔽的狀態才能有所發揮。

像我這樣戒愼恐懼的男人，絕不可能勝過那群不懂得廉恥的傢伙！只能在某種特定條件下勃起，即使勃起也是畏畏縮縮的男人，和性慾強烈隨時隨地可以磨槍上陣的男人相比，無論精神和肉體方面都是截然不同的。

想到這裡，我的腦中突然浮現出「戒律」這句話來。

從我早前留學英國開始就這樣認爲，類似那群惡棍或歐洲人必須用嚴格的戒律加以規範。少了嚴厲或近乎嚴苛戒律的束縛，他們洪水般威猛的慾望便無法控制。

基督教曾做爲慈愛、禁慾、自律的宗教出現在歷史的舞臺，奧古斯汀斷言「性是對高深精神最大的威脅」，肯定也是因爲他們對熾烈的慾望感到棘手的緣故。中世紀的天主教會僅容許繁衍子孫的性行爲，嚴禁愉悅的性交，正是因爲深知他們的慾望所在，若置之不管日後將不可收拾。

即使進入近代的十七、八世紀，森嚴的戒律依然沒有改變，性交僅在婚姻生活中受到承認，以至於法國掀起晚婚的風潮、同時發生多起的強暴事件、妓女異常暴增等問題。當然，沒錢的男人只好以自慰解悶，但教會卻視此爲反常的行爲，強迫他們懺悔認錯；當時的有識之士把「自慰」看成一種罪惡，甚至惡意威脅「自慰」將帶給身心重大的創傷云云。

這種論調當然是危言聳聽。可是不這樣說，無法阻擋他們洪流般的性慾。不，這麼做不但沒有達到抑制的效果，反而使得受壓抑的慾望內化，徒增對性行為的憧憬，最後造成犯戒者有增無減，耿直的男人懺悔又犯，不斷重演罪與罰的折磨。尤其是法國的天主教極為重視形式，不管你是詐欺、竊盜或者姦淫，只要做出懺悔、告解，就會獲得寬恕，而這也使得他們食髓知味，屢犯姦淫的覆轍。

不知是幸運或不幸，日本人對性的態度既不熱情也不明顯。雖然江戶時代有很多號稱風流的花花公子，但在性方面，他們也不出在花柳界瀟灑留情的範圍，就熾熱的性慾或肉體的持久力而言遠遠不是歐洲人的對手。

顯然的，與他們這些狩獵民族的後裔比較起來，農耕民族的我們簡直是恬淡得有些離譜，而這樣的日本人在明治時代以後，隨著吸收西歐文明的同時，連在歐洲蔓延的性的戒律也一併收納過來了。從這個背景來看，明治時代的文化人認為，凡是西歐文明皆是進步的、最好的東西。其囫圇吞棗的態度的確失之輕率，但話說回來，要說老實遵守的庶民自己愚蠢，倒也真是愚蠢。

總之，結果就是原來性慾淡薄的日本社會卻只吸取異國的戒律，接著又經過教會學校等的大肆美化，有關性的方面講得冠冕堂皇，專做表面功夫，因而嚴重扭曲了日本的性文化，這一點是不可否認的。

理解過這些歷史背景，有一點是不容否認的，也就是說像他們毫無顧忌地隨心所欲行事才是順乎自然，而日本只認為知恥和幽祕的文化才是最好的這種想法反倒對性失去正確的認識，導致把充滿生命光輝的性愛視為卑下之物。

沖過澡之後，我躺在床上漫無邊際地想著那些事，突然看著旁邊的時鐘才發現已經凌晨三點了。

照理說，我往返於盧瓦爾，又召妓買春應該是筋疲力竭，但唯獨精神還亢奮不已。我告訴自己：

今天就要搭早班的飛機回東京，上午十一點必須離開旅館。雖然沒有特別要整理的行李，但還是早點休息得好。接著，我回想著這漫長的一天，緩緩地睡去。

八點鬧鐘叫醒了我，做好出發的準備之後，我想起昨夜離開紅色城堡時那女子交給我的錄音帶。

那是昨天我去城堡之前，委託Z錄製的東西，裡面錄有月子的聲音。昨夜，我已經在車子上聽過錄音帶的內容，只是「爸媽，我平安無事，請您們放心！」短短數句而已。不過，那確實是月子的聲音，她那溫和、充滿百感交集的說話方式，使我著迷與懷念而連續聽了好幾遍。

當然，聽再多次也是一樣的內容，可是他們是怎麼說服月子錄製這捲錄音帶的？而月子對被錄音一事，又作何感想呢？話說回來，從立刻爲我備妥錄音帶這一點來看，Z還是有其令人意外的親切之處。

然而，另一方面，正因爲他主辦過淫亂無度的雜交舞會，要是知道他的眞面目，任誰也只會把他看成絕世的惡徒或荒謬絕倫的花花公子吧。不，事實本來如此，但與此同時他也展現出令人難以置信的正派的一面。其實，不論是調教費用或讓我從窺窗偷看調教的情形，或傳送月子在城堡裡生活作息的影像給我，Z始終是信守承諾的。

雖然我懷疑和詫異他們的行事作風，但我之所以姑且相信是因爲Z耿直的一面令我安心。

即使如此，這卷錄音帶是我這次旅行的最大收穫。有了這卷錄音帶，被不安和焦慮折磨得身體不適的岳母，和最近受高血壓所苦的岳父一定會喜不自勝的。

我小心翼翼地把錄音帶裝入紙袋，塞在準備帶上飛機的手提行李箱的最底層之後，開始打包起來。

這次我約莫停留了一個星期，又因爲是孤家寡人出遊，是不可能有多少行李的。

我花了一個小時，把行李整理完畢。環顧房間之際，我突然興起給Z打電話的念頭。雖然我並沒有特別的事情找他，但覺得還是對錄製錄音帶一事向他表示謝意，並叮嚀他今後仍繼續傳送月子的影像等來得比較妥當。

可是這麼早他起床了嗎？

我相信Z一定也參加了昨夜的瘋狂舞會，只是不知道他躲在何處。不管怎麼說，倘若他也一起玩到天亮，也許這時候還在睡覺呢。

「Bonjour Monsieur.（早安，先生！）」

我慌張地先向他寒暄，接著爲昨夜爲我備妥錄音帶一事致謝，Z問我：「那樣就可以了嗎？」我一回答：「足夠了。」他旋即理所當然地問道：「昨晚的舞會覺得如何？」

他這麼一問，使得我一時語塞，重又一邊回想春藥的妖氛氣味，一邊淨說讚美對方「C'est la premie' fois Mainifgue superable（那種經驗我還是第一次，眞是太棒了）」之類的形容詞，Z說了聲「tre's bien」之後，又問：「下次也要出席嗎？」

說什麼諢話嘛，我光是想要去那種地方就毛骨悚然起來，而且萬一碰見月子怎麼辦呢？

我一時怔愣住了，這時候Z問道：

「你今天就回去嗎？」

「是的，今天就得回去了……」

我說完，他又問：「下次什麼時候來？」我說：「短期間大概來不了。」他則說：「那就聖誕節吧。」

「聖誕節？」

我詫異地反問他，Z用發音優美的法語說：「可以的話，我正想把月子送還給你當做聖誕節禮物。」

「眞的？」

「一句不假，您希望的話。」

誠然，距離聖誕節還有一個半月，約莫是Z所說的調教期間結束的時候。

「那麼我們就這樣約定，不過你還是會繼續傳送影像給我吧。」

「當然，到目前爲止我們從未違反過約定，所以也請你信守承諾。」

「Owi.（好的）」

我點了點頭，突然湧生出滿足的心情，連續說了兩次「Merci beauacoap（謝謝！）」才掛掉電話。

上午，我辦妥退房手續之後，直奔機場，心情不算太差；雖說不上是神志清爽，但多少有點喜不自禁。我想最大的原因就是稍早之前Z說的「就在聖誕節把月子還你」這句話起的作用吧。

月子就要歸來，她要在巴黎綴滿聖誕節燈飾的時候回到我的身邊。Z說要把月子當成送我的「禮物」，果眞是一件最豐厚的禮物呢！

我一邊欣賞著車窗前展現的晚秋沁寒的巴黎街道，一邊想像著置身在繽紛影飾下的情景：凱旋門和香榭麗舍燈光燦爛，我和月子攜手並肩漫步著。我光是這般想像，彷彿就聽見「鈴兒響叮噹」的旋律和街上摩肩擦踵的喧鬧聲。

Z果眞是一位心思縝密的人。

在往機場的路上，我想像著月子的歸來，心中充滿著無限的幸福。

可是一到機場，辦妥登機手續，走去登機門，和一群一眼便知是日本旅客等候登機之際，我逐漸清醒過來了。

雖說他們於聖誕節要送還月子，但那也是事先決定的。從最初的約定日期來看，將近早了半個月，這意味著調教進展順利呢？或者他們覺得聖誕節之後還把月子藏匿在城堡是一樁麻煩？總之，雖然他們決定聖誕節讓月子歸來，我也不需要特別對他們感恩戴德。

我從上衣的小口袋取出記事本，查看十二月聖誕節前後的日程，那段期間並沒有重要的事情。依照往年的慣例，十二月二十三日也就是聖誕節的前兩天因爲是國定假日，所以十二月主要的例行活動在二十二日即告結束，很多人利用這段時間出國旅遊，接著就是等著二十八日年底封關的到來。

無論如何，包括聖誕節在內的一星期，至少也有四五天假期，現在就向醫局長拜託，他應該會准假才對。但霎時我想起萬一醫局長面帶難色地說「你又要請假」的時候，我應該如何回答。話說回來，就算他說不行，唯獨這時候，我是不能不來巴黎的。我這樣告訴自己，於是在記事本上寫上「往巴黎」幾字。

我在免稅店買葡萄酒準備送給醫局的同事，選購之際，登機時間已到，我走向飛機內的商務艙。窗邊坐著一位大概是出差來的五十歲左右的男人，在他的眼中我是怎樣的人？他不可能知道我就是把自己的妻子交給那群惡棍的男人。

我這樣猜想著，在靠走道的座位上坐了下來。

已經是十一月初，並不是觀光的旺季，但機內幾乎坐滿乘客，起飛不久，空服員隨即端來餐點和飲料。我一開始就要了紅葡萄酒喝，途中又喝了幾杯，用餐結束時已經有些醉意了。

或許是因爲昨夜玩得過頭，弄得身體慵倦，以致很快地就喝醉了。

過了一會兒，空姐收走餐盤，端來蛋糕和水果。接著又問我想喝點什麼？我沉吟了一下，要了一杯白蘭地。我心想，雖然喝完葡萄酒又喝餐後酒會醉得更厲害，但之後只要仰頭睡下便不成問題。

坐在我旁邊的紳士用餐後，喝著咖啡正在欣賞安裝在前方椅背上的電視畫面。我無意中偷看了一下，那好像是一部中世紀劇情的電影，一個領口有波狀胸飾騎士打扮的男子，手上拿著燭臺站在一座古城堡上，對著挺立在牆邊的貴婦人叫喊著。驀然，我想起了那座紅色城堡，但隨即知道它是另一座城堡，然而卻因此，我的腦海中又泛起昨夜在大廳所看到的情景。

雖然，今晚不會再有那種瘋狂的雜交舞會了，不過，我倒擔心起在躺椅與人交合的月子。不，自從昨夜離開城堡之後，我一直掛念著這件事。那時候，月子正被一個個子雖小但看似勇猛的男子侵犯著，在那之後，他還是繼續搗個不停嗎？而那對觀看月子和別人做愛的男女後來有何動作呢？那個男子身材高大，不時對月子抱以好感，月子有沒有受到他的脅迫？

我這樣想像著，但這才察覺到，每次在思考月子的處境時，我總是用「被逼」、「被侵犯」的字眼，老實說，這種說法終究是我隨意之詞，或許不能說是眞正的實情。

看過昨夜的雜交舞會就會明白，月子是個自由之身，倘若她厭惡的話，應該可以逃開的，就算披上斗篷和戴著面具，也不須勉強和陌生男人發生關係。其實，在場的許多人也有不幹那種勾當的；有的獨自佇立著，也有女性無視於男人的邀誘，並不是所有的參加者都沉迷男女的肉體關係，也有不少人一隻手端著酒杯，一旁愉悅地欣賞著別人做愛的。

然而，月子一開始就和黑色斗篷的男人親暱獨玩，一點也沒有要逃走的樣子，至少就外表看來，看不出她厭惡和陌生男人發生淫亂的關係。

這種事若跟Z說，他一定當場語帶自豪地說，這正是他們調教的成果。

不過，他們可以這麼輕而易舉地澈底改變一個女性的精神與肉體嗎？縱然是絕世的色魔，任憑他運用各種技巧挑逗女性，他能改變完全漠視性愛，不肯接受男人的女性，讓她充分感受到性的愉悅嗎？

我想斷然地說「NO!」，但僅看月子在這之前的表現，我不得不說「YES!」，因爲那是我親眼目睹又經過確認，否認也無濟於事的事實。

可是如果事實是這樣的話，女人的身體又是怎麼一回事？難道女人在沒有感情的基礎，經由陌生男人細心努力的調教之下，就能獲致快感達到出神的狀態嗎？

坦白說，我無法打心底同意這種觀點，也許我的想法太古板了，但我認爲女人只有藉由心愛的男人適切的愛撫才能獲得性的歡愉。我堅信，首要的是，有了愛這種精神上的依靠，女體的快樂就會萌發起來。事實上，幾乎所有性學方面的著作都抱持這種觀點。

但話說回來，倘若有像月子這樣的例子存在的話，那些論點就成了澈底的錯誤。這些書上雖然沒有明寫男女之間的愛情是最重要的關鍵，但都強調精神上的愛的重要性。如果不需要這些精神面的東西照樣可以獲致性的愉悅，那男女關係不但澈底被顚覆，對女人而言，未必需要心愛的男人。這樣一來，性學書籍的觀點就應該改爲：女人只要某種物理性的刺激就能達到神魂顚倒的境界。

我又要了一杯白蘭地和配酒的乳酪，用餐時候，心想若能就此睡下就好，但東想西想精神反而更加清醒。

總之，到了這節骨眼我才爲女性光靠物理性的刺激就能欲死欲仙的事實，感到驚訝倉皇，可是仔細想想，男人畢竟是在乎這種事的，這也是司空見慣的事實。

譬如，我光搓弄自己的陽具還是可以射精的，只是時間快慢的差別，當然給予女性一般所謂的健康按摩，同時可以讓她達到充實無比的感覺。

總之，對男性而言，光靠物理性的刺激即能達到高潮不算特別稀奇，但只要想到，女性的情況也是一樣就覺得格格不入，到底是什麼原因呢？說不定唯獨女性不在此限，或者這只是男人們希望有所差別的擅自期待呢？於是，我突然想到，女性的自慰顯然只是單純的物理性的刺激而已，至於自慰的方式不一而足，有的女性用指自摸，有的則用薄巾之類的搓碰私處。甚至使用電動按摩棒等等，做法因人而異，但用它來刺激陰蒂這一點似乎是共通之處。

不過，這種做法可以稱得上是達到高潮嗎？

接下來我要說的不知道是屬於醫學的或生物學的範疇；以胚胎學而言，男性的陰莖和女性的陰核在性質上十分相似，因此這兩者只要物理性的刺激就能達到快感應該說是極其自然的。

但確切地說，這兩者只有在胚胎學上是相同的，實際上卻是相差甚遠。首先，陰核就是異常退化的陰莖，正因爲這樣，即使達到快感卻不能射精，而且要達到高潮的過程也比日常化的男性陰莖困難得多，加上陰核做爲女性的性器官只是次要的功能，即使達到忘乎所以的狀態，爲了得到更強烈的至樂境界，就必須維持膣腔被充滿的感覺。

這時可藉由陰莖插入陰道強化這個效果，但問題在於沒有精神上的愛情滋潤陰道，可以感受到狂喜極樂的境界嗎？換句話說，不管是使用電動按摩棒或陌生男人的陰莖，光是藉由這些毫無情感的物理性刺激就可以達到由陰道主導的至樂境界嗎？

在這裡我想起「男人要的是性交，女人注重的是愛的過程」這句話來。我記不清楚是在哪本書上看過的，好像是某個日本作家的觀點，這句話精確地呈現出男女在性態度上的差異。

的確，當一個行止如何高雅的男士遇見心儀的女性時，其實，不免在心裡交織著與這名女性交媾的各種想像。相對的，女性的情況大都是幻想她喜歡的男士對她說著各種甜言蜜語，一起坐在豪華的餐廳用餐，收到高價的禮物以及充滿情愛氛圍的過程，但不太可能要求立即性交。兩者的差異就是，相對於男性這種極爲性慾至上的、實事求是的動物，女性則比較重視被愛的過程和自戀的情結。

若要進一步說明其間的差異就是，男人少了愛情照樣可以做愛，而除了特殊的女人（譬如妓女）之外，女人沒有愛情幾乎是不可能有性關係的，從這個事實就可以達到「女人的獻身本身就是愛情」的結論。但這樣一來，就會衍生出何謂男人的眞愛的質疑，而所謂男人的眞愛就是「不管有沒有發生關係，問題在於能否長久持續這種關係」。

當然，男女的關係十分複雜，存在著個人差異，不可能是絕對的，以上的觀點既是我個人的獨斷，同時也是深諳男女關係的某作家的意見。

總之，倘若女性的獻身本身就是一種愛情的話，在此我們把話題拉回現實，這就意味著月子也曾經愛過我的，先不管她愛我是深是淺，既然結婚以身相許，那表示月子在某方面對我有好感試圖愛過，雖然最後以不幸的收場告終，但即使是剎那，她還是曾經愛過我，這一點是可以確定的。

不過，月子確確實實從我眼前離去了。我不知道眞正的理由爲何，正如上述的作家提及的，其實男女間愛情的忽冷忽熱，未必能用道理說得清楚，它是一種非理性的心理活動，現在我終於了解它的意義了。不管怎樣，我雖然不清楚其中的具體原因，但月子離我而去是千眞萬確的事。

至今回想起來仍令人心情沮喪，我和月子有了性關係的一年間，月子幾乎從未表現過性的愉悅，雖然做愛時她也有過微喘叫聲的表現，但當我知道那是近乎痛苦與厭惡的表情時，我便陷入焦慮與絕望，反而更加慌張，有時候只是草草射精了事而已。

我自以爲是的去理解這之間的過程，最後竟不容分說地斥責月子是一個厭惡性愛、情感冰冷的女人。當然，我若不這樣認爲，便會自失立場，然而造成我們夫妻失和的原因，應該歸咎於月子在精神上已經越來越不愛我了。換句話說，我自我解釋爲因爲她的心已經離我而去，身體自然也跟著離去，情況只有越來越糟而已。

不過，果眞是只是這樣的原因而已嗎？我可以這麼草率地認定因爲月子不再愛我，她就感受不到性的愉悅了嗎？看了最近月子的表現，我心中的疑惑更加強烈，與此同時，我也越發不明白女人的心思而心生恐懼。

不管怎樣；現在可以確定的是，月子誰也不愛。當然，這件事我不可能直接找月子談過，就我看到的調教情況而言，她並沒有對某個男人傾心倒是事實。其實，她經常被蒙上眼睛，受到許多人的愛撫、侵犯，即使想愛上某一個人也是不可能的。

可是在這種狀態下，月子照樣感受到性的歡愉達到欲死欲仙的境界，她沒有擺出任何姿態，而是直接由身體顯示出來。看過這一連串的變化，我不得不認爲，沒有愛情身體依然可以獲得快感的。與此同時，我必須承認一個事實：只需各式各樣的刺激，女性也可以慾火焚身。

想到這裡，我一口氣喝掉殘剩的白蘭地，悄悄地嘟囔著：

看來性學書上的「沒有愛情女人就沒有快感」的論點是否有所訛誤？是不是應該把它更正爲「即使沒有愛情，只需恰如其分地加以愛撫，女人照樣能獲得性的酣暢」？

說不定這種論點是一項重大發現。至少對我這種單純的輕易相信書上所寫的道聽塗說性格的男人而言，簡直是天大的驚奇。

無論是男是女，縱然沒有愛情同樣可以感受到快感的！

當然，這背後需要細心周到的愛撫技巧，正如我在性學書上讀到的那樣「男人用眼女人用耳與奮」，所以他們一邊播放富有情調的音樂，一邊拚命地在月子耳邊說著甜言蜜語。還得配合優雅而奢華的環境，有時候甚至需要使出強硬的手段讓她澈底服從。有一點也許是更重要的，對象不能是處女。雖說任何女人皆能感受到快感，但因爲處女在精神上的抗拒太過強烈，姑且不論她是否喜歡性愛，但必須在某種程度上了解男性的女人才行。

只要具備這個條件，即使沒有愛情，女性仍然可以獲致性的快樂。

「而且……」我心想。
「也許女人的身體就有這種本能。」
突然，我彷彿茅塞頓開似地低語道：
「原來如此……」
就在我迸出這話語的同時，正在一旁觀賞影片的紳士朝我瞟了一眼。剛才他一直沒有出聲，我以為他已經睡著了，沒想到還醒著。
為了掩飾我的窘態，我喚來空姐，要了一杯白蘭地之後，這回壓低聲音嘟囔著：
「女人也是貪慾的……」
在這裡使用貪慾一詞是否恰當我不甚清楚，但女人好色一事是可以確定的，雖然她們不像男人那樣巧施暗計，但如果想用某些方法獲得快樂的話，一定是態度積極全力以赴的。進一步說，倘若能從宗教和道德這些人為的束縛詛咒掙脫出來，或許女人的肉體比男人們所想像的還要來得好色和貪慾。
我的心情變得十分快活似地喝著白蘭地。這已經是第三杯了，雖然有點微醺，但感覺舒暢，接著拿起叉子叉著一塊乳酪送進嘴裡，口腔內隨即充滿熟透的乳香味，此時，我又不禁感到疑惑。
雖說沒有愛情照樣能獲得快感，但刹那間好像有什麼閃過我的腦際。譬如說，男人們自慰的時候，總會在腦中編織他喜歡的女明星或美女登場的姿態，而女性難道不會幻想自己被心愛的男人抱在懷中的甜蜜情景嗎？正如以前出現過「意淫女性」那句話一樣，難道女性不需要藉此之助嗎？至少有了意淫的對象可以增趣助興，而更順暢地達到欲死欲仙的境界。
我擱下酒杯，又沉思著：「如果月子自慰的話，她會想像著誰呢？」
我由衷希望這個人就是自己，可是我不太有自信。那樣說來，這個對象又是誰呢？坦白說，我猜想不出來。誠然，月子已經不再愛我，但她也沒有愛上其他的男人。我原本認爲，月子喜歡單身自處，所以不僅不愛魚水之歡也厭惡男人。

「可是，說不定……」

這時我想起半個月前六本木的酒店聽到的一席對話。當時，我和大我三屆的學長安達醫師一同前往，他是一個善於聽旁人講話的人，和女侍聊起黃色話題聊得正起勁之際，就扯到女性自慰的事了。

對此，有的陪酒女郎說，「我絕不幹那種事」或「偶爾自慰，但事後感到空虛，不喜歡那種感覺」，只有一人表示「不排斥」，於是安達開門見山就問她：「那妳腦中想的是誰？」

她沉吟了一下，才說「倒沒有想到自己喜歡的人」，安達又追問她想到什麼事，她則說「籠統地說，像是被噁心的人糾纏不放……」，看到其他的女侍也點頭稱是，我和安達幾乎不約而同地發出「唷！」的詫異聲。

我不知道對話爲什麼到此爲停止，隨著低語地發生「唷！」的同時，我們好像問了不該問的問題似的，那種驚愕的感覺至今仍印象深刻。

如果她說的「一邊想像著被噁心的男人糾纏不休一邊自慰」屬實的話，月子也是如此嗎？不，因爲現在的月子每天遭到卑鄙男人的凌辱淫逼，所以根本不需要想像那種的狀況。

當我這樣尋思的同時，突然引起一股莫名的窩囊情緒，一口氣喝掉殘剩的白蘭地，決定不再胡思亂想，索性躺平身子閉上了眼睛。

第五章　觀察

當我再度從巴黎返抵東京的同時，又陷入一種新的不安。當然，上一次從巴黎回來時我也蒙上一層巨大的不安，但無可置疑的，那是因爲擔心月子的人身安全。雖然有身分可靠的醫生居中介紹，我仍擔心把月子交給陌生國度的男人之手是否妥當。我光是想到被軟禁在外界難以接近的古城堡裡的月子是否受到加害或有生命的危險，內心就忐忑不安，有時候還夜不成眠。

幸運的是，月子不但安然無恙，肉體上也沒有受到凌虐。當然，她在精神上和性方面的轉變，著實讓我大爲驚愕，但這些變化和所謂的加害是不同的。除了那種特殊的調教上的問題之外，基本上他們對待月子是和善的，再過一個半月，月子就要回到我的身邊，不用說，我當然是衷心歡迎，屈指數盼那一天的來臨。

然而，在這種喜悅之外，我又莫名地害怕這一天的到來。我心裡越是想著月子即將回來，心情越高亢，越是變得無端地焦慮與不安。

這種心情到底是因何而起呢？自從月子離開我的身邊之後轉變之大令人咋舌，不過，現在講這些爲時已晚。這段期間，月子多次和各種男人有過性關係，完全感受著性的歡愉。那個曾經蔑視性愛，厭惡交媾的月子，現在居然態勢積極地接受性愛，並且耽溺其中。

當然，這是我的期盼，我希望把月子改造成那樣的女性，才委託他們訓練，現在月子的歸來已成事實，我能接受改造後的月子嗎？倘若月子回到我的身邊，兩個人相處的時候，我應該如何應對呢？

毫無疑問的，我現在還是月子的丈夫，我應該緊緊抱住歷劫歸來的月子與她纏綿悱惻好好地做愛一番就行了。如果是夫妻的話，這是最自然的發展。也是首要之事，復歸的月子理應不會像以前那樣拒絕我。

總之，所有的條件正如我的期盼順利進展著，但我一想像著那一刻便自信全失了。到時候我果眞能勃起嗎？事到如今我還爲這種事感到焦慮，眞爲自己的懦弱氣憤。我雖然事不關己似地談論自己的事，其實，我還眞是沒什麼自信。

我之所以感到惶惶不安，主要的原因應該歸咎於過度觀看月子調教的實況所致。如果只是剛開始由兩名女性爲月子細心按摩，隨後由幾名男子侵犯著受縛的月子的鏡頭，我還能忍受，但最近的月子在性方面已經覺醒，似乎頗能享受著肉體之歡，看到那樣的月子，更增添了我的不安。

我不禁自問：我能滿足已然懂得性愛三昧的月子的需求嗎？這就是我備感不安的所在，而且到了這個地步，我才察覺到，將月子交給他們是一項重大的錯誤。坦白說，我衷心期盼過月子能夠輕易地接受我，可是並沒期望月子在性方面進步到這種地步。這樣說或許任性了些，我只希望她仍保持做愛時的嬌羞接納我就行了。

不過，現實上的月子在性方面已經變得如同準備接受我般，或者比我想像的更加貪婪了。總之，我忘了月子在獲得性解放的同時，也帶來了性的成熟。當然，我心裡明白，事到如今要切除這成熟的部分是不可能的。

在此我想起之前看過的一部描寫第一次大戰中男女愛情的電影旁白：「烙印在肉體上的感覺，比灌輸在腦中的知識深刻得多。」

眞是如此的話，從今以後我只好努力滿足月子的性慾，別無他途了，問題是我眞的做得到嗎？該說是無聊抑或愚蠢，當我這樣尋思的同時，首先浮現在我腦際的竟是他們的陰莖。這樣說有點令人洩氣，但就我在窺窗和電腦影像所見的，他們的「傢伙」到底是雄壯得多，說實話，我的「小鳥」根本無法與之比擬。

不過，他們原本就是法國響叮噹的花花公子，對自己的「傢伙」特別深具信心，他們威猛的肉棒的確插進月子的陰道。那名副其實的「巨大」肉棒硬是搗進月子的祕密花園，弄得月子發出陣陣嬌喘扭臀擺腰洩了精。

這時候我又想起一本女性所寫的談愛著作。書上說：「男性似乎很在乎自身陰莖的大小，其實女性在性事上是否酣暢淋漓與陰莖的大小無關。」另一個女作家也做了如下的說明：「含吮一顆大得離譜的糖果，只會哽住喉嚨而已，一點也不好吃！」、「大小不是問題，溫柔才是重點！」

我現在胡亂地試圖相信那些看法，可是事實眞是如此嗎？或許那是事實，但那是「勃起」之後的問題，不能勃起的話，談論陰莖的大小也是徒勞。我擔憂的是，月子一個勁地習慣接受與我尺寸不同的「肉棒」的調教之後，還能接受我的東西獲得性的歡愉嗎？

現在，我要面臨的就是性交的技巧。這樣說是有點氣結，但我不得不承認他們爲了取悅女性學會各種技巧的苦心。

毋庸置疑，我只要照他們的方法去做就行了。譬如，剛開始溫柔地撫摸她的全身，一邊湊近她的耳畔甜言蜜語，一邊若無其事地觸碰她的私處。然後不斷地刺激她敏感的性蕾，等泌出春水溼潤之際，再緩緩地插入。接著來個漫長猛烈的性交，等對方完全進入欲死欲仙的狀態之後，再移到緩和的後戲。這一連串的動作就像交響樂團般奏樂和諧完美無缺。沒錯，我只要依樣畫葫蘆即可，眼前已經有了範本，用不著惶惑。

但說實在的，要完成這樣的「工程」，必須有異於常人的體力、耐力和好色的精神。正如我過去屢次的失敗經驗一樣，前戰草草了事，冷不防就要挺進求愛，想不到一插入，兩三下便洩了精，那種情況簡直比三流的交響樂團的演奏還要糟糕，我的能耐，恐怕只會讓已經習慣他們方式的月子失望而已。

總之，我既不是他們那幫花花公子，也不性好漁色。不，我是喜歡女人的，但也只是一般意義上的喜歡而已，絕非像他們一般，那樣對女性的調教傾注熱情，甚至把它視爲工作的流氓。

不管如何，我似乎看太多不該看的東西了。也就是說，因爲我觀察太多聞名世界、性好女色的法國人，尤其是經驗老練的男人們的性戰了。

仔細想想，這或許是他們的策略，他們雖然向我展示月子調教的所有過程，其實是在炫耀自己的勇猛，變相地奪走我的信心，讓我不能勃起。說不定那群惡棍的本意正在於此呢。

想著想著，我越覺得誤陷他們的陷阱，但話說回來，是我要求想看這情景的。自己想看，最後卻說誤入圈套而懷恨在心，這有點不合情理，只能說是自作自受。

總歸一句，事到如今怪罪他們也於事無補。重要的是，忘記他們的所作所爲，用我自己的方式盡力去愛惜月子就好。即使月子不滿足我的表現，不，只要我誠心誠意努力的話，月子也會相應地感到滿足的，從而衍生出屬於我們的新的愉悅。我這樣想著，彷彿說給自己聽似地說服自己。我好不容易才轉換心情，重又思考這次去巴黎之行的收穫。毋庸置疑，這次最大的收穫就是帶回錄有月子聲音的錄音帶。

事實上，我回國之後，旋即讓岳父和岳母聽這捲錄音帶，他們二人這才如釋重負地感到寬心，尤其是岳母聽到月子的聲音時，馬上湊近錄音帶，邊聽邊哭喊著「月子……」。岳父也一同聽著，頻頻點頭，拭淚之後向我證實。

「沒錯，月子還活著。」

「當然還活著，我們再等些時候就行了。」

我自信滿滿地答道，強調這次和他們交涉的結果，亦即他們預計於聖誕節釋放月子，所有細節已經談定，接下來付完尾款，領回月子就可云云。不過，岳母仍半信半疑地探問：「月子果眞能夠平安歸來嗎？」另一方面，岳父也追問我如何取得這捲錄音帶的。

「那是因爲之前拜託他們製作的，有一天突然就送到旅館的櫃檯給我。」

「我是不是應該相信你呢？」

在岳父銳利眼神的逼迫之下，我強調這件事絕無問題，並不由自主地握緊岳父的手。

我感受著他手掌的微溫，深切體會到自己已經淪爲無可救藥的惡徒的事實。總之，走到這種地步，我只好繼續扮演惡徒的角色，我自圓其說地告訴自己：世間事就是澈底爲惡反善！並裝出一副「這樣一來，我也就能安心睡覺」的受害者的立場。

我費了一番口舌說服岳父岳母後，終於恢復正常的生活作息，但工作得閒的時候，歸國以來，出現在我電腦中的影像會驀然像噩夢一般在腦際浮現。

從巴黎返回日本時，Z答應今後仍會繼續傳送月子在城堡裡接受調教的各種畫面給我，可是那畫面，與其說是「調教」，毋寧說是月子酣暢享受性愛的身影來得恰當。

當我回到日本，在電腦螢幕上劈頭看見的是月子和一名肌肉結實的男子在床上恣意獨玩的畫面。

不知道什麼原因，這畫面中的房間和我從窺窗看到的不同，格局上似乎小了一些，不過還是約有十坪左右。正面的盡頭可以看到暖爐，旁邊放了一張雙人床。這張床和我在月子的寢室看到的一樣，附有華蓋罩頂和圍簾，懸幕始終被高高地捲起，因此可以一覽無遺地看清那張大床的全部擺飾。整個房間十分幽暗，但明明壁爐臺上已經有燭臺形的燈光微微泛亮著，爲什麼唯獨在床的上面或者說從腳的位置投射出燈光，看來這是爲了讓床上痴淫百態的鏡頭全部攝進而設計的。

當然，連日來我一直收看著他們交媾的畫面，而主演或登場的經常是月子和一名法國男子。噢，我居然不由自主地使用「主演」這個字眼，但事實上月子可說是女主角，那名男子只是男配角吧？

連續幾天來，每天盯著由月子主演的和各種男人交合的畫面一個小時左右，就連我都覺得煩膩，有時候看得怒火攻心，決定不想再多看上一眼，但一到隔天，我又探身猛瞧畫面，看會出現什麼驚奇的姿態。

這些作爲或許可說是他們匠心獨運設計出來的，每次出現的都是不同的畫面，極富變化。譬如，剛開始是月子穿著一件有白色蕾絲的襯裙，底下什麼也沒穿，只要掀起裙襬隨即露出迷人的臀部；這時候便出現一個肌肉結實的男子對著月子的下半身一副「提槍上陣」的畫面。那不只是交媾而已，一如往常，他先是湊近月子的耳畔不斷地輕聲細語，與此同時沿著乳房、腋窩、下腹來回愛撫，等恰當時機一到，整個臉貼近股間。我正疑惑他要幹什麼之際，他已經用舌尖舔著月子的陰蒂，這時月子的身體猛然後仰，但他依然故我地嘟著嘴脣迎了上去。頓時，我也湧升出一股脖頸遭人舔吮的不快之感，他宛如一隻吸附在月子股間的軟體動物，死命地舔吻著月子的陰戶，舔弄了二、三十分鐘之後才意猶未盡地把臉移開，這回又換成正面求愛。大概是這段漫長前戲催情起了作用，月子絲毫沒有推拒的樣子任憑他緊緊摟著，兩個交歡扭動的肉體就鮮明地展現在我面前。

每次看到這種情景，就連我都被活生生的事實弄得束手無策，最後與其說是興奮，不如說是索然無趣覺得噁心。

不過，厭惡與留戀只是一線之隔，一到隔天，我又欲罷不能，一看畫面，又是出現與前夜相同的情景。雖說內容上做了變化，譬如，同樣是舔吻月子的陰戶，但這回更爲大膽，他硬掰開月子的大腿，又在她腰下墊了枕頭，故意讓整個胯股暴露出來。

不消說，他們的交媾姿勢也是型態多變，前天晚上主要是採取正常的體位，翌日來一個「蝴蝶側飛」，第三天則是「直探後花園」，可說是花樣百出，連日展現著所有的性技絕招。

他們對性事樂此不疲，其執拗的程度異於常人，我一邊看在眼裡，一邊爲與其說是法國人的、不如說是歐洲人的勇猛與韌性感到驚愕，甚至對世界上竟然存在著與自己截然不同的人而膽戰心驚。

總之，這非比尋常。這種是只有在異常的世界才會發生，而不斷為出現在面前的場面吃驚本身就是一種錯誤。我頻頻這樣告訴自己，不過，這反而使我更加畏縮，有時候會不由自主地閉眼逃視。可是我雖然這樣說，視線始終牢牢地盯著畫面。

譬如說，我回東京一個星期之後，一如往常看著月子和男人狎玩的畫面時，突然月子的眼罩脫落掉在床單上。這時候，那男子趨近月子的背後揚起男根插進月子的陰道，極具耐心地舔吻著月子的耳根與脖頸，月子害羞地扭頭閃躲之際，似乎把髮夾甩掉了。當時，我看到的情景是那樣，但說不定是他一邊做愛一邊見時機成熟把它摘下的。我之所以這樣質疑，是因為月子的髮夾脫落之際，那男子依然氣定神閒地繼續性交，大方地讓鏡頭拍下他們交媾的身影。

不過，接下來的情景，未免太刺激了。

說實在的，我雖然看膩了月子和各種男人交歡的鏡頭，唯一的安慰就是月子的臉經常蒙著眼罩。當然，開始之初月子都是被蒙上白布，自從她能和男子做愛之後，才改戴眼罩，從未露出本來的面目。不管月子多麼掙扎、發出什麼聲音，就是看不清楚她真正的表情。我對這隱蔽的部分還抱持一絲希望，兀自深信這樣是無法知道月子真正的心意。

然而，月子卸下眼罩，毫無顧忌地露出本來的面目，就無法掩飾作假了。因為它將直接坦露出月子真正的情感。事實上，在我面前的月子美眉緊蹙，半睜著睫毛長彎的雙眼，表情恍惚、扭動著嬌軀。

無可置疑，月子正享受著快感，這種事雖然之前開始我就知道，但現在她是如此鮮明地露出臉部的表情，想否認也來不及了。

「月子……」

我不由自主地喊道：月子啊，妳真的變成浪蕩的好色淫女了嗎？妳不但露出隱藏在黑暗的眼罩後面的秀眉、眼睛、鼻子，甚至展示正感受著快感的姿勢！坦白說，我不想看到月子這樣的臉龐，先不提她和陌生男人做愛的事，我只希望她能蒙著眼睛。

我現在之所以特別在意「眼罩」，是因爲我不想看到月子沉浸在喜悅中的表情，同時，也擔心卸下眼罩的月子會更清楚看見對方的長相。幸虧，對方的男性仍戴著面具，這樣做是爲了不讓男的面孔曝光設想的，或許也是出於避免讓月子執著於特定男子所做的考量。姑且不提這些，在這裡一旦卸下眼罩，他們就不再是單純的調教者與受教者的關係，很可能發展成男女之間愛情的情感，我戒慎恐懼的就是這一點，而這是我萬萬不能允許的！

「我不准……」

我按捺不住地掄拳搥桌，但他們終究不可能聽見我的憤怒，畫面中依舊出現男的肉棍插進月子陰道的鏡頭，只見男的微微抬起上身，硬是把被卸下眼罩的月子的臉轉向自己準備親吻一番。

「住手……」

我明知叫喊也是徒勞，但我眼下能做的就是叫喊，我一邊叫著，一邊暗自冀望那男子不要被月子的美貌吸引住，月子也不要對那男子的勇猛爲之傾倒。

月子的眼罩被卸下是經過預謀一事，是在那之後月子經常露著面孔登場之後眞相大白的。他們肯定是爲了自然地誇示這個開端，才那樣演出的。

總之，月子以眞面孔，雖說露著面孔卻化妝得漂漂亮亮，演出之後，我隔了好一陣子不看Z傳送過來的畫面了。

毋庸贅言，要我盯著月子和許多男人性交，樂得一副飄飄欲仙的表情，終究是忍無可忍的。不過，儘管我這樣氣憤，到了第三天還是忍不住地偷看了其中的畫面，卻又受到新的打擊。

一如往常，畫面中一開始就出現月子和男人在豪華床上狎玩的鏡頭，可是過了一會兒，月子居然手勢自然地觸碰那男子的陽具。正當我屏氣凝神地觀看她做何舉動之際，月子纖細的手已經握住男的陽具，上下而緩慢地搓動了起來。男的旋即舒暢至極的發出「Oh, owi cest bien!」的讚嘆。月子聞後情緒似乎更加高亢，搓弄的動作也變得劇烈起來，男的最後難抵焚身的慾望，挺著硬直的陽具依勢側臥地插進月子的洞窟了。

想不到那麼厭惡和蔑視性愛的月子，居然可以若無其事地握住陌生男人的陽具撫摸！比起她和男人做愛的鏡頭，她搓弄男人陽具的動作，對我的打擊要大得多，但兩天後她和男人交媾的情景更讓我無比愕然。

那天晚上和月子性交的男子不同於之前的那群人；他身上幾乎沒有贅肉，身材健美，一如往常，他們在漫長的前戲之後，來了一個「蝴蝶側飛」式的交合。這種姿勢，之前我已經看過好多次，不值得特別驚奇，之後他們熱情如火地交纏在一起，其貼緊密合的程度就像是一條繩子。霎時，我腦海中浮現出雌蛇和雄蛇繩子般交纏在一起拚命交尾的情景。

動作溫柔的男人和肌膚勻白的女體像繩子般交纏了三十幾分鐘；我看著月子香汗淋漓泛著光澤的肌膚，逐漸地陷入了月子儼然變成一條被蛇精迷惑的雌蛇的錯覺。

男女果真能這樣肌膚相親，這樣無盡甜美地交合在一起嗎？我忘了對方是自己的妻子而看得感動莫名，但頓時又強烈地嫉妒起那名男子。

「我絕不容許這樣！」

我不由自主地嘟囔了一句，不知道他們是否了解我的心情，紅色城堡裡每晚必定舉行性的饗宴，月子將更加大膽奔放。

我回到東京之後，他們傳送過來的影像，其程度之激烈已非比尋常了。他們彷彿知道月子不久即將釋放，所以在最後的階段故意胡搞一番，不，或許實際上就是如此。總之，這只能說是他們對即將離去的月子的肉體貪得無饜的留戀吧。

三天後，也就是我自巴黎返日半個月後傳來的影像，對我而言，其震驚的程度簡直是致命性的打擊。

事後回想起來，我第一次見到時就有預感了。不知什麼原因，畫面出現時月子就是全裸的樣子了。原本房間裡就有暖爐，爐內的柴火正燃著，同時又像加裝了最新的暖氣設備，所以應該不會感到寒冷。

不過，儘管如此，月子全裸登場倒是頭一次，正因爲這樣，在燈光的映照下說她多美就有多美。連日來的交媾使得月子最近的肌膚剔透般晶瑩，光看她滑嫩的膚色就可明白。據說極度性的興奮會刺激女性荷爾蒙的分泌，使肌膚變得光滑，現在的月子肯定就是處於這種狀態。

我一邊尋思著一邊看得入迷。一如往例，前戲開始，今晚的配角是一位有點肥壯的男子，他看似體力充沛的樣子，做愛的姿勢忽前忽後，可說是絕技盡出。

過了一會兒，不知道他是頓覺疲累或想調適心情，光著身子走下床，消失在畫面的右邊，但隨即端了一杯利口酒走了進來。他先啜飲了一口，接著向月子說了什麼，然後把殘剩的酒一口喝下，冷不防地強吻著月子，好像把口中的酒液餵進了月子的嘴裡。

或許利口酒裡摻著春藥呢！霎時，月子激動地挺身後仰，但他依然故我地沒有停下動作，月子咳了兩三聲，他撫慰地拍了拍月子的背脊，稍後，兩個人緊摟在一起，然後他緩緩地往後躺在床上，讓月子壓疊在他的身上。他們摟抱著持續了幾分鐘，片刻後，不知他是否對月子說「坐起來」，與此同時，月子慢慢地抬起上半身，就勢跨坐在他的身上，而他也像等待這一刻的來臨，挺起陰莖由下對準月子的陰道算好時間似地使勁插了進去。

這就是所謂的女方在上騎乘式，兩人似乎在確認對方的感覺般就此靜止不動不久，男的開始緩慢扭起腰來，同時月子的上半身也緩慢地前後擺動。

月子居然跨坐在全裸的男人身上，而且配合著男的動作搖動著上半身，這種事可能嗎？幸虧月子只是低頭前傾，略長的髮絲垂覆著前額，所以看不到她的臉龐，但無論是她輕輕按在男人胸前的雙手，前傾的上半身或微微晃動的乳房卻是清晰可見。

不過，我就是不想看到月子的面孔。即使她是被迫做出這種大膽淫亂的動作，我也不想看到毫無羞赧之色的月子。做出這種行徑的月子已經不是原來的月子了，而是搖身一變成為我所陌生的、寡廉鮮恥的女人。雖然我在心中罵個不停，但仍抑不住想看的衝動，凝視一看，那肥壯男子的雙手沿著月子的細腰、腋窩、肩頭、兩邊的耳畔撫摸而上，最後一下子撥開月子的頭髮。

剎那間，月子的臉浮現在燈光下，她閉著雙眼，一副哭泣似的表情，極力地忍受著羞恥，她和男的緊密交合的腰卻像其他交媾中的動物，依舊前後地搖著。從月子有點畏縮的感覺看來，她不習慣這種體位，可是後來動作卻越來越熟練，不到十分鐘，她已經領會其中的奧妙前後地搖動起來。與此同時，月子大概是心情舒暢的關係吧，她輕輕地抬起腰身，來一個「上下運動」，這一刺激，使得她仰起上半身猶如知道快感部位地舉股前挺地搖動起來。

我不想看到她這副模樣，我咬牙切齒告訴自己絕不原諒她，可是她卻像是嘲笑我似地反而更加大膽，後仰的目光迷離、香脣半開，宛若奔馳的車停不下來，嬌喘一聲比一聲高，最後像斷氣似地叫了一聲，全身為之顫動。

月子就騎坐在男人的身上洩了精。

在這瞬間，我握著自己的陰莖，隨著月子發出高尖的嬌吟我也獲得了快感，緊接著就在月子體力不支地伏臥在男人胸前的同時，我也一洩而出了。

在那之後不知經過了多久，我對自己剛才的舉動厭惡萬分，打了一個寒顫之後，慢悠悠地站起來在浴室裡擦淨沾黏的精液，一回到房間時，畫面上只剩下一張無人的空床，過了一會兒，便出現宣告結束的壁毯圖案的桌布。

每次自慰之後，總是陷入一種羞愧交加的悔意，但仔細想想，不只是懊悔而已，倒像是一種除此之外無從自拔的無奈。

我再次起身，走去廚房燒水沖泡了一杯紅茶，就這樣坐在客廳的沙發上，第一杯熱騰騰的紅茶好不容易使我心情平靜下來。就在這時候，我又回想起剛才看到的畫面。

「太厲害了……」

坦白說，現在我只能這樣嘟囔。

月子以那樣的姿態享受高潮，已經證明她澈底改變了。對這件事我雖然瞭然於胸，不過，活生生地看到這一幕，除了無限驚愕，並覺得月子的軀體實在令人匪夷所思。

說不定不只是月子外在的行爲而已，或許身體內部也發生了某種變化；譬如，醫學的或生理方面的變化。

說起來，這只是我個人的感想，日本在性交和性愛的現代醫學的論述，和其他進步的研究領域比較起來，明顯落後許多。幾乎所有的學者只會說性對人的心理影響極大，卻不朝這領域研究。然而，性是人類最基本的需求，如果從這個需求可能造成各種精神的或肉體的影響，甚至帶來嚴重的障礙的觀點來看，忽略它或許是一大問題呢。

在醫生之中，我還自覺是優秀的一員，但談到我對性愛科學的認知也是極其有限。

譬如，人腦可分爲男性腦和女性腦，這個差異取決於胎兒於兩個月時是否形成睪丸。如果是男的，自然具有睪丸，而由此製造的男性荷爾蒙就會經由血液傳送到腦部，因而影響腦部發育使其成為男性腦。此外，由於女性沒有睪丸，因而不受男性荷爾蒙的影響，自然發育成女性腦。總之，人腦會自然發育成女性腦，但可在胎生期是否受男性荷爾蒙的影響而決定發育成男性腦或女性腦，這兩者之間的差異非常明顯。一般認為，男性之所以較具攻擊性、容易激動以及具有獨特的好色性格就是由此使然的。

進一步說，大腦的下丘腦控制人的戀愛情緒、情慾等有關性的心理活動，它同時也是維持神經機能的重要中樞，雖然不大，只重約四．五公克，但它如同發號中心，按照下丘腦—腦下垂體—生殖器的順序傳送性的興奮。不過，這個流程有時候也會反過來由生殖器刺激下丘腦。

比方說，我們現在想對某個喜愛的女性求愛，或某個女性想和心中的白馬王子交合一番時，下丘腦隨著性的興奮的同時，就會催促腦下垂體分泌荷爾蒙，受到刺激的生殖腺會跟著分泌荷爾蒙；促使性器官的細胞活躍起來，使得男性的陰莖變大，也可使女性的陰道變得溼潤。

以上是我對性科學極為基礎的認知，由此細想，月子的腦顯然是女性腦，其大腦深部的下丘腦在城堡時受到強烈刺激現在正活躍起來，從腦下垂體到生殖腺一定分泌出數量驚人的荷爾蒙。當然，月子不可能知道這種事，倘若現在測量月子的腦下垂體和生殖腺分泌出來的荷爾蒙，或許比跟我在一起的時候要多出五倍至十倍。

而我的男性腦的下丘腦受到紅色城堡傳來的影像刺激之後，腦下垂體或睪丸都分泌出許多男性荷爾蒙，但其數量比起月子的也許要遜色得多。因為這比不上月子實際受到的強烈刺激，再加上直接加諸在性器官上的刺激而反饋給下丘腦的效果也差上好幾截。

這麼說，若要讓我的下丘腦更具活力，也許我應該注射男性荷爾蒙或者實際和許多女性接觸，藉由性器官的強烈刺激而重振雄風。

我這樣思忖著，但總覺得這像是自圓其說的論調，不過，說不定我跟他們比起來，與其熱衷性交，不如思考這種學問性的東西來得輕鬆，也合乎自己的個性。

十二月中旬開始，我的心已經飛往法國了。

月子被釋放的日子越來越近，用不著半個月的時間，月子就會回到我的懷裡。現在雖未確定何日何時釋放，但等月子歸來，我們就可以開始嶄新的人生。我光是這樣想，便情緒高張難以平靜。

倘若他們依約於聖誕節讓月子回來；算起來她被他們擄走之後，不，正確地說，不是綁架，但月子離開我的身邊已經是第七十七天了。

剛開始，他們約定說，訓練月子大概需要八十天至九十天，由此看來，提早了十天左右，這表示月子的調教比預期進展順利，或者聖誕節至過年這段期間把月子拘留在城堡是一件棘手的事？

不管如何，月子比預期的時間提早歸來我沒有異議，說實話，我再也看不下月子被調教的情況了，況且對月子的父母來說，他們已經處於崩潰邊緣。不，豈止如此，近期月子若沒歸來，別說月子的朋友心生納悶，我的朋友也會覺得訝異的。

總之，不出半個月月子就會回到我的身邊。一邊惦記著，一邊在日曆上畫×、數算著她的歸期。

當然，我已經向醫院提出二十二、三日至聖誕節休假的申請，而且也已經獲准，接下來就等著迎接月子了。

我雖然爲此感到喜不自勝卻又暗藏著不安，不知道城堡方面是否了解我的感受，每天照舊傳送著調教的影像。

調教的影像仍然以月子和各種男子交媾的鏡頭爲主，但自十二月初開始，內容上有了微妙的變化。

譬如說，一進入十二月的第二週，一如往常仍是月子躺在床上接受男子無盡愛撫的畫面。這時候月子已經卸下眼罩，可以清楚看見她的臉龐，但這反而使我更加難堪和震撼。那一天月子像是要確認快感似地微閉著雙眼，那陶醉的神情讓我焦急萬分，但過了一會兒，月子突然離開那名男子，背對男子躺在床上。

在寬大的床上，月子的背脊和臀部展露無遺，正當我為這淫逸之美看得入迷之際，那毛茸茸的男子這回由後直搗月子的後花園，不久，二人就交合了。

在這之前我已看過這種交媾的姿勢，不過大部分是由男方主動出擊，唯獨這次有些不同，毋寧說是月子主動舉臂迎受男人的肉棍，從她的動作即可了解。這算是他們的額外服務嗎？抑或意在炫耀調教的進度？安裝在高處的攝影機正以俯瞰的角度拍攝著，大床中央兩條躺成「く」形的裸體劇烈地前後搖動的身影。

眼前極盡淫亂的動作，不由得讓我看得著迷，雖說那男子健壯的裸體充滿魅力，更勝一籌的女的白皙的肌膚也令人讚嘆，但就在這時，我察覺她是月子而驚慌地搖頭叫喊：

「住手……」

我叫喊著，卻見二人的動作更加劇烈，持續了十分鐘左右，男的壓抑不住似地由後挺起上半身緊貼著月子，於是兩條「く」字形的裸體疊合成一條「く」字形的身影，與此同時，月子的脖頸像遭到電擊似地往後仰，隨即發出低沉而急促的呻吟聲獲得高潮了。

在此之前，我好幾次看過月子達到高潮時的興奮狀態，但像這樣主動扭腰挺送求歡倒是頭一次。

月子到底淫亂到什麼程度了？這樣看來，與其說是月子受到男人的引誘，不如說是自己在主動刺激男人的情慾。

爲此，我非常吃驚，心情變得十分沮喪，可是兩天後傳送過來的影像更讓我驚訝得說不出話來。

一如往常，月子在稍長的前戰之後，被褪下披在身上的柔滑的睡衣，一絲不掛地和男人交合。

這次攝影機也是安裝在上面，透過鏡頭剛好可以清楚看見躺著的月子用力撐彎雙腿的表情。

那個肥壯、精力充沛的男子已經登場過好幾次，這次他利用下腹頻頻推挺，每次挺入都讓美麗的月子雙眉緊蹙，香脣微開呻吟個不停。

看到月子如此快樂陶醉的神情，已經不能說她是遭到男人所逼的了。

就在我沉思的瞬間，月子劇烈地扭頭叫喊。

「Ah! Owi cést bon!」

霎時，我不明白這句話的意思，直看著月子酣暢淋漓的表情，才想起那是法語，意謂著：「啊，就是那樣，非常好！」

月子怎會在交媾的興頭之際說出那樣的法語?!

我難以置信地重看了一次，沒錯，那句話是由月子的口中喊出的。

在此之前，月子興奮時也曾細語嘟囔過幾句，但大都是近乎低聲呻吟和哀嚎的無特殊意義的感嘆詞。

而現在她是用法語清楚地表達，而且是在對著肥壯的法國男子擺出舉腿挺股相向的姿態下。

「我不能原諒！」

看到這一幕，彷彿自己也被那個法國無賴踹了一腳，但月子依然享受狂歡餘韻似地坦露著白皙嫵媚的嬌軀癱躺在床上。

「月子淪落成這樣的女人了嗎？」

我心裡明白，月子之所以變成那樣的女人，自己必須負起部分的責任，但是她也不該墮落到這種地步啊！這樣一來，月子和巴黎的妓女就沒什麼兩樣了。

月子已經離我越來越遠了。不，我很早之前就察覺到這個事實，但現在或許她早已變成一個讓我無可企及的陌生人了。

既然如此，他們不斷地傳送如此不堪入目的影像，難道另有特別的意圖嗎？

隨著月子釋放的日子將近，調教也進入最後的階段。他們是爲了讓我看到調教的緊要關頭才傳送這種激情的畫面？或者向我誇示實際的調教成果？還是爲了展現月子自身的改變？

有一點可以確定，那就是月子已經變得敢於主動求歡、坦率表達自己的情感了。每次看到這一幕，我都是心如刀割痛苦不已。

我沒有辦法再忍受看到這種情景，再看下去，恐怕連自己都要發瘋了。

兩天後，也就是距離聖誕節還剩十天左右時傳來的影像，那令我最擔心、害怕的畫面終於活生生地出現了。

坦白說，我不想再看到這個畫面。那天的畫面中，月子和一名男子在床上恣意狎玩。

這次出現的男子一頭金髮，身材高眺，體型也比先前的男人苗條許多。看來還很年輕，所以身材纖細，眼罩下的鼻子顯得氣質高雅，一副名門子弟的模樣。話雖如此，因爲他們同屬一夥，出身何處不得而知。總之他大概是經驗生疏吧，與其說要抱起月子，不如說他反被抱著靠在月子的胸前，月子一手摟著金髮男子的頭，一手搓弄著男子的陰莖。看起來好像是女的在引導他，這時候，月子突然心有所想地抬起上半身、改變姿勢，把臉湊近剛才搓弄的陰莖。

正當月子追捕獵物般的動作和與他苗條身材不符的肉棒雄威讓我看得著迷之際，月子的紅脣正慢慢地碰觸男子的龜頭。

「幹什麼……」

我不由得嘀咕著，忘了自己是在電腦螢幕前，正想由下窺看月子的動作，我還來不及低下頭，月子已經臉頰鼓脹地含住男子的陰莖了。

「放開……」

她在幹什麼啊！向來冷漠、氣質高雅的月子竟然把陌生男子的陰莖含在嘴裡！

「我絕不容許這種事！」

我氣得掄緊雙拳，可是月子依然故我，用右手抓著男子的陰莖，低頭含吮上下搓動起來，每搓動一次，額前的髮絲便左右甩動。

這到底是怎麼回事？為什麼突然搞這種把戲？

「喂……」

這句話是我要對這個男的講的。

可是他竟然舒暢地躺成大字形，挺著生機勃勃的陰莖教月子含在嘴裡；硬是利用凡事順從的月子做出如此不顧體面的卑劣行為。

我這樣認定著，心想絕不放那個逼人犯淫的男子干休，就在這時候，攝影機的鏡頭移到正面，月子察覺到似地鬆開嘴裡的陰莖，微笑而憐惜地看著昂立的龜頭。

不，她不是微笑，說不定只是歪斜著頭而已。不管怎樣，月子充滿愛憐凝視著男子的陰莖是毫無疑義的。

這麼說，並非那名男子暴力脅迫，而是月子自願的？

在此之前，我看過月子和各種男人激情交媾的畫面，但我始終認為這一切都不是出於月子的意願，而是被迫無奈做出來的。當然，有時候月子會發出歡愉的低語、自行扭臀擺腰，最後還達到高潮洩精，但這與其說是月子的意願，不如說是身體單純的反應，不同於她的本意或理智。也就是說，即使百般不願，想一逃了之，可是受不了那群惡棍永無休止的「性技」，只好屈服投降，而那只能算是月子的精神敵不過肉體的誘惑。我相信，就算是月子主動求歡，以擻臀或騎乘的體位獲得高潮，也絕非月子的本意，而是困身受制無奈做出這種體位的，即便有了快感，亦非月子所願。我這樣自圓其說，好不容易才原諒和接納月子的上述行爲。

不過，現在眼前這幕口交的情景是不容置疑的，月子幾乎是不由分說地熱衷到忘我的境地。從她幾近淫逸的扭頭動作來看，只能看做是月子出於自願主動求歡的。

倘若此事屬實的話，我將沒有立場可言。不，我早已沒有了男人的面子，但我僅存的一丁點尊嚴，卻被月子扭頭的動作給擊得粉碎了。

那個男子最後像斷氣般難抑慾火地發出怪聲的同時，整個下半身向上仰挺，月子等待這一刻似地俯首吸吮，過了一會兒，才緩緩移開伸出嫩舌舔著嘴脣。

他洩精了嗎？月子吞下了他的精液了嗎？

此刻，月子任憑滿嘴男人的精液，一點也沒有吐出的樣子，憐惜地望著洩精後的陰莖。

我不禁納悶，幹這種事好嗎？月子當然沒幫我做過口交，也不曾握過我的陽具，就算掏出我的寶貝，最終只是讓她一臉厭惡、縮手而逃。可是她居然撇下我這個做丈夫的，用嘴巴舔吻一個陌生法國男子的肉棒，最後吞下他的精液！

我再也無法寬恕這個女人了。縱然這算是調教的一環，未免太超越常理了。她這樣做既不是我心愛的人，也不是我的妻子了。

此時，我也好像吞下那男子的精液，不由得要吐唾沫，但那荒謬透頂的事不可能讓我的心情保持平靜。

說實在的，這半個月是我和那群惡棍最後的決戰時期。留下的最後課題還有待克服，倘若無法突破這道難關，我則沒有幸福可言。

現在，他們的目的非常明顯，亦即透過每天傳送的影像，對我極力渲染月子如何改變，已非往昔的事實。

當然，這是他們的工作，把月子軟禁在城堡裡之後他們的目的便昭然若揭了，而這半個月的做法似乎在誇示他們的調教成果是如何巨大，受此影響的月子已經改變到令我咋舌的程度。

說來令人懊惱，到了這個節骨眼，我不得不承認他們的能耐。當我這樣重新審視時，繼而又陷入一種新的不安與疑念。

月子的改變果眞如我所看到的而已嗎？說不定那只是冰山的一角，絕不止於我在窺室和影像中感受到的，她是否有了既深且巨的改變呢？

我之所以這樣質疑，是因爲我不認爲這是截至目前他們調教月子的一切。的確，城堡每天傳來大約一個小時的影像，可是這些或許只是他們最有把握的部分，說不定他們另外還對月子進行各種試驗。

譬如，月子和某個男人做愛其前後必然就有所謂的前戲和後戲，或許她身體的其他部位在和影像之外的男人發生關係時也受到了調教。

當然，我不可能一一查證它的眞實性。比方說，第一次時我沒辦法看清楚他們對著全裸的月子如何品頭論足的情況，可是一定有幾個男人站在她的面前。此外，像之前的化妝舞會那樣有什麼聚會時，總會有成群的男女進出城堡；而且城堡裡除了月子之外還軟禁著其他的女性，因情況需要，那些服侍月子的女性也會以某種形式和執行調教的男子發生關係。從之前看到的幾個妖氛的事實推論，光是一個小時的影像，不可能是月子和男人們交往關係的全部。

其實，檢視月子一天的生活作息可以知道，從早晨起床到睡覺，她幾乎沒做什麼工作，正如我數次從影像中看到的那樣，她有時在吊著輝煌枝形吊燈的餐廳用餐；即使在大理石的浴缸裡泡澡，也不可能終日浸泡其中，或者只是懶散地待在房間消磨漫長的時光。

這段時間她的作息一定和影像中傳現的不同，該不會與其他的男人吃吃喝喝恣意狎玩吧？或許正因爲是事實就是這樣，所以調教才能獲得迅速進展，月子也才會如此變化神速。

無論如何，眼前改變之大的月子著實讓我驚嘆，但或許還存在著另一個比這更淫亂狂放的月子。譬如，有關最早的報告提及「肛門未通」那一項。起初，我還擔心月子的肛門該不會已經受到侵犯，幸好沒有出現那樣的畫面，雖然如此並不能這樣就可安心，不過，我還是相信他們不會做到這種地步。

總之，我盼望聖誕節早日到來，期待月子釋放的那一天；因爲月子已經受到充分的調教，根本不需要再受他們馴化。

距離聖誕節只剩一個星期，我下定決心，即使看了激情的畫面絕不心慌意亂，靜靜地等待月子的歸期。

然而，這種想法只是剎那而過，翌日傳來的影像除了讓我大吃一驚之外，其大膽的作風嚇得我差點起了雞皮疙瘩。

的確，那影像一開始就有些詭異了。

螢幕上首先冒出往常壁毯模樣的桌布，接著出現的是一座褪色的石製旋梯。

在此之前，我看到過寢室、餐廳等所謂調教用房間以外的場所，可是像這次秀出直達那間房間的道路倒是頭一回。

這時攝影機跟著下了樓梯，大概是來到一樓或地下室吧，眼前的空間突然爲之豁然，稍前處有兩扇氣氛莊嚴灰色的門。鏡頭趨前特寫，門上刻著類似C字交錯的徽章，周邊還環繞著貝殼狀的花紋，我不知道它所表達的箇中意涵。

稍後，門由內側拉開的同時，鏡頭跟著進去，首先映入眼簾的是正面的彩色玻璃。抬頭看去是半圓形窟窿頂蓋，大理石的拱頂直延伸至中殿，下面有三面紅、藍、黃等畫著各色花朵與人物的彩色玻璃，但不清楚其細部的圖樣。這時候鏡頭往下移動，中央那面彩色玻璃的正下方出現金質十字架和基督像，其下面又出現一個貼金箔的聖女或使徒形象浮雕的祭壇，這時候我才察覺原來該處是一座教堂。

誠然，凡爾賽宮以前也曾經是富麗堂皇的教堂，所以紅色城堡裡設有教堂一點也不奇怪。我一邊尋思著，一邊眺望著祭壇，鏡頭往前移動，就在這時候，可以看見供信徒做禮拜時坐著的木製長椅。

長椅分成左右兩列面向著祭壇，每列似乎各擺了四、五把椅子，仔細一看，有幾對男女正依偎而坐。

由於只能看見他們的背面，所以起初我以爲他們正在禱告，等鏡頭拉近，才知道穿黑色斗篷的男子和穿著白色修女服的女子正在接吻。

不僅如此，有的男子伸手搓摸女的酥胸，有的男女甚至摟抱在一起。

鏡頭約略掃過之後，移至接近祭壇的長椅上，只見一個女人露胸仰挺著，一個男子由斜上方吸吮著她的乳房。

到底是哪裡的女人，竟然做出這種大膽淫逸的舉動？

我定睛一看，仰挺著嬌軀的正是月子，另一邊的乳房在燭光的映照下顯得光滑耀眼。

究竟是誰允許她這樣做的？倒是月子爲什麼在這種地方做出這種丟人現眼的醜態呢？

此地不是神聖的教堂嗎？他們竟然在無比崇高的祭壇前演出如此淫蕩的痴態！

其行徑之大膽與寡廉鮮恥讓我驚愕、心生恐懼，可是他們毫不退卻，甚至擁抱得更激情狂烈；有的乾脆躺在椅上交媾起來。

而月子也把她一隻苗條的秀腿搭在椅邊，正接受男體的溫柔抽送。

「我絕不容許這種事！」

我雖然不是基督徒，仍不由得閉目祈禱上蒼，但他們依然不爲所動，更荒謬的是，教堂四周開始傳出淫蕩的浪吟。

我只能用「瘋狂」兩個字來形容眼前的光景。不得不將教堂內的男女看成是受到催眠或得了集體歇斯底里症由人變成的惡魔。

這令人不快的景象，使我爲之啞然，搞不懂他們爲什麼要幹出這種把戲？倘若只是單純的做愛或調教，不愁沒有房間可用，竟然偏偏選在這種神聖的地方，幹下遭天譴的事！

說什麼我就是無法理解他們的想法，那簡直是瘋狂的行爲，如果往好方面設想的話，這不能不算是對月子的一種調教。

不知道他們是否察覺到，月子雖然沒有正式受洗過，但從小就讀教會學校，對基督教興趣濃厚。以前她之所以變得鄙視和厭惡性愛雖然不能全歸咎於這個原因，但又不能斷言她沒有受到那種地方過度注重精神潔癖教育的影響。

難道爲了將月子從那種精神束縛中解放出來，就開始做出這種荒唐的事嗎？不僅是爲了改造月子的肉體，更爲了改造她的意志，所以才幹出這種荒謬絕倫的事嗎？

儘管如此，其他的人也用不著跟他們幹那種事。他們理應都是基督徒，爲什麼在神聖之地幹出這種驚世駭俗的勾當呢？

我越想心情越亂，其中只有一點或許該說是我的想像。

說不定他們原本就非常清楚自己的作爲，亦即把綁架女人、軟禁、調教、並快樂地沉溺在淫蕩的世界等當作半是工作的做法，是一種背棄神的教義和罪孽深重的事吧？

正因爲心中有觸犯戒律和作惡的罪愆意識，才能深入和沉迷到如此淫亂的地步。

總之，這個舉動顯然是悖德和對神的冒瀆，所以他們才奮不顧身地挑戰情慾，而爲了證明這個事實，他們告訴自己就是罪人，看他們在這種狀態中可以承受到什麼程度。或者爲了測試自己的意志才做出這種瘋狂的行徑？

不管怎樣，這就是澈底的悖德，他們如此公開背叛和藐視神，就不可能譴責自己的行爲。膽敢犯行的他們，果眞就是恬不知恥的狐黨嗎？或者只是一群無賴？或者是最正直虔誠的信徒？還是最後只要懺悔即可了卻的遊戲心態？

我理不出一個頭緒，他們極力爲惡的力量和月子與之交媾的威猛，重又讓我陷入恐懼與不安而低下頭來。

我再也不能猶豫了。

倘若置之不理，不知道他們還會搞出什麼禍端，光是想像我就毛骨悚然。

總之，距離聖誕節不到一個星期，我只要耐心等待月子的歸期即可。

一如往常，早上醒來我就在日曆上畫了個×。第二天城堡方面傳來企盼已久的電子郵件。

信上寫得非常簡潔，大意是他們將於十二月二十三日，也就是聖誕夜的前一天交還月子，有關交人事宜希望祕密進行，並要我將下榻巴黎的旅館知會他們云云。

我趕緊用 Mail 回覆，我將於十二月二十二日前抵達巴黎，下榻處就是之前常住的協和廣場附近的I旅館。

東京和巴黎有八小時的時差，我現在是早晨，巴黎那邊應該就是深夜，但不到一個小時他又回傳了。

內容很簡單，只寫著「請於二十三日下午四點，在杜維麗公園內的旋轉木馬前等候」。

的確，杜維麗公園距離我下榻的旅館只隔一條道路，我曾在那裡漫步過幾次。公園裡十分寬廣，秋天時節楓葉綻紅，常見帶狗出遊的老婦或攜子散步的母親，氣氛非常靜謐，看不出它就在巴黎的市中心。

城堡所指示的旋轉木馬就在過了馬路進入公園四、五十公尺處，偶爾會傳來孩童們的歡笑聲，但我不曾直接走到裡面。

他們眞的會帶著月子出現在人群聚集的地方嗎？或者人潮眾多之處來得安全？不管怎樣，下午四點即使巴黎天暗得快，離傍晚還有些時間。

若是從下榻的旅館越過寬大的馬路，只需一、二分鐘即可到達。

我又向旅館預約二十二日起暫定住三個晚上，然後打電話到岳父的家裡。

「他們二十三日就要釋放月子，我去交涉就回來。」

我故意提高嗓門說著，岳父岳母交相叮嚀我務必確定對象，並提議也想隨行。

「不用，我一個人去就行了。」

岳父他們一旦來此的話，嚴守至此的祕密都將暴露無遺。

「可是對方堅持要私下祕密進行……」

我趕緊出言婉拒，強調這次是鐵定無誤，二十五日或二十六日一定帶回月子，才掛掉了電話。

沒錯，倘若二十三日見到月子，當天在巴黎的旅館停歇一夜，二十四日從巴黎出發，二十五日即可抵達東京。當然，這也要看月子的身體狀況，即使多住一晚，二十六日應該可以返抵日本。

想到這裡，我心頭又蒙上新的不安。

假設二十三日黃昏我依約見到了月子，接下來我們二人該如何相處呢？

首先回到旅館，舉杯慶祝重逢之後，再找一家餐廳用餐嗎？這次是月子被綁架後第七十五天平安獲釋歸來，眞想盛大地慶祝一番，不過，在熱鬧的地方舉行或許不太恰當。我們有許多心裡話要傾訴，還是找個僻靜安謐的場所來得好。

不管怎樣，我去了紅色城堡和在那裡的所見所聞都要保密。或許我應該主動詢問月子這段時間的生活狀況，可是對此月子會用什麼方式回答呢？有關居住、飲食和周遭人物她或多或少會說一些，但重要的「調教」問題，要如何說明呢？

當然，我不會強人所難硬問到底，即使如此，又會是何種感覺的對話呢？不，月子一定是百般思念和高興與我重逢的吧？她應該不會相見疏遠，一副對待客人般的態度吧？

這就是我最擔心的事情，晚上同床而睡的時候，月子會是什麼態度呢？

她會像以前一樣繼續對我冷漠相待嗎？或者一下子緊抱著我？還是唯獨今晚想在其他房間休息呢？

無論如何，我得遵從她的意思才行，我不希望在重逢之夜就把氣氛弄得太僵，她眞的厭惡和我同床的話，或許另外訂房比較好。

於是我突然興起想訂高級套房的念頭。

這是我們在楓丹白露的森林分別睽違七十五天的重逢之夜。這個值得紀念的日子，不應該訂向來同住的雙人房，即使花再多的錢，也得闊氣地訂一間半套式客房，這樣一來，無論是月子想跟我親密或她累了想休息都可以適時因應。

沒錯，這天晚上就是我們夫妻的重生之夜，我就訂一間不遜於蜜月旅行時住的氣氛豪華的房間吧。

「可是……」

我又陷入了思考。

倘若這天晚上月子眞的想跟我做愛，她以在紅色城堡和各種男人接觸時那樣激情挑逗我的話，我能夠比他們更滿足月子的需求嗎？

想到這裡，我旋即蒙上一層不安與恐懼，心情越發沉重不堪。

第六章　歸還

巴黎的聖誕節天黑得快。下午四點許，雖然離日落還有點時間，但微陰的天空空氣凜冽，只見協和廣場西邊的天際仍猶帶殘紅。

十幾分鐘以前，我離開旅館橫越寬闊的里波利大道，走進杜維麗公園之中。這公園離旅館不遠，慢慢走只需二、三分鐘。穿過公園內乾枯的樹林，頂多一百公尺左右就來到旋轉木馬前。

我們約在下午四點見面，但我提早十分鐘就抵達。天氣寒冷，我拉起大衣衣襟抵擋寒風，一面四下張望。

旋轉木馬上有五、六個穿著厚實衣服的孩子興奮地上下搖晃，發出歡笑聲。孩子們向站在旁邊的母親揮手，父親則把相機對準孩子們照相。明天就是聖誕夜，大概是剛採購回來吧，他們兩個人坐的長椅旁邊堆著三個大型購物袋。另外還有一位穿著皮製風衣的男子，以及看起來像是情侶的一對男女，分別坐在不同的椅子上。

旋轉木馬配合音樂緩緩地旋轉著，母親們坐著等待的長椅旁，就是做成糖果形狀的售票亭，裡面坐著一位身負監視旋轉木馬的中年男子無聊地站著。

臨近黃昏時可能因爲氣溫下降，公園裡聽得到笑聲的地方就只有這個角落，其餘廣闊的公園枯樹林立，人影稀少，只見左側的小徑上有兩名年輕人並肩地走向塞納河岸。然後，一對帶著小狗的老夫婦與年輕人們擦身而過，緩緩地朝這邊走過來。

巴黎冬日的黃昏寂靜蕭索。

月子眞的會來這裡嗎？

照著他們的指示，我在約定前十分鐘就站在旋轉木馬前等候。或許是因爲我不斷地東張西望、一副焦急等人的表情，使得看著孩子們玩耍的幾個母親以及售票亭的男子都用好奇的眼光看著我。這些人還只是好奇而已，說不定陪伴月子前來的男子們早就對我充滿警戒。他們一定正由某處逡巡我的動靜。我一點也不想抵抗他們，爲了顯示自己是隻身赴會，我選擇站在距離旋轉木馬十公尺左右的地方，雙手插在大衣的口袋中，靜止不動。

雖然身體不動，我的雙眼仍一百八十度地左右搜尋，試圖察覺周遭的細微變化。然而，等待許久仍無動靜，只隱約聽到里波利大道上往來的車聲。四周寂靜無聲，一大片光禿的樹木背後，看得到橘園美術館灰色建築物的頂端映照著微弱的斜陽。

眼看四點將至，我不由得看看手錶，正覺還有二、三分鐘的時候，旋轉木馬戛然停止，孩子們一一從木馬上跳下來。他們顯然意猶未盡，半數的孩子又折回坐上，其中有個年紀太小，還得媽媽抱上位子。再加上剛剛坐在椅子上的那對情侶，六個人坐定，木馬便再度旋轉起來。

一開始速度緩慢，漸漸加快後，年紀比較小的孩子便用力抱著前面的支撐桿，坐在他前面的兩個孩子，則對著他揮手。

當年紀最小的孩子所坐的木馬轉到另一側時，我突然覺得背後有人在盯視，不由得屏住了呼吸。

後方不遠處確實有人朝這邊走過來。我這樣尋思，但全身好像被綁住般地無法動彈，好不容易回頭一看，竟讓我驚訝得說不出話來。

我的正後方。兩排枯黃的法國梧桐樹林間的小徑上站著一名女子。

她身穿深紅色的大衣，包著相同顏色的頭巾，右手則一如往常地拿著紅色皮包，就站在距離我不到二十公尺處。

我突然覺得這名女子是從另一世界飛闖而至的，仔細盯著包在頭巾中嬌小的臉龐，我才發現那女子竟是月子！

霎時，我準備往前移動，在確定月子周圍沒有任何人之後，才一口氣奔出，月子也幾乎同時衝過來，我們立刻緊抱在一起。

我高興地喊道：「是月子嗎？」被我抱在懷中的女人用力地點著頭。

月子果眞回來了！他們眞的依照約定把月子送回來了！

我激動得忘了這裡是公園，直到我感受到她透出的脈脈體溫，才稍稍鬆開手臂。

說不定正坐在旋轉木馬上的孩子、長椅上的母親們以及帶著小狗散步的老夫婦，現在都在看著我們擁抱呢。我突然害羞起來，回頭一看，旋轉木馬上孩子們傳來陣陣笑聲，倒是木馬旁的母親們似乎不受影響，仍專注地和孩子們比手畫腳。至於遛狗的老夫妻早已走到菩提樹樹叢的遠處，只剩下西邊天空漸逝的殘紅。

「太好了……」

我喃喃自語起來，仔細一看，頭巾中的臉龐比以前蒼白，而且消瘦許多，但即使如此，她肯定就是我的月子。

「他們告訴我，說四點來這裡等人……」

「我也是，他們叫我……」

月子終於開口了，聲音有點亢奮。多麼懷念的聲音啊！

「那，是誰送妳來的？」

「……」

「妳一個人？」

月子始終不發一語地搖著頭，看著她僵硬的表情，我當下直覺月子一定有難以啓齒的祕密，於是沒有多問什麼。

總之，人已經平安回來，其實不必多問。於是我一手搭著月子的肩膀，另一隻手指著斜前方公園入口後面的建築物。

「我就住那家旅館。我們回去吧。」

我踏出腳步，月子也跟了上來。

此時，我們就像剛才那對遛狗的老夫妻一樣，在旁觀者眼中，我和月子簡直就是幸福恩愛的夫妻。我滿懷歡喜，帶著月子走過枯樹間的小徑，從公園入口的鐵柵欄出來，再橫越里波利大道，很快就回到旅館來。

才下午四點多，旅館的櫃檯前客人不多，隔著玻璃可以看見落地窗外的中庭，擺飾一棵有著大人高度的聖誕樹以及同樣大小的聖誕老公公布娃娃。雖然聖誕節的裝飾僅止如此，我仍心情愉快地走向電梯間。

房間在六樓，進去後是一間備有沙發座與書桌的小客廳，再進去才是雙人床與更衣室所在的寢室。帶領月子看過整個房間，我問月子：「累了吧？」並藉機想擁抱、親吻月子，但她卻輕輕側過臉去，僅讓我吻了她的臉頰，便開始更衣。

月子在更衣室待了一會兒，從那裡直接走進旁邊的浴室，片刻後，才回到起居室來。

我心想或許她身上穿著睡袍，抬頭一看，她穿的是膚色的高翻領罩衫以及黑色裙子。我心中暗想，這不就是月子被綁架時的打扮嗎？而方才在公園見面時她穿的深紅色大衣，難道是離開紅色城堡後另外購買的嗎？我很想問個明白，但深怕難得重逢就因爲這種小事惹她不高興，於是招手要她坐到我的身旁。

剎那間，月子猶豫了一下，但還是依我之意坐在沙發上，我重又誠摯地說：

「妳能回來，我很高興。」

大概是過度緊張，我的聲音竟有點沙啞，但這絕對是我的眞心話。

「我一直擔心妳的安危。」

這句話也許有點言過其實，總之，我確實是在等待月子回來的。

「幸好，妳的氣色還不錯……」

我又看了一下月子，她的臉有點瘦了，但五官因此更加明顯，至於膚色還是那麼白皙，衣衫輕啓的胸部似乎比以前豐滿。

「妳一點也沒有變……」

我覺得有說不完的千言萬語，激動得想近身擁抱時，月子卻喊了聲「等一下……」伸手制止。

「我想打電話回家。」

月子這麼一說，我才想到她的父母親，便立刻拿起桌上的聽筒。

「我馬上幫妳撥電話。」

月子想和家人聯絡是人之常情。我很驚訝自己竟然沒有想到這點，拿起聽筒趕緊按了月子娘家的號碼，幾聲嘟嘟聲後，電話那端突然傳來岳母的聲音。

「媽，是我。月子平安回來了。」

話還沒講完，岳母已經「眞的嗎？……」大叫起來，然後著急地問「還好嗎？」、「趕快把她帶回來！」等等。

現在日本應該是半夜十二點左右，岳父與岳母都還在等電話沒有就寢嗎？我把聽筒轉給月子，他們一家人就這樣講了起來。

話講到一半，或許是岳母哭了吧，月子也泣不成聲。電話中的月子從開始就話語不多，幾乎都只用「還好」、「不用擔心」、「馬上就回去」等簡單的句子回答，感覺相當消極。

然而，打回日本的這通國際電話還是講了近三十分鐘之久，月子好不容易放下聽筒，大大地嘆了一口氣，拿出手帕擦拭淚溼的眼眶。

「明天就回日本，可以嗎？」

「如果妳想的話，可以啊。」

「好，那就回去。」

可能是聽到父母的聲音突然感傷起來吧，月子離開電話桌便站在窗邊，稍微眺望之後，才默默地走進浴室。

月子的情緒似乎還未平靜下來，我決定不要太刺激她，便坐在沙發這邊等待。十分鐘之後，月子走出浴室，可是她無意回到我的身邊。

她在做什麼呢？我不禁好奇起來，想過去看看，但爲了不打擾她，又靜靜坐了十分鐘才走進寢室，月子已經上床睡著了。

月子大概是因爲和家裡取得聯絡，在聽到父母的聲音後終於安下心吧？還是長期待在城堡的疲累一湧而出？總之，還是讓她盡量休息比較好。

我打算回到起居室，又好奇地想看看月子的睡姿，便走近她的枕邊探看，月子把毛毯拉得很高，幾乎遮住大半的臉部。

「也許她真的累了。」

我兀自點頭，雖然心生和月子共眠的念頭，又怕打擾她的安眠，最後還是作罷了。

做丈夫的在另一個空間守在久別重逢的、正安心休息的妻子身旁。我一邊想像著夫妻情深的情景，但總覺得自己還有重大的事情尚未解決，心情不得安穩。我想著越發忐忑不安，便起身走到窗邊，冬陽已漸西沉，街燈也亮了起來。

約莫一個小時前和月子相會的杜維麗公園，難道傍晚五點一過就關閉了？微暗中一片靜寂，只隱約可見幾盞橙色的燈光。那些坐玩旋轉木馬的少年大概都跟父母親回家了吧？相擁坐在長椅上的情侶也已回到燈火通明的街道了嗎？我覺得有點無聊，從冰箱上的小酒櫃中取出一小瓶白蘭地，回到沙發上喝了起來。

表面上看起來事情已經圓滿解決，但似乎又有遺憾之處。按理說妻子回來我應當很高興，其實內心還是有些不安，擔憂還會出事。我焦慮地喝著白蘭地，想著未來的事情。

坦白講，月子平安歸來，我有太多事情想問她。首先，她是如何被人從楓丹白露帶到紅色城堡的？她被軟禁在城堡期間，日常生活狀況如何？進行各式各樣的調教過程中她有什麼感覺？還有，長達七十五天的監禁，月子和歹徒的互動如何？交談了哪些話？彼此有什麼關係？以及這次要放她回來，歹徒是否交代了什麼？最後，他們如何把月子帶到巴黎來的？

我想問的事多得數不清，恐怕一整個晚上都談不完，可是月子只一味地沉睡著，留下身爲丈夫的我枯坐在這裡喝白蘭地。這樣的夫妻關係，當然有點奇怪，因爲過去我們的相處狀況就不是很正常，現在這種程度我也沒辦法說什麼。

總之，我不可操之過急。雖然是夫妻，還是不要過問太多月子在這七十五天的遭遇。無論是月子遭受變態調教這件事，還是我好幾次進場偷看的事，最好永遠祕而不宣。既然月子沒談及什麼重要事情，我也沒有什麼好擔心的。事情還是不要講開比較好，我們反而能安穩和好地生活。我如此告訴自己，便將手中的白蘭地一飲而盡。

今晚的夜色特別安靜，已經好幾個月夜晚不曾這麼寧謐了。想想，月子能夠回來，我的心情終究比較踏實安穩，看來我們似乎能恢復正常的夫妻生活了。

喝完酒，我緩緩地打直雙腳，枕著靠墊。朝窗子的方向躺下來，閉上眼睛。

此時，月子在寢室安眠，我則躺在沙發上享受夜晚的靜謐。我不禁有種幸福感，加上白蘭地的醉意漸漸襲來，眼皮似乎越來越重。但即使想睡，我的意識並未完全消失，隱約不斷提醒自己，我和月子在同一個空間睡覺。

大約經過一個小時，我似乎聽到有人走動的聲音而清醒過來，到隔壁的寢室一看，月子正坐在床邊的椅子上看電視。

「妳醒了？」

月子穿著襯衫與裙子，頭髮也已梳理完畢，手放在靠肘上，雙腳輕鬆地交叉著。

「妳好像很累。」

「……」

「睡得好嗎？」

月子仍然不回答，只是輕輕地對我點頭，眼睛還是盯著電視。

「要不要出去走走？」

我客氣地說道，態度就像對公主講話那麼客氣。月子還是沒有反應，我又問道：

「肚子餓了嗎？」

爲了慶祝月子平安歸來，我在拉丁區附近找了一家口味不錯、裝潢雅致的餐廳，相信月子也會喜歡。

不過，月子似乎不太想出門的樣子。或許是因爲剛從怪異的城堡生活被釋放出來，還不習慣接觸人群吧。

「那就叫客房點餐服務，怎麼樣？」

「也好……」

電視正在上演法國的家庭連續劇，月子依舊盯著畫面，神情專注。

看著月子的側臉，我這才注意到，今天從公園見面算起已經兩個多小時，都是我看著月子，即使回到房間，她還不曾正面看我一眼。

「我們去那裡吧。」

我指著隔壁的起居室，又說「我想和妳聊聊」，這時月子才關掉電視站了起來。我先走到隔壁房間，在單人椅坐下來，並指示隨後進來的月子坐在右手邊的沙發上。月子坐在與我間隔一個人的距離，我剛好可以看見月子的側臉，月子細細的脖頸以及高挺的鼻梁眞是美極了。

「要喝點什麼？」

「白開水好了。」

我從冰箱中取出一瓶礦泉水，倒成兩杯，一杯遞給月子，自己喝了一口之後，決心打開話題。

「那天我前往楓丹白露的時候，突然遭到襲擊……」

我才開口，月子的表情有點沮喪，但我不加理會地繼續講下去。

「突然有人從後面把我打倒在地，雖然不久恢復意識，卻發現妳不見了……」

我看月子沒有要接話的意思，便接著說：

「我拚命到處找，就是找不到妳。」

接下來我把遍尋不著在附近攔了一部車子回到巴黎，立刻向日本大使館求救，以及之後留在巴黎找人等等情況擇要地講了一下，而月子一直是背對著我。

「實在沒想到，竟然會在那樣的地方遭到襲擊……」

「……」

「後來，妳爸媽也來巴黎，我們還到森林走了一趟，很是驚險。」

霎時，月子表情轉變，但還是不吭一聲。

接著我拚命地說明歹徒如何要求贖金，並且警告若報警就要殺掉人質，以及月子的父親備妥贖金，但分隔法國與日本兩地歹徒卻失去聯絡等等。

奇異的是，我這樣陳述的時候月子幾乎面無表情，有時只是輕閉雙眼，像在睡覺那樣安靜地聽著。

難道月子已經看穿我在說謊？雖然我認爲她不可能知道此事，我還是有點惶惶不安。

「後來他們把妳帶到哪裡去了？」

「……」

「我以爲妳被關在像牢獄的地方，或是其他恐怖的場所……」

「都不是……」

月子突然明確地說：

「他們把我帶到城堡。」

「城堡？」

我驚訝地反問，月子有點不耐煩地說：

「不是那麼可怕的地方就是了……」

「那麼，地點在哪裡？」

其實我已經去過好多次，卻故作驚訝地試探。

「妳在裡面，生活情況怎樣？」

面對緊追不捨的問題，月子只是輕輕嘆氣，然後用哄小孩子的口吻說道：

「反正人都回來了，幹麼問那麼多！」

的確，現在問這些，未免嚴酷了些。而且，即使我關心地繼續問下去，恐怕也無法改善我們夫妻的關係吧。月子似乎在等我結束這個話題，我才開口，她便起身走到窗邊，看著外面的夜景低語：

「我們出去吧。找個地方吃飯。」

說實在的，我猜不出月子的心思。難道是喜獲自由？還是內心仍猶存不安？總之，我現在擔心的是，月子如何看待我。下午在公園見面時，她很激動地衝到我的懷裡，我們緊緊擁抱。當時我內心充滿歡喜、踏實的感覺，不料月子之後的反應卻讓我一頭霧水。首先，回到旅館的房間後，即使眞的很累想早點睡覺也應該說一聲，和我聊天也是一副勉強爲難的樣子。或許我談的不是月子喜歡的話題，難免沒有反應，但畢竟是七十五天沒有見面的夫妻，至少應該露出喜悅之情吧！可以說這只是我自私的想法，終究月子剛被釋放回來，也許只能控制自己的情緒而已。

我重又這樣想，於是打電話到餐廳訂位。

打電話時，月子一直看著窗外的夜景，等我做好出門的準備，她才默默地跟在我後面走出房間。今天我沒有租車，我們在旅館門口攔了計程車，目標是西迪島不遠處的聖米歇爾廣場。我們在廣場的附近下車。

這一帶靠近香榭麗舍大道，周圍是古老建築林立的街道，有許多出版社、舊書店、賣明信片以及高雅精品的店面。我預約的「J」這家餐廳就在街角的二樓。

如果是日本，聖誕節前夕熱鬧的市區一定擠滿了年輕人，餐廳也會一片喧雜，但巴黎這些老街卻人影稀少，連餐廳也冷冷清清，今夜顯得安謐。進了門，我們選擇左側裡面的座位，這是我們今天第一次面對面坐。坐定後，我立刻向服務生要了一瓶香檳和兩個杯子。當然，首先還是得慶賀月子平安歸來，但不知道爲什麼，我突然覺得講太嚴肅反而彆扭，就改變語氣說「回來了，太好了」，月子以眼示意，輕輕啜飲著杯中的酒。

月子一向酒量不佳，但我覺得她待在城堡期間一定喝過不少頂級葡萄酒。既然如此，我就拿起桌上的葡萄酒目錄，選了一瓶八九年分的布里翁高地莊園的葡萄酒（château Haut-Brion），站在我旁邊、身材高大且留著鬍子的服務生見狀，連連稱讚：「客人眞有眼光！」

雖然在旅館時月子一度說沒什麼食慾，但前菜點了泰式風味生牛肉薄片海鮮沙拉（carpaccio），主菜選了烤鴨胸肉，我則點了松露碎肉蛋捲以及牛小排。

我們面對面坐著，邊飲葡萄酒享受美食，彼此間的氣氛終於緩和起來。我告訴月子，這家餐廳是巴黎朋友介紹的，月子似乎也相當喜歡這種高雅、寧靜的氣氛，抬頭望著天花板上交叉的巨梁，自言自語道：

「這餐廳的建築好像很老舊了。」

我突然想起之前到此消費時，老闆說餐廳所在的這棟建築興建於十六世紀，我想把這件事告訴月子，但又聯想起囚禁月子的紅色城堡。

據當地人說，紅色城堡好像也興建於十六世紀，這不和這家餐廳同一年代嗎？我正爲這種巧合感到困惑之際，剛好身兼主廚的老闆穿著廚師服過來打招呼。

我之所以喜歡這家餐廳，主要就是菜色做得很細緻，而且符合日本人的口味。不知老闆是否能了解我的心情，但他一看到月子就握住她的手，還一面說道：「Madame, puis j'me permette de vous féliciter pour vôtre beauté.」我的法語能力不行，雖然無法全部了解其意，但應該是稱讚月子美麗宜人的意思。聽著聽著，我突然想起紅色城堡那群男人稱讚月子美貌的話語，不禁有點不是滋味。不過，月子似乎已經習慣恭維在耳，她面帶笑容嬌聲回答「Merci beaucoup」（非常謝謝）的聲音，聽在我的耳裡更是心情沉重。

月子待在城堡時，都是用法語和他們交談嗎？待了七十五天，法語變得流利也是理所當然，我不由得擔心月子是否會因此變成法國人？

當然，月子不可能知道我內心的不安。不久，菜端上來，她表情更加開朗，說很喜歡牆上那幅描繪弗蘭德地方的風景畫，又稱讚料理的醬汁搭配得好，非常可口，又提到剛剛和家裡通話，父母親非常高興，以及期待回到日本可以見到朋友等等。

難道是睽違七十五天，月子的心情才因此亢奮？還是重返巴黎久未上街用餐，讓她一直壓抑著的感情爲之傾洩出來？總之，她突然如此開朗，令我有點訝異，我們吃完主菜時已經喝掉一瓶葡萄酒，我提議再來一瓶，月子則搖搖頭說：「再喝可要醉了。」我便要服務生送來點心。

從城堡傳來的影像中看來，他們在豪華的餐廳極盡奢侈之能事，但還是在這裡用餐來得心情愉快吧？總之，月子的情緒似已恢復正常，我安心地離席而去。我們一起走下臺階，有個年輕的法國男子幫月子穿上深紅色大衣，一面稱讚：「這件衣服和您很搭配、非常漂亮！」月子高興地回答：「Merci beaucoup!」一面用嫵媚的眼神注視對方。

看來，月子已經有點醉意了。走出餐廳時，她立刻靠到我身上來，當然，我很高興，順道往塞納河的方向走去，直到河邊才停下腳步。

看到塞納河，我不禁想起監禁月子的城堡前的盧瓦爾河，我問月子：「妳醉了嗎？」月子回說：「感覺眞好！」深深地吸了口夜間沁涼的空氣之後，又說：

「明天就是聖誕夜了吧？」

「妳要什麼禮物？」

時間過得眞快，兩個半月前月子被綁架時已經寒意襲人，心想應該送她一件大衣，不料月子出言拒絕，卻提議想去逛街。

月子要逛街散步，我當然沒有異議。我把手肘靠在可俯瞰塞納河的堤防柵欄上，一邊指著聳立在夜空下的聖母院。

「我們去那裡看看。今晚應該有彌撒活動吧？或許可以自由入場。」

「……」

「很近，馬上就到。」

「不，我不要。」

月子突然拒絕我的提議，我慌張地回頭一看，她已眺望著和聖母院相反方向黑暗的河面了。

「可是妳不曾在聖誕節去吧？」

「我就是不去。」

月子態度如此堅決，我只好作罷，重又提議：「去香榭大道逛逛如何？」這回她倒爽快同意。

入夜後，雲層散去，氣溫越來越低，我們從河岸走回廣場，攔了一部計程車，前往香榭大道途中，我在尋思，剛才月子拒絕去聖母院的事。

難道她喝醉了？還是心情不好？月子從小念教會學校，應該喜歡上教堂才對。不，突然我又聯想起紅色城堡的情景。

就在月子被釋放的四、五天前吧，影像由旋梯往下走到一間大廳，高聳的彩繪玻璃隨即映入眼簾，接著出現中央的祭壇以及耶穌像，就在我明白影像傳來的是城堡的禮拜堂的同時，我發現祭壇下方好幾對男女正用各種淫亂的姿勢交合著。而且月子也……。

月子就是回想起紅色城堡的往事，才說「Non!」的嗎？

我瞥了一下身旁的月子，她那因爲喝了葡萄酒而泛紅的臉頰靠在車窗邊，注視著夜晚的街景。

車子經過西迪島來到里波利大道時，前方便可看見協和廣場的觀覽車從七彩燈光中現身出來。

「妳看！」

我這麼一說，月子這才抬起靠在車窗的上半身，往車子的前窗看去。

「很漂亮吧。」

月子依舊不講話，只是輕輕地點頭。看著月子雪白的脖頸，我不禁想起在夜空下去過幾次的紅色城堡。

城堡的周圍幾乎看不到任何燈光。要說周遭比較亮的景物，也就只有照在城堡尖塔上的月亮與星星。

而今天，月子就是從那裡回來的。

我對月子突然心生疼惜之情，輕輕地握住她放在膝上的小手，但月子沒有任何反應，只是靜靜地讓我握住她的手。不過，當我正覺得稱心滿意之際，月子卻把手抽開了，整個臉貼近車窗似地說：

「香榭大道到了吧？」

沒錯，車子已經從協和廣場進入香榭大道，繼續往凱旋門的方向前進。

「我是第一次在聖誕節的時候來到這裡。」

「我也是。」

寬闊的道路兩旁都是法國梧桐樹，上面掛滿亮晶晶的燈泡，數量之多，感覺就像把整棵樹包了起來似地，十分光彩耀目。

「眞漂亮。」

我這樣說，月子點頭稱是，還說：「巴黎人，眞有品味！」

這些路燈的燈飾也許不像日本那麼豪華、豔麗，但和寬闊的道路以及道路兩側古老厚重的石造大樓非常搭配，散發出難以言喻的美感。

「你看，那裡有棵樹很可愛。」

月子指著窗外不遠處一棟面對馬路的大樓窗邊，看過去確實有棵不到一公尺的聖誕樹，被白雪覆蓋的枝條上有些小小燈光閃閃發亮。

我突然產生想和月子一起漫步香榭大道上的衝動，便建議：「我們下車吧？」但月子搖搖頭直說：「在車子裡看看就好了。」

月子不想在人群雜沓中欣賞夜景嗎？我用英語要求司機直接開到凱旋門，再回到協和廣場後，向月子提到昨夜在法國的朋友告訴我的事情。朋友說，每年接近聖誕節，巴黎街道都會出現各式各樣的燈泡裝飾，美不勝收。聖誕節前後，法國人習慣放下工作，回到家裡或鄉下別墅度假。這段期間商店和餐廳通常不營業。

或許紅色城堡那些傢伙是基於這個因素才讓月子回來的。我心裡突然閃過這個念頭，意有所指地說：

「看樣子，巴黎人一到聖誕節，全都在休假。」

回到旅館，已經接近十一點。

可能又加上喝了葡萄酒的關係，月子看來一臉疲態。回到房間，她說要進浴室沖澡，沒多久便穿上旅館提供的睡袍走進起居室。

我盯著看她露出的苗條下肢，她一看到就說：「我要去睡了！」

月子這句話是什麼意思？她是太累而想上床睡覺？還是藉此避免我對她提出「做愛」的要求？也許這兩種都有可能，我有種被月子甩掉的感覺。但再想想，畢竟今天月子剛從城堡被釋放回來，疲累難免，還是不要勉強比較好。

「好啊，妳先去睡。」

我說著，月子點點頭，立刻轉身走進臥房。留下孤單的我只好無聊地打開冰箱取出啤酒，邊喝邊想待辦的事情。

月子今晚似乎只想靜靜地休息，不希望和我有肌膚之親，但房裡只有一張床，雖然是很大的雙人床，只要我上床睡覺，還是會碰到她。在這種情況下，月子會有何反應？是避開與我身體接觸？還是默默地接受我的撫摸？其實，今晚我也不是特別想和她做愛，畢竟馬上就要回日本一起生活，不急於一時，更何況今晚我也有點累了，實在沒有體力讓月子滿足。此外，自從在紅色城堡看過那些激情甚至到有點恐怖的場面後，雖更能了解月子肉體的無限魅力，內心還是覺得可怕。總之，月子說想一個人休息，就順從她的意思即可，我也不用緊張兮兮，較能安心睡覺。

邊喝酒邊胡思亂想，一直坐到十二點過後，我才起身走進臥房。月子和傍晚同樣躺在床鋪右側，背對我地沉睡著。她睡得很靠邊，左側空出一大片。

我有點被背叛的感覺。月子回來，我如此高興地迎接她，爲何換來如此冷淡的反應？但仔細想想，也許這反而更好，便脫下衣服慢慢上床。當我的身體接觸到床面時，這才注意到月子的位置在我的右手邊，當然，如果今晚要向月子求歡還是需要一些過程，但若不是現在應該不成問題。我這樣盤算著，打算越過側睡的月子瞧瞧她睡覺的模樣，發現她似乎睡得很沉。

既然月子睡著了，我突然心想：不妨碰她試探一下，但這個想法並未付諸實踐，我輾轉反側，終究不能成眠。

回想起來，除了新婚的時候，我已長達兩年沒和月子同房而睡了，何況是同睡一張床，因此難免夜不成眠。

我實在是睡不著，只好再度下床，回到起居室，從小酒櫃拿出兩小瓶威士忌，摻了水啜飲著，很快地便醉意襲人，我似乎就這樣睡著了。

不知經過多久，只記得醒來時，自己倒在沙發旁。低頭看看自己，身上還穿著睡袍，顯然是睡覺前穿的。我之所以醒過來，或許是邊桌的檯燈太刺眼的關係吧。

現在到底幾點了？我抬錶一看已經六點半了。昨晚大概十二點多睡著的，所以我已經睡了將近六個小時。看著高高的天花板，我突然想起昨晚原本打算和月子同眠共枕，但後來打消念頭，才回到起居室喝酒的。

月子真的就那樣睡著了嗎？我突然擔心起來，跑到寢室一看，月子還是保持昨晚的姿勢，側睡且背向臥室入口。

我這才安心下來，打算回到起居室，但馬上又改變心意再次走進臥房，來到月子身旁。

昨晚我一度上了床，如果當時想碰觸月子應該沒有問題，只是擔心吵醒她而作罷，現在已經早上，照理說月子也睡夠了。

頓時，我真想瞧瞧月子睡覺時的表情，便從背後觀察，她柔軟的長髮輕輕披散開來，露出小小的耳朵。稍前方則是她秀氣的鼻子。為了看清楚些，我起身前探，在檯燈的柔光中，月子的臉龐更顯白皙。

多麼漂亮的臉啊！造物之神眷顧這位女性，甚至讓人有點嫉妒。月子的五官姣好，無論是鼻子、嘴巴以及臉頰的曲線，都是我曾愛撫、親吻、撫摸過的。

如此美麗的肉體，終於又回到我懷裡。

不知不覺中，我的上半身已經靠近月子的身體，幾乎就要碰觸到了。

如果現在我親吻她緊閉的美唇，或者伸手撫捏她柔軟的雙乳，應該不會有人譴責吧。倘若現在我想和月子親熱，她只要轉身回抱倒進我的懷中，我們就可以肌膚相親了。

「幹嘛客氣?!」

我感到自己雄性的本能蠢蠢欲動，男根已經勃起。我又告訴自己：

「要就趁現在……」

我一邊自我鼓勵，一邊伸出左手，從月子胸前繞到肩口，準備摟抱月子，但此時月子輕輕搖頭，閉著眼睛喃喃自語：

「Non, Je somnole par manitenant.」

她這一說，我隨即把手抽回來，然後反芻剛剛月子講的那句話。第一句的「Non」當然是拒絕的意思，接下來大概是「我還很睏」吧？

我像做壞事的孩子被發現似的趕緊把手縮回來，戰戰兢兢地端詳月子的表情，但她依舊閉著眼睛，並且重複著剛剛那句法文。與此同時，我的性致完全被澆熄了。

月子連拒絕男人都講法語，而且是半睡半醒時的自言自語，我既驚訝又困惑，像遭到斥責的少年垂頭喪氣。

巴黎的冬晨來得晚，特別是聖誕節這樣的日子，白晝更是一年之中最短的時期，幾乎早上八點過後，才會完全天亮。

我在天色未亮的房間環視之後，探看月子的睡姿。

剛剛原本打算挑逗熟睡中的月子，卻意外遭遇挫折。其實，今天也不是那麼想和月子親熱，但看著月子躺在柔光中的睡姿，就忍不住地想伸出雙手擁抱一番。

然而，就在這時候，月子邊扭著頭，又說了一句法語「Non, Je somnole.」。月子似乎還想睡覺，我旋即知道她拒絕的意思。我心想，天還沒亮，難怪她想睡，可是她用法語表示讓我大為驚訝。難道她的法語已經熟練到這種地步？還是最近月子曾遭遇類似狀況，也就是睡覺被吵醒，而且對方是法國人？在這種情況下，當然只能用法語要求對方住手。頓時，我又想起月子在紅色城堡與幾個法國男子激烈纏綿的情景。

現在，我之所以變得萎軟無力，與其說是因爲被月子拒絕，不如說是因爲聽到法語時，腦中又浮現出他們勇猛的陰莖以及充滿精力的動作。不，不僅如此，月子配合男人的抽動而發出的喘息聲，也很像眼前還在睡覺的月子所發出的聲音。

不知道爲什麼，我突然甚爲困惑、慌張，雖然一再告訴自己，不可輸給法國人，在月子面前一定要比那些傢伙更勇猛、更有技巧、滿足月子。只是，即使如此說服、激勵自己，我的陰莖還是不聽使喚地逐漸萎縮，而且心情越是焦慮，陰莖變得越小。

這到底是怎麼回事？連自己的身體都不聽話了！眞是難堪，就在最痛切想要月子身體，必須展現無比雄風之際，我竟然被自己的身體背叛了。

只好眼睜睜看著自己的下體從高聳塌爲平地。那種挫折感就像兇猛的野獸抓到獵物後，卻因爲牙齒突然全部斷掉，而讓已入口的獵物逃走。

不過，發現自己的身體不行、再怎麼鼓舞也無法重振雄風時，我反而恢復了冷靜，重新思考事情的經緯。從這時候起我突然變成醫生，變成理路清晰的精神病理學者，開始撰寫著病歷，自言自語。

（當時你想起那些法國惡棍，要求自己一定要表現得更勇猛、更有技巧，絕不可輸給那些傢伙，必須滿足月子。但你這樣過度自我要求，反而會形成壓力，導致陰莖萎縮。原因是，陰莖勃起必須由大腦向下丘腦發出亢奮的指令，但這個過程很容易受到心理影響。也就是說，當事人容易因爲心理壓力使得勃起指令被遮斷，變成「勃起不全」，也就是所謂的「陽痿」。因此，閣下之所以不舉，主要是看過那些法國人和你太太的親密行爲，導致心理障礙。這就是所謂的「心因性勃起不全」……）

很意外的，我竟能如此客觀地觀察、診斷自己，如此詳細地撰寫病歷表。

當然，我不能只會分析病因、寫病歷表，最重要的還是得找出治療方法，也就是必須去除導致我「生病」的原因。而問題的元凶正是因爲知道那些法國人勇猛有力，才導致我失去信心。因此，首先最重要的就是，我必須忘了這件事，並且相信自己比那些傢伙強得多。

但話說回來，這樣的「處方箋」現實上用處不大。因爲我看過太多法國人調教月子的場面，多到根本無法把那些畫面完全從腦海裡清除乾淨。既然如此，只好改用其他處方。也就是只要能讓自己更勇猛有力，比那些傢伙「更有一套」，應該就能拾回信心。但這又談何容易？而且一味地要求自己比法國人強，會不會反而造成更大的壓力？我又突然想到，不然就承認比不過那些傢伙，可是「尺有所短，寸有所長」，還是應該有滿足月子的方法吧。說不定這是不錯的療法。只是腦中空想這麼多，一旦面對月子，眞的管用嗎？坦白講，我一點信心也沒有。

眼看著我的陰莖完全萎軟下去，只好放棄大展雄風的念頭，窩在床上自言自語：

「要怪就怪，看太多那些傢伙調教月子的場面了……」

到了這般田地，我才發現自己犯了一個不可原諒的錯誤。我把月子交給紅色城堡處理之後，因爲好奇他們會如何對待月子，不安之餘，請他們讓我進去偷偷觀察。看著看著，發現他們眞槍實彈上陣，我越看越難過，好幾次閉上眼睛不願看下去，也數度憤怒地掄拳亂揮。如果不談我的情緒感受，對於性愛恢復感覺的月子身體之美，以及她和那些法國人纏綿做愛的情景，眞是太淫亂了、太令人血脈賁張了。我屛息注視著一下子墜入地獄，一下子又來到極樂世界、亢奮且表情誇張的月子。所以，事到如今即使知道自己不舉的原因也已經於事無補，畢竟我不僅偷看，而且看得太多。總之，目前能確定的是，我在月子面前「不舉」的問題已經非常嚴重。或許這就是自作自受，當初卑劣的行爲終於遭受的報應。

「可是……」我躺在床上，腦海中又浮現不同的想法。沒錯，現在我正陷入性無能的狀態，而且只有在月子面前才完全不行，但這種狀況應該不會永遠持續下去。也就是說，我之所以突然變成不舉，主要是受到與那群惡棍相較之下的自卑感作祟，但這些心理因素應該會漸漸沖淡的。重要的是月子已經回到我的身邊，不會再看到那些傢伙。如果我們馬上回日本，不論月子還是我，很快就會忘卻紅色城堡以及那些傢伙的，到時候我一定能重新拾回自信。

總之，我根本不需要焦慮。想到這裡，我的心情踏實許多，不再擔心自己是個性無能的患者，於是從床上抬頭看著月子。

「月子還在……」

沒錯，此時月子就睡在我的身旁，而且穿著旅館的睡袍，一副完全放鬆、沉睡的模樣。好幾個月來，不，兩年來我一直期待看到的場面，不就正在眼前嗎？過去一向冷淡、驕傲的月子，不就躺在我伸手可及的位置嗎？

我再次抬起上半身，瞥了一下背對著的月子的臉龐，然後再探身一看，從凌亂的前襟偷窺月子的乳房。

美女什麼時候最漂亮？我突然想起楊貴妃的故事。有一次唐玄宗造訪楊貴妃的寢宮，發現貴妃睡得酣熟，便自言自語地留下一句「海棠春睡猶未足」的詩句。我想眼前的月子百分之百就像嬌翠欲滴、令人疼惜的海棠吧。

我靜靜地注視著月子，沒有叫醒她。但回過神來，突然察覺，自己的右手已經不知不覺放在股間了。說不定那裡已經恢復元氣，並且期待和月子進一步接觸。陰莖變硬讓我增添不少元氣，便緩緩地摩擦它，腦海裡充滿想和月子那美得像海棠花雌蕊的嘴脣接吻的念頭。

根據歷史記載，唐玄宗一直到過世為止，身邊不斷有許多美女侍奉著。相對的，我孤單一個沒有女伴，就這樣走進棺材豈不太可憐？我重又抬頭環視四周，確定旁邊沒有人，再度湊臉靠近。但我擔心，萬一魯莽地搖醒月子，又會被她以法語拒絕，最後決定在旁靜靜觀賞，或許這樣更能享受花朵的美感。

我仔細注視著月子隱藏在秀髮後面的小耳朵以及豐滿的胸脯，不知不覺中，我的男根又硬了起來。

即使如此，我還是不想進一步採取行動。我告訴自己，只要不和月子肌膚親熱，也就是雖然勃起，但不要進入插入的階段，就不會產生和那群惡棍對抗的情緒，才能在自己的想像世界中遨遊。

我突然覺得自己太過老實，一邊已經打消了和月子做愛的念頭，光看月子豐滿的胸部，就想伸手摸它，最近這一個月以來，我看著紅色城堡傳送來的影像，月子的胸部比以前大了許多，一則是因為月子原本身材苗條，胸部才顯得突出，或許現在可以撫摸她圓挺的雙峰。

我按捺不住地伸出左手靠近月子輕啓的胸前，先是猶豫了一下，最後還是決定一摸為快。

就在這瞬間，月子發出「不要……」的聲音，同時扭動身體。

這個動作讓我僅僅碰觸到她柔軟肌膚的手趕緊收回，但我的手指仍搭在她肩上，這次月子講的是日語，令我安心不少。

也許一開始就撫摸敏感的胸部會讓月子覺得突然，我稍作反省之後，決定用指尖輕輕觸碰月子的肩膀。我全身的神經集中在此，馬上就感受到月子緩緩傳來的體溫。這樣說或許有點無聊，光是這樣肌膚接觸我就覺得非常幸福，我這才發現，原來自己對於幸福的要求不多，但也可以這麼說，自己根本不敢奢求太多的幸福。

回想起來，以前月子根本不允許我這樣碰她。更不用說摸她的胸部或大腿了，就連碰一下脖子或耳根，她都會斷然掙扭飛快閃開。但現在，她幾乎是趴著的，即使摸著她的肩膀，也絲毫沒有抗拒的意思。她知道我在摸她嗎？還是根本沒有察覺？不管如何，對我而言，能如此近距離與月子肌膚接觸已是一大進步。

難道這就是在紅色城堡被調教的成果？她在七十五天間就能如此身心充裕允許我這樣的舉動了？總之，能從指間感受到月子肌膚的溫暖，已經讓我心滿意足了。

那天早晨，月子醒來時已經九點過後。

至於我，則在觸摸月子肩膀的同時，胯股間的男根硬挺起來，就在熟睡著的月子身旁自慰並且射了精。和妻子同床，丈夫卻只能自慰，這也未免太奇怪了。不過，剛脫險回來的月子需要休息，太勉強只會讓她不舒服。更何況只要能和月子同床而睡，我已經非常高興，因此心情亢奮，自慰得很愉快。我根本不用緊張，因爲馬上就要返回日本，而月子終究是我的妻子，用不著急於一時求歡。此時，我確實有種前所未有的安心與踏實感。

自慰完畢後，我也熟睡了。後來是月子先起床，我才被她的聲音弄醒的。

起床後，月子她直接走進浴室，而我則利用這段時間穿好衣服，並且按照昨天的計畫，先打電話給大使館。月子「失蹤」時，我曾到大使館報案，請他們協助找人，既然平安回來，當然得向他們報告一下。不過，承辦的人員不在，我便留話轉告。使館人員詢問：「人還好嗎？」我告訴對方，內人精神很好，沒有問題，並一再向對方道歉：「給你們添麻煩了！」電話另一端則說了聲：「那就好！」或許是因爲日本人近年在國外常捲入諸多事端，因此，確認自己的國民沒事，使館人員就不再細問了。

幸好對方沒有多問，掛上電話後我寬心不少，便開始想接下來該做的事。這時候月子已經換上昨天穿的衣服從浴室走出來。她半長的秀髮輕輕往內捲，臉上輕施淡妝，果然像朵海棠花那麼美麗。

我把今天清晨原本打算撫摸月子胸部，以及她睡覺時自言自語講法語的事情都收在心底，對她說了聲：「早！」月子也回了一句：「早！」她語氣冷淡，和以前在東京生活時沒有兩樣。接下來，如同以往在一起用早餐時，我問月子想吃什麼，月子用「喔，是啊……」回應，並露出慵懶的表情，我便打電話聯絡客房服務將早餐送進來。我幫自己點了培根煎蛋和麵包，月子說她只要水果與咖啡。

這天早晨我們的交談就像一般夫妻聊天，只是我們之間還有許多事情必須深談。昨天我稍微提了一下，月子卻馬上露出不耐煩的臉色，我只好打住話題。但話不講出來，如鯁在喉很不好受。所以只要房間裡只剩月子和我兩人，我就會焦慮不安。爲了排遣這種難安的情緒，我試著和月子討論今天的行程。

我提議吃完早餐之後，先到巴黎的街道散步，也可以買點東西。不過，今天是聖誕節前夕，或許有很多店家因而關門休息。總之，回日本的班機是傍晚五點五十五分，考慮出發前兩小時抵達戴高樂機場的話，最好是下午三點左右辦理退房。當然，在這之前必須打包行李、辦妥退房手續，由於月子幾乎沒有行李，所以這不成問題。我大致把今天的計畫說了一遍，月子坐在沙發上，靜靜地看著自己修整得漂亮的指甲。

這個話題談到一個段落，旅館服務生剛好送早餐進來，我和月子就坐到小餐桌開始用餐。

我對著月子說，回日本後要不要去品嘗睽違已久的壽司，或泡泡溫泉如何等等，月子只是敷衍地點點頭，態度並不積極。我一停住話題，兩人之間旋即陷入一陣沉默。於是我打開電視，畫面中出現一個像是新聞主播的女性正在播報晨間新聞，月子立刻轉頭面向電視螢幕，邊喝咖啡邊注視著，我若無其事地問道：

「法語大概都能聽得懂吧？」

過去月子的法語程度大概只能日常會話溝通，但她只是無言地搖搖頭。

這時候我想把今早天亮之際，月子曾用法語自言自語的這件事拿出來聊聊，但發現月子有一搭沒一搭地看著電視，於是打消這個念頭。我們的談話再度中斷，我只好無趣地把奶油塗在麵包上，月子則用湯匙舀了水果蜜餞送進嘴裡。她舀東西時手指輕盈宛如在空中飛舞，煞是美麗，過去一起生活時，我不曾看過她用這般優雅的姿態用餐。

雖然氣氛和諧，但終究缺乏熱絡互動的感覺，我們這頓早餐一直吃到十一點才結束。我看看手錶，還有一點時間，向月子提議出去走走，月子只撇了一句：「天氣不是很冷嗎？」便兀自站在窗邊。

聖誕節的巴黎今天難得放晴，只是到處一片冷清，街道上往來的車子很少。

於是我談起前天抵達巴黎時機場的狀況：一下飛機走進入境大廳，就看到許多像是機場的清潔工進行罷工，有些穿著工作服的男女清潔員拚命地敲擊空罐，其他人則拿著海報有節奏地大聲叫喊，似乎是要求改善待遇。喊完口號，罷工人群還從塑膠袋裡抓出一大把的紙屑，用力往四周丟撒。

「眞奇怪，明明是清潔員，卻反而製造垃圾。眞不可理喻！」

月子似乎受到這個話題的吸引，轉雇頭來直看著我，側耳傾聽。

「聽說每年聖誕節前後，巴黎常有這類的示威活動。」

「今天還好吧？」

「應該沒問題。頂多把大廳弄髒一下而已，不會影響到旅客出入境。」

我說完，月子又把視線拉回窗外，我對著她的後背問道：

「要不要買點東西……」

我想這是必須的，月子被釋放之後，幾乎沒帶換洗的衣物，而且要回日本，或許該買些禮物。

「要去，最好趁早出門。」

「我沒有什麼要買的。」

雖然她這麼說，我還是覺得奇怪，爲什麼月子回來時連替換的衣服以及內衣褲都沒帶？我心想，既然昨天見面時沒問，現在還是不開口比較好。

「反正我們出去逛逛嘛。」

但這時候，月子突然語帶雀躍地說道：

「對了，我想坐公園的旋轉木馬。可以嗎？」

「旋轉木馬？」

「就在昨天那個公園，我想坐坐看。」

從房間的窗子看出去，只能看到里波利大道，旋轉木馬則在更遠的杜維麗公園裡面。確實，我們昨天相見的地方，就有一座旋轉木馬。

「妳不會冷嗎？」

「還好啦。坐旋轉木馬應該會暖和一些吧！」

月子爲什麼突然提出這個要求？我不解其意地點頭，月子很快地就換上了深紅色的大衣。

我打電話給樓下的櫃檯，說我們打算下午三點退房。掛上電話，便和月子走出房間乘電梯來到大廳，穿過擺飾著閃閃發亮聖誕樹的中庭來到外面。分別穿著深紅色與灰色大衣的月子和我，在外人眼中一定像是蜜月旅行的恩愛夫妻。我這樣想像著，但走到杜維麗公園前的十字路口時，我突然有些不安。

在這樣空曠的地方行走，會不會被歹徒發現？說不定昨天帶月子回巴黎市區的歹徒，還在繼續跟蹤月子。但再細想，既然都已經放人爲何還要跟蹤呢？更何況大白天在巴黎市區，他們不至於如此明目張膽吧。
然而，我還是覺得疑惑，爲什麼月子突然說要坐旋轉木馬？像月子這樣已婚的女性，怎麼會想玩小孩子的遊戲？搞不好月子是和某人約在旋轉木馬附近見面，或者打算在那裡和歹徒會合，然後一起逃跑？
當我尋思之際，號誌燈已經從紅燈變成綠燈，路人開始穿越馬路，還沒回過神來的我還留在原地，月子卻沒有等我就邁開步伐了。她動作如此迅速，更讓我不安，便趕緊追上去喊道：
「我們不要去了。」
「爲什麼？……」
「我看還是不要去，比較好。」
我一再勸阻，月子還是一直往前走。我衝上前拉住她的手，在她的耳邊小聲問道：
「妳還好嗎？」
月子不回答，甩開我的手只顧往前走，我追了上去，來到公園入口的黑色鐵門前。這裡距離旋轉木馬不到一百公尺，我還是警覺地掃視四周，看看是否有形跡可疑的男子。來到旋轉木馬的售票處，我這才安下心來，對著售票員說「deux（兩張）」，同時伸出兩根手指。
售票處的青年愛理不理地遞出兩張票，我給他二十法郎，立刻回頭看看月子，她正對著坐在木馬上的小孩揮手，似乎沒有要逃跑的跡象。
我認爲月子準備在這裡和歹徒會合，果眞是我多疑？我再次機警地環顧周圍，就在這時旋轉木馬停了下來，換下一批乘客坐了。
大概是聖誕節前夕的白天比較冷清，公園裡人影寥落，旋轉木馬前將近十個人排隊。我們前面的五個孩子坐了上去，然後是一對情侶以及帶著墨鏡、身材高大的男子。我感到納悶，這成年男子爲何挑這時間單獨來坐旋轉木馬？就我小心的觀察，那男子不太注視我們，動作自然地坐上木馬，月子也自然地跨步向前，坐上一隻白馬，我一坐在月子正後方的茶褐色木馬，木馬便開始轉動起來。

昨天我已經在公園看過孩子們乘坐木馬的情形，坐上來才發現上下搖晃得非常厲害，一開動就飄浮起來，忽而跌陷的感覺，非常刺激。我忍不住「啊！」地大叫一聲，月子回過頭來對著我笑。

果眞是自己太多慮了？我略感安心地看著前方，這才發現月子深紅色的大衣底下的臀部在我面前忽起忽落。頓時，我陷入一種錯覺，彷彿看到一塊晶瑩剔透的胭脂色的美玉在面前晃動，與此同時，我又聯想月子在城堡中被男人從背後侵犯的姿勢。

爲什麼在這種地方我還會聯想到如此淫亂的事呢？我爲自己的想入非非感到愕然，很想大叫一聲。

「啊……」

當然，此刻坐在旋轉木馬上的任何人即使聽到這聲叫喊，也不可能知道我在想什麼。月子深紅色的大衣以及若隱若現的臀部，隨著節奏優美的音樂繼續在我眼前上下晃動。過了一會兒，木馬終於停下來，幾個孩子意猶未盡地跳下木馬。

我和月子也陸續下來，她邊撥攏紊亂的髮絲，一面問道：

「可不可以再坐一次？」

月子似乎坐上癮了。我則追視著那名戴墨鏡的男子。他下了木馬雙手一直插在大衣的口袋裡，甚是可疑。等他走到靠近公園的入口時，我才又幫月子買票。

結果，月子連續坐了三次，我只玩了兩次，接著就坐在長椅上。興致高昂的月子臉上帶著笑容，每次她轉過來，我就朝她揮手，她也快樂地揮手，此情此景讓我深切覺得月子能回到我的身邊，就是今年最好的聖誕節禮物。

的確也是如此，過去我和月子還不曾如此快樂過。雖然是夫妻，我們從未曾像這樣微笑地和對方揮手，彼此的眼神都充滿欣喜。

正如我期待似的，我們之間終於開始滋生愛苗，相信可以茁然成長。就在旋轉木馬停下的同時，我立刻趨前伸展雙臂把月子接下來。

下午，我們在房裡休息了一小時左右，然後依照預定行程三點離開旅館，坐上計程車。前往機場途中，巴黎市區的商店幾乎都關門沒有營業，路上也沒什麼車子。看著夕陽餘暉下的巴黎街道，我不禁想起紅色城堡的種種。

今天，那個面對盧瓦爾河的山丘上的城堡，同樣是暮色降臨和準備迎接聖誕夜到來吧？或許只有今晚那群惡棍才會按捺住悖德與淫亂之能事的勾當吧？不，那些人花招很多，或許今晚又要大玩聖誕夜化裝舞會吧？

我不禁好奇，月子離開後，誰會變成他們玩弄的犧牲品？就我看來，雖然我沒看見城堡內其他接受調教的女性，可是大廳及教堂的確有好幾個女子。即使她們都不在了，那些穿著露臂淫蕩禮服的女子，或許會變成他們玩弄的對象吧？

我尋思漫想之際，就想問月子在城堡內的事情。

「對了……」

「什麼事？」

話還沒開口就被頂了回來，我連忙搖頭否定，「沒事……」。

我和月子之間幾乎沒有任何交談，月子一味地觀賞著窗外風景。抵達機場時還不到四點，果然有勞工在機場大廳的一隅進行示威抗議，他們敲著空瓶，灑落了一地的紙屑，我辦好登機手續，走了進來，喧囂聲便消失了。

我們直接進入商務艙的候機室。由於還有一些時間，我邀月子去免稅商店逛逛，或許可以買點東西，月子則回答：「不用了！」只要我幫她拿一份日本的報紙。說得也是，離開日本已經八十幾天，難免會想讀日本的報紙或雜誌吧。

坐了一會兒，我和月子走到公共電話檯，打電話回她娘家。現在日本應該是半夜十二點左右，但電話鈴才響一聲，對方就傳來岳母的聲音。我告訴她，我和月子已到達機場，就要離開巴黎。岳母一向稱讚我做事仔細，我把這邊的狀況大致說明完畢，她非常高興地一再說：「你們真的就要回來了嗎？」、「謝謝……辛苦你了！」然後，我把聽筒轉給月子，她神情愉快地說：「沒問題啦！」、「我很好！」等等，一切都進行得相當順利。

但此時，我突然又心生不安，擔心這趟回國途中會不會又遭到變故？不會吧?!我告訴我自己，人都已經坐在候機室了，還不安全嗎？但我還是無法擺脫紅色城堡那些惡棍的陰影。當然，月子不可能知道我內心這些憂慮，她還是邊喝咖啡邊讀著報紙。

終於到了登機時刻，班機沒有延誤，我們準時上了飛機。我故意讓月子坐在靠窗座位，我坐靠走道這邊。月子相當好奇，機上竟有日本空姐，很高興地向對方要了毯子以及日文仕女雜誌等。坦白說，我是落座之後，心情才完全放鬆下來的，我告訴月子：「待會兒吃過餐，睡上一覺，醒來大概就到日本了。」月子點了點頭。

直到飛機起飛之後，我才真正地安下心來。飛機一邊盤旋一邊急速爬升，月子始終看著舷窗外。飛機進入穩定的飛行階段時，空姐來詢問要吃什麼餐點。我點了和餐，月子也希望吃日本料理，我們夫妻真有默契，感覺滿好。

空姐送來的飯菜非常豐富，有蟹肉和嫩雞的前菜以及油菜涼拌、滷白蘿蔔、蝦子及比目魚、干貝、蕎麥等食物，都是日式料理。更令我驚訝的是，這麼多的食物月子幾乎吃個精光，我點了啤酒，月子一開始就喝白葡萄酒，用餐結束時，她的眼眶已經泛紅。

空姐開始收拾餐盤，並送來飯後點心，接下來大部分的旅客一定會熄燈休息，如果月子也躺下睡覺，在抵達成田機場之前我們就沒時間促膝談話了。我覺得事先講明比較好，於是我要了一杯加水的威士忌，開始談起回日本之後的生活安排。

首先是過去每個禮拜來家裡打掃三次的歐巴桑，到這個月把她辭去，醫院的工作一如往常正常上班，但明年起每週撥出一天到老街的私人診所兼差。至於月子這陣子不在家的原因，就告訴公寓管理員以及親朋好友，說月子因爲留在法國學習室內設計才延遲回國的。

「關於這點，我們最好說法一致……」

我補充建議，隔了一會兒月子才回答：

「這樣就可以了嗎？」

「什麼這樣就可以？」

「我們要事先套好……」

我慌張地回頭一看，只見月子靜靜地喝著葡萄酒。

我一邊看著月子的側臉，一邊尋思這句話的意思。難道月子認爲我們還有事情必須先行套好嗎？

「妳覺得還有嗎？」

「我這邊倒是沒有……」

月子說話時一副若無其事的表情，眼睛直盯著前方的螢幕。螢幕上正顯示飛行路線與相關狀況，按照標示，班機似乎正沿著斯堪地那維亞半島向北飛行。
我和月子看了一會兒螢幕上的動態標示，決定再探問一次。
「妳說在楓丹白露的森林被架走之後，一直待在一處城堡，那座城堡在什麼地方？」
這個問題昨天已經問過，但月子沒有明確回答。
「如果妳知道的話，告訴我好嗎？」
「我就是不知道啊。」
月子回答得意興闌珊，我認爲現在不談，將永遠錯失機會，便緊追不捨地問。
「城堡中還有其他人吧？」
「這還用說？我不可能一個人在裡面生活的。」
「那麼，也有男人囉？」
不知道是因爲月子的心情比昨天好了許多或改變態度，這個問題她倒是回答得很乾脆。
「那些男人在一旁監視看守，妳很害怕吧？」
「不過，我相信很快就會被釋放……」
「他們這樣告訴妳的嗎？」
「你沒聽他們說嗎？」
月子這一反問，我驚慌地喝了口威士忌，等強烈的酒精通過食道，我才小聲地說道：
「沒有……」
月子所謂「還有其他必須先行套好」，會不會就是指這件事？難道她知道我曾前往紅色城堡？
她不可能知道的！我頓時心生不安，大口地喝著威士忌，重又繼續這個話題。
「他們沒對妳怎樣吧？」

「對我怎樣？你的意思是……？」
「例如加害妳什麼的。」
「如果有，我又能怎樣？」
「我當然希望沒有。幸好，妳的精神還不錯……」
「……不過，我已經不是原來的我了。」
我回頭一看，月子只是微笑著。我彷彿看了不該看的東西，只好繼續喝著威士忌，兩人持續一陣沉默，月子輕輕放倒座椅準備睡覺，見狀我慌張起來，趕緊又問：
「總之，那群綁架妳的傢伙，一定很兇惡吧？」
「剛開始是很恐怖，但習慣了，他們對我滿好的，很有紳士風度。」
這句話讓我有點忌妒，便反駁：「綁匪哪有什麼紳士風度的！」不料月子卻冷言以對。
「這你不懂啦。」
「什麼？我不懂？」
「不懂沒關係。」
月子一副話已說盡地把臉看向窗外，擺明不想繼續談這個話題，表情極為冷淡。
我真不該多此一問，眼下我很是後悔，此時，月子把酒杯遞給空姐，便蓋上毛毯閉上了眼睛，留下我一個人無奈地喝著威士忌，再次深切感到我們夫妻的關係不可能這麼簡單修復。
經過整整十二小時的飛行，飛機準時於下午一時五十分抵達成田機場。飛機降落在跑道上，頂著強烈的風壓減速時，我輕輕地握住月子的手。
倒也沒有什麼特別理由，畢竟漫長的旅途終告一段落。當然，這趟旅途對於我和月子而言，絕對不僅僅是十二小時而已，它同時也是我們分離七十五天的總結。這段空白的時間結束，將是我們全新生活的開始。所以，雖然只是小小的握手動作，我內心卻有無限的感嘆。遺憾的是，月子並沒有反握我的手。

好不容易闊別兩個半月回國的月子果眞沒有任何興奮之情？還是感受不出我握她手的意義？總之，我握住月子的手暫時感到安篤，卻也萌生不安。

說實在的，在十二個小時前，亦即從戴高樂機場登上飛機時，我原打算利用飛行的這段時間和月子傾心聊談一番。重點就是回到日本之後，我們要改善至今冰冷的夫妻關係，共同營造溫馨互諒的家庭生活，以此做爲基礎，用全新的心情再出發。當然，爲此我們必須充分溝通這兩個半月奇怪的「空白」。關於這點，就我單方面的希望而言，就當做月子確實遭到綁架、軟禁，但並沒有受到肉體和精神上的傷害。而且我已經做好心理準備，今後會全心全意地接納月子。當然，這其中隱藏著荒謬絕倫的欺瞞，但我們絕口不提這七十五天的事情，把它當作一場噩夢。若能溝通順利，我們就能像盡棄前嫌的夫妻手牽著手走下飛機，用燦爛的笑容迎接在機場等候的岳父岳母。

我原本希望飛行途中和月子達成這樣的默契，因此飛機起飛用完餐後月子開始喝葡萄酒時，就談起這個話題。然而，一直興不起談話氣氛，月子也不太願意談「空白期間」發生的事，這反倒使我不安，談話可說是毫無進展。所以我們的對話就此中斷，最後只能講「幾個小時後抵達?」、「我想妳爸媽會來接我們」等不著邊際的話題。

我不免擔心起來，我們這樣的狀態，待會兒抵達成田機場見了月子的父母親，我們的關係會不會被看出破綻?萬一月子和父母親見面後，聊談這兩個半月的事，無意間扯出這荒唐的醜事，引發岳父與岳母生氣，最後逼得我們離婚該怎麼辦?想到這裡，我便越發坐立難安，很難入睡。可是在我身旁的月子睡得很好，早餐也吃得很多，比前天在巴黎剛見面時，精神狀態似乎好得多。

我想和月子談這個問題，但隨著抵達時間的接近，旅客們已開始整理行李，吵雜聲不斷，看來已無法細談，只好作罷。

這時候機上傳來廣播說，東京地方氣溫攝氏五度、晴朗，比巴黎溫暖，不過風冷，最後則是感謝乘客搭乘等結束語。至此，我覺得這是最後的機會，打算開口問問月子，空姐正巧在這時候送回月子寄放的大衣，我說到喉嚨的話只好再吞了回去。

結果，月子被綁架七十五天期間發生的事情，就此蒙上面紗，我們穿上大衣站了起來，一副結婚不久的幸福模樣步下飛機走向入境大廳。

我只有一個小行李箱，在提領行李處取回行李之後，提在右手通過非課稅通關口走向機場大廳。

可以的話，我想先一步走在月子之前，希望前來迎接的岳父岳母一眼就看到我。不過，還是岳母先發現月子，她大叫一聲「阿月」，月子直覺地朝聲音的方向跑了過去，完全不在乎來往的人群，就在通道旁和岳母擁抱起來。

「太好了，太好了……」

個子嬌小的岳母頻頻喃喃自語，她踮高身子，貼著月子的臉頰廝磨。對此月子也泛著淚光，果然是母女情深。這時我才驚覺原來兩個月的分離，對她們母女是如此牽腸掛肚啊！和岳母擁抱之後，月子又和岳父抱了一下，岳父百般不捨地輕撫著歷劫歸來的女兒，月子則順應地直點著頭。

月子分別和父母親歡擁之後，岳母這才注意到我的存在，對我說了聲：「辛苦你了！」其實我並沒有做出特別困難的工作，月子平安返日前緊張擔心倒是真的。我簡單地回答：「沒有啦……」岳母與岳父左右簇擁著月子說：「車子已經在等我們了！」就走向停車場，我則拖著行李箱，跟在後面。

停車場在二樓，必須坐電梯上去，他們三人就在通道上高興地聊談著，岳父岳母不斷地對月子噓寒問暖，我一路聽著來到停車場，岳父專用的黑頭車已在一旁等著，司機一看到我們立即打開車門。

岳父準備低身入座，但似乎想到什麼，先讓月子和岳母坐進後座。車子很大，再坐一個人應該不成問題，岳父卻對我說：「你可以坐計程車來嗎？」我愣了一下，心想，如果要這樣，我就不必跟到停車場來了。不過，我也無法說不，因而沉默下來。岳父便說道：「那麼，我們在家裡等你囉。」於是逕自坐進前座，關上車門。岳母隔著窗子向我輕輕揮手，月子則連頭也沒回，車子便往前駛去，留下我孤愣地站在原地。

沒辦法，我只好拖著行李回到一樓的計程車招呼站，心情黯然。雖然依照規定，後座只能坐兩人，岳父或許也是想讓旅途勞頓的月子充分休息，但我可以坐在中間較難坐的位子，畢竟我和月子是夫妻啊！可是他們竟然把我排除在外，還叫我自己搭計程車，這是什麼道理？

我不由得感到氣憤，仔細想想，類似的狀況過去已出現過好幾次，感覺他們都把我當作外人，不過，今天的情況，問題出在月子身上。按理說，岳父指示我另外搭計程車時，月子應該站出來說「那我也坐計程車好了！」才對。

我一回國就被當成外人真教人不悅，我悻悻然地來到計程車招呼站，猶豫了一下，才坐上計程車。我之所以躊躇不決，是因爲從成田機場搭計程車到東京市區，恐怕得花上兩萬日幣，不過，既然是岳父的要求，也只好照做。上了車子，我又感到新的不安。

說不定先離開機場的他們一家人，已經在車上談起這七十五天的事情了？當然乘車之前他們不可能談那些事，但此後有一個小時的車程，岳父當然會問及，月子又將會如何回答？倘若我同車而坐，被問及還能套招，可是萬一月子把紅色城堡的事情和盤托出，事情就棘手了。不，事情應該不至如此吧！因爲旁邊還有司機，他們不會貿然提及此事，就算問及月子，她也不會說出來吧。想到這裡，我才略爲安下心來，看著窗外景物。

正如飛機內的廣播說的，天氣非常晴朗，就是風冷了些，也就是西高東低的冬季氣候的型態。車子前進的方向，亦即西邊天空的夕陽已快要下山。我不禁想起這次和月子重逢時，杜維麗公園旋轉木馬後方的夕陽也正西斜。

當時，穿著深紅色大衣的月子向我飛奔而來，緊緊抱著我。那瞬間我深信此後就要和月子展開新的人生，但坦白說，現在這個自信全消失了。豈止如此，我一想像月子在日本的情形，就更深怕恢復到以前的狀況，如何改善我們之間的隔閡成了我的課題，看著同樣是冬日的枯野景色，但與法國比較起來，日本的枯野多了一分寧靜與雜亂，我很清楚，接下來才是問題所在。

計程車抵達澀谷岳父的宅邸時，已經下午四點過後。我原本還天眞地以爲岳父會出來幫我代付計程車資，但到達時門口並沒有人迎接，我只好自掏腰包。我拖著行李箱走過黃楊木茂盛的庭院來到玄關，打開了門，裡面排有好多雙的鞋子，看樣子他們三人已經回來。我把行李箱擱在旁邊，女傭領著我去會客室，進去一看，岳母與月子相視而坐，老早以前就留在這裡的長捲毛狗蹲在旁邊。

我一走進去，岳母立刻說：「我們也才剛到家呢！」我沉默地坐在月子旁邊。這時候岳父手上拿著一瓶香檳，走了出來。他說：「總之，慶祝一下！」說著，他打開香檳分別幫月子、我以及岳母和他自己各倒了一杯，於是四個人都拿起杯子，大聲說：「聖誕節快樂！」沒錯，今天是聖誕節，而月子順利回到日本，就是送給岳父與岳母最好的聖誕禮物。他們非常高興，頻頻地與月子乾杯，有說有笑氣氛融洽。看來，他們在回家途中並沒有談及嚴肅的話題，一下子讓我安心不少。

「克彥，辛苦你了。」

岳母這句話才讓我有點融入這個家庭的感覺，我點頭回答：「嗯，沒有啦！」月子始終不發一語。

「一切平安，太好了。」

岳父高興地說道，又幫大家續倒香檳。女傭從廚房端出各種乳酪的拼盤，過了一會兒，門鈴響起，壽司店送來一大盤壽司。

岳母對著闊別兩個多月歸來的月子催促：「來，吃吧！」月子夾了幾個壽司放在小盤子上。其實今天早上月子在飛機上已吃過餐點，或許是平安回到日本，食慾大開吧。

岳母對我說：「克彥，你也吃吧！」我吃了幾個壽司，並要了一杯啤酒。接下來，岳母和月子高興地談到了月子的弟弟、以及岳母與月子都認識的朋友。過了一會兒，月子和岳母兩人手牽手走上樓梯去了。從她們剛才的談話內容聽來，大概是去至今仍保留的位在二樓的月子房間。過了二、三十分鐘，月子穿著一襲淺綠色的連身裙走了下來。這似乎是她未嫁之前的衣裳，她一出現，岳父高興地說：「妳突然年輕好幾歲啦！」月子的心情因而更輕鬆似地和岳父喝起日本清酒。

月子一向不勝酒力，今天或許是睽違三個月，而且又在自家吃喝，似乎有點醉意了。她換了衣服後，不到一個小時就說：「我睏了！」聞言，我說：「我們該回家休息了！」準備回去我們的寓所。不料月子突然表示：「我想在這裡過夜。」話音一落，岳母也贊聲說：「嗯，今晚就讓月子住這裡吧！」也沒等我同意，月子就起身走上二樓的房間。

月子就這樣撇下我，讓我有點不知所措。既然回到日本，按理說應該一起同睡才對，於是我走上二樓看看情況，月子已經躺在床上了。

「妳今晚眞的要住這裡嗎？」

「你不是要上班嗎？」

的確，我明天必須到醫院上班，無法陪她在娘家過夜，但想到又是獨自過夜，心裡很不是滋味。

「我們回去吧。」

我這樣說著，月子卻沒反應，直閉著眼睛說：「我不要嘛！」她的語氣如此堅決，眼看苦求無效，我只好走出房間，途中順便上了廁所。回到會客室時，岳母問我：「怎麼啦？」我告訴她月子已經上床休息，岳母便說：「今天大概也累了，就讓她安靜睡覺吧！」連岳母都這麼說了，我只好說：「請您多費心了！」準備起身回家。

「壽司還剩很多呢……」

岳母語帶遺憾地說，但月子已經睡了，我一個人沒有什麼胃口。我直接走去玄關，此時岳父從別的房間走進會客室問道：「你要回去了啊？」

「嗯，明天要上班。」

我原本打算抱怨一下一回國隔天卻必須上班是多麼勞累，但岳父並沒有慰問，只是默默地點頭說：「那就坐我的車子回去吧！」

「喔，不用了。」

我也難得斷然地加以拒絕，說了聲「我失陪了！」就走出大門了。

驀然，一陣夜晚的寒意襲來，我後悔應該接受岳父好意的，走到馬路上，立刻來了計程車，坐上車直接回到世田谷的寓所。

我打開門走進房間，依舊是三天前前往巴黎時的擺設。房間很冷，和月子在家時一樣冷清。我先打開暖氣，然後一邊整理這幾天沒看的報紙，一邊想著心事。

好不容易回到日本，妻子卻在娘家過夜，讓做丈夫的落寞回家，怎麼看都不是正常的家庭。我重又對月子的任性和自己的軟弱感到憤怒，不過，我一想到月子在紅色城堡待了漫長的兩個半月，岳父岳母與愛女重逢的心情，覺得這也是人之常情。

總之，我決定不計較今天的事，心念一轉，在浴室泡了個澡，走出浴室一看，還不到八點。現在巴黎應該是中午十二點。也就是說，離開巴黎將近一晝夜了。我竟興奮莫名地無法成眠。

我該做什麼呢？猶豫之際，我打開電視，是一些老面孔的爛戲碼，沒什麼可看的，便從冰箱拿出啤酒喝了起來，很自然地，我又坐到電腦桌前了。

既然月子已經回來，城堡那邊當然不會再傳送新的影像來。但即使如此，我還是忍不住想起之前每晚等待觀看影像，一邊想像著月子被淫虐的情景，那是我最充實與幸福的時光。

「算了，反正月子都已經回來了……」

我又嘟囔了一句，彷彿自我滿足似地說著。於是獨枕孤眠。

三天之後，月子才回到我們位於世田谷的寓所。

第一天因爲旅途勞累，我也不敢多所勉強，可是隔天岳母打電話來說：「月子看起來還很累，可不可以讓她再住一晚？」既然岳母如此提議，我也不便反對不料再隔天岳母又說：「她心情還沒調適過來，回去恐怕也沒辦法做家事。」我於是請岳母把電話轉給月子。

再怎麼說，做家事沒那麼困難，頂多是打掃四房一廳的公寓，早餐我們只吃麵包、喝咖啡，晚餐不必做什麼特別費工的料理，而且我一個星期有一半時間忙著工作，很少在家裡吃飯。一個禮拜至多做二、三次家事而已，爲什麼月子不能早點回來呢？

月子出來接電話之後，我一吐爲快地說：

「是不是該回來了？」

我一再要求自己必須冷靜，但月子還是察覺我在生氣，始終默不吭聲，這下子我更生氣了。我一說：「這幾天我都是自己煮飯呢！」月子只冷冷地回答：「那就來住這裡嘛！」

「開玩笑，我們自己有家，爲什麼非去那裡不可？」

我對月子這三天來住在娘家，不曾抱怨，但眼下這樣無理的要求，可就忍不住了。
「好不容易回來，幹麼搞成這樣？這不就等於分居了嗎？」
我一口氣把話說完，等待月子的回答，電話另一端卻「我沒有這個意思」的辯解，接著說道：
「我只是害怕和你在一起。」
「害怕？」
「嗯，我擔心，又發生之前那種事情……」
「之前那種事情？……」
「就是突然遇襲，然後被綁架了……」
這到底是什麼意思？月子說回到家裡會擔心遭到歹徒襲擊，這話不就等於說，我和那群歹徒是同一夥人？剎那間，我覺得臉上的肌肉繃緊，於是換了一下持筒的手勢，說道：
「我爲什麼會讓妳害怕？……」
「我也不知道，因爲上次和你在一起，才會被……」
月子究竟是話中有話？或者只是孤寂無助的藉口而已？
「別胡說了，這裡可是日本！」
「可是，我還是沒辦法擺脫那個噩夢啊。」
的確，整個事件一定是帶給月子極大的恐懼，話說回來，倘若月子認爲被綁架是噩夢一場，還情有可原，但被質疑自己的丈夫與歹徒同夥，我就不能忍受了。
「不要再想這件事了。」
這幾天來，月子的行爲雖然有失妻子的職責，但若眞的是因爲被抓去城堡導致的，我就不便說什麼了。

「這種事情不可能再發生的嘛，妳趕快回來吧。」

我的語氣和緩不少，現在毋寧說是謙恭懇求。

「不管如何，妳就回家嘛。」

大概是我的哀兵之計奏效，隔天中午過後，月子便回到世田谷的寓所。她一進家門，旋即打電話到醫院給我。

「家裡很乾淨嘛。」

「嗯，前幾天請人來打掃的。」

「電腦改放在桌上了……」

電腦以前的確放在書桌旁的小櫃子上，但這陣子爲了要觀看紅色城堡傳來的影像，只好改放在書桌上。

「這樣比較方便使用……」

我雖然這樣回答，其實有一種被月子看穿祕密的不安，當然，按理說月子不可能看到這些影像的。

「桌上可以不用整理。」

「你今天幾點回來？」

已經是歲末的十二月二十八日，但今天我還是正常上班，而且有些住院患者過年期間想回家，得幫他們辦理手續，所以可能會遲些回家。這樣一答，月子則說：「那就早點回來。」月子果眞害怕一個人待在家裡嗎？總之，我得知備受依賴，心情快活不少，我說了「我盡量八點之前到家」，便掛掉電話。

這天從下午到傍晚，終於忙完患者的出院手續，一一在病歷表上寫下休假期間的各種指示。我依約於八點之前回到家裡，進門發現月子正在客廳看電視，還說沒做晚餐。

月子說：「我嫌出去買菜麻煩……」於是我提議到附近開幕不久的義大利餐廳吃飯，月子卻說：「我不太想出去。」無奈之餘，我只好依照月子的意思，打電話訂了鰻魚便當。

月子以前經常外出吃飯，爲什麼突然變得懶得出門了？我疑惑地問其原因，得到的答案是「我不喜歡遇到熟人」。

然而，在住家附近活動難免遇見熟識的人。一旦不喜歡外出，就只能整天關在家裡了。事實上，月子今天也眞的沒出門。

「既然回來了，當然會碰到親朋好友嘛。」

我看著任憑安慰仍不吭一聲的月子，暗自認爲，難道是因爲被關在遠離人煙的紅色城堡兩個半月，才變成這樣的？也就是說，每天有人服侍，就變得懶得外出了嗎？

同時，我又認爲現在已經恢復自由，月子應該更想到外面走一走才對。所以她不想出門，難道是害怕與人接觸？

「回來的時候，碰到管理員了吧？」

「有啊。他東問西問的，我就趕快跑了。」

依照月子的語氣，她不喜歡遇見熟人，或許是擔心被對方看出自己的改變吧。

「不必急，漸漸就會習慣的。」

說不定這是長期被關在城堡產生的後遺症，才造成月子如此恐慌。如果是這樣，某種程度上我應當包容月子的任性，好好地照顧她。

月子大概不知道我此刻的心情，她似乎沒有食慾，才吃了一半就說要幫我泡茶。我和月子對坐著喝茶，心想我們夫妻已經很久沒有如此共度悠閒的時光，我不禁又想所謂幸福的婚姻，應該就是這種日常生活的點滴。
不過，我這樣尋思的同時，壓抑的不安又突然甦醒，忍不住問道：
「妳爸媽知道妳被綁架到城堡這件事了？」
這個問題立刻讓月子愣了一下，半晌才慢吞吞地回答：
「大致都講了。」
「然後呢……」
我很想知道他們之間談了些什麼，但月子岔開話題似地說：
「他們說人平安回來就好了。」
的確，當父母的最關注的還是月子能夠平安歸來。
「妳的意思是說，不想向對方提出告訴了？」
「爲什麼要告？」
「大家都很擔心妳的下落，而且，妳爸爸也付了一大筆錢。」
「那也是沒辦法的事啊。」
這句「沒辦法的事」意味如何？難道她考慮過自己在城堡中實際的生活需要那樣的費用？或者意味著不要擅自接近他們？我不解地問道，只見月子雙手攏著頭髮，乾脆地說道：
「我們不要再談這個了。」
可以的話，我也不想談下去。事實上月子更不想講，而岳父與岳母因月子沒有受到特別傷害，所以也不予追究。要說有問題的話，就是月子懷疑我和歹徒有瓜葛而已，所幸從目前的情況來看，月子還沒質疑到此。既然這樣，我何必自找麻煩，一直談這個話題？
於是我換了個話題，告訴月子明天工作結束，後天開始放年假，有興趣的話，可以找個地方泡泡溫泉。不過，月子說這個年假想留在東京不想遠行，接著又說她想養小寵物什麼的，比如養一隻不太黏飼主、能獨立自主的貓。她提到「不太黏飼主、獨立自主的貓」時，我直覺是在影射我，不過，她說話時神情開朗，應該沒有這個意思。但問題的重點是，目前居住的公寓並不允許養寵物，如果一定要養，就得考慮搬家，我懶得聽月子這樣叨絮下去，便一句「這事以後再說吧！」就此打住話題。

我這樣中斷了話題，月子既無悻然之色也談不上高興，晚上十一點左右，她說：「我想休息了。」就走進自己的房間去了。

持續這樣下去，我們等於回到以前分房而睡的狀況。我不希望弄到這種地步，於是趕緊喊住月子：

「月子，等一下！」

睽違了兩個月半才回到日本，又等了三天，好不容易夫妻相處，卻要分房而睡，這未免太過分了嗎？我叫喚道，只見月子站在房門口回過頭說：

「什麼事？……」

「今晚，可以吧？」

我這樣暗示，加上我眞誠的眼神，月子應該了解我的意思才對。

可是月子乾脆回答說：「今天，那個來了……」

我這時才知道月子正值生理期，但仍不死心追問：「不行嗎？」月子則點點頭，「嗯，我得睡了。」說完就走了進去。

我直覺想起身追上去，但又怕過度勉強反而適得其反，重又坐回沙發上。

在這緊要關頭，月子果眞正值生理期嗎？或者只是找藉口拒絕我？仔細想來，今天又被月子巧妙地逃脫了。無奈的我，只好落寞地喝著白蘭地。

坦白講，今晚我原本就打算和月子親熱，不管月子怎麼推託，這是我身為丈夫應有的權利，即使有點強求也要上場。想不到期待竟然落空，使得我股間的陰莖威風直挺，卻頓失用武之地。

心想，該如何澆滅這股慾火時，我不禁又想起紅色城堡傳來的影像。

我拿著白蘭地酒杯走進自己的房間，回想之前每天在此觀看城堡傳來的影像：月子的四肢遭到綑綁，幾個男子從後面侵犯她。他們每次挺舉起陰莖，月子都痛苦似地搖頭掙扎。想像這些情景之際，我的右手很自然地就會伸向股間。

既然月子不願與我同房，我只能這樣做了。我自圓其說似地低語著，一面伸手握住硬挺的男根，但突然覺得我眼下這個行為不太正常。

確實，這麼狹小的公寓，結婚才兩年的妻子在自己的房間睡覺，丈夫卻在隔壁房間想像著妻子被其他男人凌辱的場面，並藉以自慰！這樣的夫妻關係絕不能說是正常的。不，不能說它是正常，毋寧說是異常、荒謬與變態。此刻，我甚至產生正在侵犯月子就範的錯覺，一邊全身微顫，一邊射了精。

結果，今年整個年假，我們在家共度的時間只有兩天。

月子好不容易於二十八日回到世田谷的寓所，但三十號她又說要回娘家。依照往例，三十一日她習慣和岳父岳母一起吃年夜飯，只是今年提早一天回去。不過，大年初一我得回老家三天，這樣一來，夫妻倆又分隔兩地了。按理說，月子應該跟我一起回去的，但結婚之初她就表示不喜歡我的鄉下老家，所以每次過年我都一個人回去。因此，兩年來我們幾乎不曾共度新年假期，當然也就沒有做愛，匆匆過了三天。而年底月子說她正值生理期，或許強行求歡是勉強了些。

幸虧開春後月子順利回來。我這幾天雖然心情不佳，性慾難舒地過了三天，但大年初五月子終於回到世田谷的家裡，又恢復只有兩人生活的日子。

月子回家的第一天，一如往常，一到晚上就躲在自己的房間，我則因爲和同事喝春酒有點醉意，也就沒有敲門求歡。

但隔天工作不忙，我七點就回到家，難得吃了一頓月子親手做的義大利麵與沙拉，還喝了瓶啤酒。休息一會兒，我坐上電腦桌，開始搜尋國外的論文，突然又想到紅色城堡那些影像，正變亢奮之際走進客廳，月子坐在沙發上閱讀室內設計的書籍。我探身瞧了一下，月子指著其中一件具有洛可可風格的衣櫥說：「我想買這個！」就逕自走向浴室了。

月子睡覺之前習慣沐浴，顯然是她想回房休息了。

早在今天起床時，我就下定決心，晚上不管月子如何推拒，一定要和她親熱一番。所以事先服下了前輩送我的壯陽藥劑，繼而回想紅色城堡傳送來的畫面時，底下的男根就硬挺起來。我一邊檢視自己的傢伙，一邊看著新聞報導。月子換上白色的睡衣從浴室走了出來，從我的面前經過走去廚房，好像是想喝水。之後，習慣性地說了聲：「晚安！」就走進自己的房間。

我對背著的月子先說了聲：「晚安！」接著盡量語帶開朗地說：「今晚可以吧？」月子理應聽到我的暗示，可是她沒有任何反應就往房間走去。

事到如今，月子還執迷不悟的話，我只好霸王硬上弓了。於是我像準備發動叛亂情緒高昂的少壯軍官，放輕腳步來到月子的房門前。

隔著房門，聽得到裡頭輕柔的音樂，但我不知道曲名。側耳傾聽了二、三分鐘，我咚咚地敲了兩次門。

然而，月子都沒反應，我又敲了兩下，隨即傳來冷淡的聲音：「什麼事？」

「妳開門，我想要……」

丈夫向妻子求歡，竟得如此卑屈！我一面抱怨、一面呆立門外等待答覆，月子卻反問一句：

「爲什麼？」

這種事情還要問理由嗎？我現在就是想要月子的肉體！身爲妻子的人就應該立刻打開房門。我又用力敲了兩下，月子大概是受不了我的侵擾，終於打開門來。

倏然，我像雪崩那樣地衝進房裡，緊緊抱住穿著睡衣的月子。

「你幹嘛啦？……」

這還用說嗎？三更半夜老公衝進太太的房裡，一定是做那檔事。事實上，我連保險套都已經套好了。

就這樣，我直接把月子推倒在床，撥開她的睡衣。

「不要……」

月子面對突如其來的暴力似乎相當驚慌，但我氣息急促地坦言：

「我想要啊！」

去年歲末的二十三日，在巴黎和月子見面以來，已經快要半個月，這期間月子總是以各種理由不讓我靠近，但我忍不住了，現在就把月子壓在下面。

我決定，即使月子如何叫喊抗拒也不鬆手。而且這是我家裡，就算她大聲求救也只有我一人聽得到，於是我由丈夫的角色變成一頭凌辱月子的雄獸。

但仔細一看，只有我徒自亢奮，睡衣被強行敞開，露出胸部的月子則靜靜地閉著眼睛。

突然，我氣勢頓減，但堅稱：「我想要！」月子則回答：「好吧！」

這個回答讓我嚇了一跳，然後，月子伸手按了牆上的大燈開關，只剩下床頭小燈，並自行脫掉睡衣與內褲，全裸地暴露在我面前。

這個過程我全部看在眼裡，而剛才流洩的音樂突然清晰起來，剎那間，我想起來，那是月子在紅色城堡中全裸被愛撫時播放的曲子。

這確實是巴哈的〈前奏曲與賦格曲〉，但為什麼月子的房間會播放這曲子呢？正當我這樣尋思之際，月子伸出雙手地說道：

「好啊。可以……」

這到底是怎麼回事？理應全力反抗，月子為什麼反倒主動接受我？而且她甚至將我朝思暮想如月光般的肌膚、陰毛都敞開在我的面前。

我告訴自己，現在絕對不可退縮。但不知為什麼，我突然覺得全身僵硬、無法動彈，不禁害怕起來，自己的男性雄風會不會因此萎縮？於是在「事不宜遲」的潛意識之下，我全身用力壓住月子。

一開始有點焦急和手忙腳亂，但我很快地就進入月子的身體裡面，瞬間感到無比舒爽與溫柔，在肌膚貼合的快感中，我猶如門外漢般不太熟練地扭動腰身。

不知道這個動作持續多久，但正當我終於碰到月子最神祕的陰戶暗自歡喜，來不及充分欣賞她柔滑的肌膚、豐滿的雙峰、稀疏的陰毛時，我這才發覺已經洩精了。

從我剛才氣喘吁吁最後卻力不從心的情況來看，我也為之愕然，或許是求歡之前太過緊張，反倒適得其反，正當我為此自責，月子開口了：

「結束了嗎……」

我沒有回答，只是輕輕點頭。就在這時候，月子要求我「下來」似地扭動身體，我便慌張地抽身離開。只見月子無言地穿上剛才脫下的睡衣，走出房間。

月子直接走到浴室沖洗著，她一定是要滌去我的味道。

我這樣想像著，慢悠悠地穿起短褲，這時候賦格曲的旋律爲之昂揚起來，與此同時，我再度陷入置身紅色城堡的錯覺。

不可能吧？我竟然像那群惡棍，在我家、月子的房間裡，著實侵犯了月子。但不可思議的是，我艱辛達成心願征服了月子，卻沒有「侵犯」的滿足感，反而覺得自己犯下無可挽回的大錯。

這樣做對嗎？事情不應該這樣的。我朝思暮想、渴望已久的東西不會如此輕易獲得，陪伴著消瘦得不成樣子的自己，在房間的一隅垂頭嘆氣。

末章

坦白說，我無法相信自己的身體或肉體。不，確切地說，我不相信做為身體的一部分、證明我是男人最重要的部位——陰莖。

當然，我不會單純地認爲全部的軀體都能依照自己的意志自由驅使；比方說四肢雖然是我身體的一部分，但遇到疲累或氣力衰弱時動作就會變得遲鈍，這種情況隨著年紀的增長更形嚴重，也是可以理解的。不過，即使出現體力衰弱，基本上它仍不會違逆我的意志，就算疲憊至極，只要心有所願，四肢還是會遵循我的旨意盡可能活動的。

然而，只有重要的陰莖豈止是不聽從我的使喚，有時甚至逆向而爲出乎意料之外，把我搞得焦頭爛額或沮喪不堪，當遇上至關重要的時刻，譬如說，終於得以如願和睽違三個月由城堡返回的月子交合之際，我的陰莖不但沒有聽命行事，居然還比以前軟小，好不容易鼓舞起來才伸入洞窟之時，居然就射精了，等我察覺時，我股間的傢伙已經萎靡垂下像一塊破抹布了。

這個背叛者到底是怎麼回事？竟然讓我如此難堪、失望，它稱得上是我身體的一部分嗎？

人體之中，分爲可依意志控制的器官和無法依意志控制的器官兩種，我做爲一名醫生當然非常了解這個道理。醫學上稱這個現象爲「隨意」或「不隨意」，好比吃東西、抓擲等動作都是「隨意」性的，而相對的食物消化、排泄、遇熱發汗、受寒時血管收縮的生理反應則屬於無法依意志控制「不隨意」的類別。

如此一來，陰莖屬於哪個類別呢？老實說，我簡單地把它歸入「隨意」的類別。比方說，我想小便即可小便，想憋尿時雖然時間短暫，但仍可憋得住。我認爲陰莖另一個重要的功能亦即「勃起」這個行爲，是可以隨著我的想法「隨意」收放的。

然而，正如我「簡單」的告白一樣，我對它的理解終究是表面和概念性的。的確，男人們幾乎都認爲陰莖的勃起是能隨著自己的意志操縱的。在現實中，當一個男人強烈想要某位女性或慾火中燒想上床做愛的時候，陰莖一定會聽從這個指示堅硬地勃起。

但只要設想男人與女人接觸的瞬間，就知道事情不是這麼簡單明快的了。接下來要說的相信因爲個案的不同而會有個別的差異，雖不能泛指所有的男人皆是如此，但可以和思慕已久的女性進入做愛的階段，並非所有男人都一定能勃起。不僅如此，有時因爲極度興奮或過度緊張，反而陷入萎軟或不舉的窘境。相對的，有時只是看見不怎麼喜愛的女人、某張美女裸體照就能輕易地「勃起」。這從女性的觀點來看，也許太過隨便或毫無節操可言，但這看似「隨意」又「非隨意」的反應也是男人最感困惑或苦惱的事情。

造物主爲什麼要把男人的陰莖製造得如此複雜與難以理解呢？在性交這個行爲中，女性只需提供陰道即可，當然這時候還有一個重要的前提——她是否喜歡這個做愛的對象；但男人在性交之前，就一定必須先勃起，否則永遠無法與女性交合。也許可以用「一段式火箭」這個奇妙的譬喻說明狀況；相對於女性只需接受男根就算成立的火箭，男人做愛時就必須加上「勃起」這個必要過程，變成「兩段式火箭」，後者正因爲多了一道過程而顯得複雜，它可以說具有容易故障和受損的特性。

不過，這樣一來，一定會讓所有女性對男人那威猛的東西竟是如此脆弱感到納悶，由於大多數的女性只看得到陰莖勃起的那一瞬間，因而產生誤解，如果她知道陰莖前後伸縮的猶豫過程，應該就可以重新發現男人在這方面的弱點。

其實，我曾在與月子交合時出現過這種切膚之痛，那一次我好不容易如願以償、極度興奮、全身燥熱地躺在床上，我的寶貝也逐漸地脹大起來，卻不夠硬實，嚴格說來就是無法完全勃起。

該如何界定這種狀態呢？這時候我想起學生時代和朋友去看脫衣舞表演的事。一個脫衣舞孃在突出觀眾席的狹長伸展臺上，對著臨近的看倌邊搔首弄姿邊暴露私處，還挑逗地說著：「想跟我做愛的男士請上來。」這時候有個年約二十歲留著褐色頭髮的男子，他大概有些醉意，自告奮勇舉手喊著：「讓我上吧！」脫衣女郎稱讚他「好膽量」，他一登上舞臺旋即被摺下褲子和內褲，男根一下子就被她握在手中了。

出人意外的是，他的肉棍居然臨陣退縮，遭到脫衣舞女孃當場以「你的小弟弟比你的聲音沒勁啊」嘲笑。他舉手的時候陰莖還勃起著，但在登上眾目睽睽的舞臺，硬是被脫光下半身之際便金槍不振了，他的陰莖完全無法聽從指揮。更有趣的是，脫衣女孃見他一臉尷尬，即說了聲：「來，我幫你入芯。」便朝他的陰莖開始搓摸起來。我感興趣的是「入芯」這句話。的確，陰莖逐漸脹大卻硬而不堅的狀況，如同沒有入芯一般，正如我和月子交合之前的狀態一樣，由此看來陰莖顯然並不依照主人的指示工作。雖說陰莖不聽從指令或背叛自己的意志非常簡單，可是仔細一想，這看似違背的反應，倒可說是印證了那名留著褐色頭髮的男子和我眞正的心情。當我試著向月子求歡時，不同於陷入熱戀時的感受，而是擔心著自己的陰莖能否順利插入月子的洞穴，或能否滿足她的需求。令人驚訝的是，只是稍許的不安，陰莖便頓然萎靡，它也許是因爲害怕進舉失敗才急速萎縮的。

思索至此，與其說陰莖的表現不如己意，不如說它倒是克盡職責，因爲主人的腦袋中明顯地有兩種想法：一方面是想尋求切實的肉體關係、一方面又擔心是否舉兵順利；收到這兩種訊息的陰莖是先行勃起，再很快地萎軟至上述提及的——雖然逐漸脹大卻末「入芯」的狀態，可見它頗受主人心情的影響，是極具精神性的。

坦白說，這種半軟不硬的狀態要插入女性的密道，並積極地進行性行爲是困難的。因此我用自己的手鼓舞陰莖，褐色頭髮的男子則借脫衣女孃之手，才勉強恢復勃起的狀態，最後得以成功地插入嚮往的祕密花園。如此一來，理想的性關係便告成立，男女理應可以盡情擁抱、享受性的快慰。但話說回來，並非凡事都能心想事成。

當然，男女在進行性行爲時都有各自的對象，雖說一方滿足了，但並不表示另一方也得到滿足。

不僅如此，有時候另一方還會因爲沒有獲得滿足感而由失落轉爲厭惡。毋庸置疑，從性交之初、達到高潮、結束這一連串動作的過程是否順暢，男女是否得到充分的快樂，日後將帶給兩人關係重大的影響。

這次我和月子的情形來看，不能說是順利的。現今回想起來，在未和月子交合之前，我因爲霎時未能完全勃起而有點慌張，但後來總算重振士氣，讓月子接受我的「探求」，到此理應沒有重大疏失且進展順利。不過，問題就出在那之後，當我得以插入渴望已久的月子的桃花源而欣喜若狂之際，卻演出早洩的窩囊劇。接下來是我的猜想，由於結局實在太掃興，月子豈止沒有獲得滿足，似乎連一點快感的享受也沒有，這從我洩精完月子不悅的表情，和在那之後嘀咕了一句「已經結束了啊……」的情形可以得知。

然而，就我的情形來說，因爲我如願以償獲准插入，也在保險套裡射了精，的確算是滿足了。如果要求更高的話，我當然希望和月子一起興奮、一同得到高潮，不過，幾乎沒有這種氣氛也是事實。所以說，我在肉體上算是滿足了，可是月子不但沒有得到滿足，反而還帶著某種失落感離開了床鋪。

儘管如此，我還是抱著一絲期待。做愛的最後階段的確是令人掃興的，但月子難道不會對我衍生依戀之情，藉此機會恢復夫妻般的親密嗎？

可是我的想法總是過於樂觀，從浴室折回的月子語氣冰冷地對著意猶未盡躺在床上的我撂下一句話：

「回你的房間去……」

很早以前我們就分房而睡，所以性關係也於此中斷，唯獨今晚是我強行進入的，正因爲那樣，既然做愛結束，或許月子要求我離開房間是理所當然的。可是我慢騰騰地起身，一邊穿著褲子，一邊又害怕會回到往昔冰冷的狀態，於是出言試探。

「我們不要分房睡覺好嗎？」

我穿著褲子，自語似地嘟囔著，月子卻雙手環胸凝視著我的動作，她的表情與其說是看著心愛的丈夫，不如說是打量著陌生人般的冷漠，但我仍不氣餒。

「我們是夫妻啊。」

霎時，月子緩緩地搖頭，用雖小但語意明確的聲音說：

「我不喜歡。」

她的冷淡讓我感到慌張，尋思著身爲丈夫的我該如何回答，卻一時找不到恰當的語言，待我一落寞地走出房間，房內似乎等著這一刻似地把門關上了。

這天晚上，一連串的過程以失敗告終是不用懷疑的。從我進入月子的房間到和她交合之前其實已經敗象顯露，卻又在最重要的時刻出現致命性的失誤。男女交歡正是一種戰爭，事情的開始固然非常重要，但只要最後的表現完美，就可說是男人的勝利，一旦因最後的性交慘敗，就很難擄獲女人的芳心。

現在，具體地究其原因，我也知道是因爲太早射精，亦即所謂的早洩導致的。坦承地說，我不認爲自己有這方面的缺陷。這是我和朋友聊天及從風塵女郎那裡聽來的，雖說她們向來不會出言傷害尋芳客的自尊，但撇開這些偏袒的看法，我似乎沒有病態的早洩問題。當然，我也認爲自己和月子交媾時太早射精，不過，那是太久沒有做愛興奮過度導致的結果。進一步說，我一邊和月子做愛，腦海中卻隱約浮現紅色城堡的種種畫面，一種不可輸給那群惡棍必須讓月子得到滿足的焦慮反而起了負面作用。

總之，下次若有機會與月子做愛，我會一開始力求穩重，捨棄無謂的逞強心態，只要順其自然，或多或少應該可以帶給月子滿足感。總歸一句，男人應該習慣性交，只要和月子多做愛幾次，有了從容和自信，我的表現應該不會太差。

思考至此，最擔憂的還是月子對我的態度。結束性交之後，月子的確一臉不悅，那是因爲我太早射精所致嗎？世界上有那麼多夫妻，在性方面得不到滿足的一定爲數不少。事實上，在我的朋友中，結婚之後還好，婚後四、五年，尤其有了小孩之後，有人甚至宣稱自己得了性冷感，即使情況不至那麼糟糕，疏忽性生活的夫妻也是出奇得多，光從這點來看，我和月子似乎沒有特別異常。

但需要處理的是性交以外的事，即使我的夫妻朋友自稱性冷感，也並不因此表示他們彼此間感情不睦。就算沒有做愛，有的夫妻還是可以彼此信賴，心心相愛尊重各自的立場。

不過，我和月子之間那種感情的基礎太脆弱了。外表看來我們是一對登對的夫妻，實則我們從未促膝長談、嬉鬧或談笑，縱使偶爾交談，內容不外乎明天幾點出門啦，下星期要回娘家等公事，現在的情況自不待言，我們從未討論過未來。事實上，半年前我無意說了聲「我是不是該開業執醫了」，她只回一句「想做就去做吧」，接著我又探詢「我們生個小孩怎麼樣？」，她冷淡地說「我還不想要」，就讓我的話接不下去。

由此看來，我不得不認爲月子打從心底討厭我，她之所以態度冷漠就是因爲無法愛我。既然如此，至少要在性方面讓她得到滿足，難道我不能用肉體吸引她嗎？這就是我特別在乎性交這檔事的理由；我最大的夢想就是透過肉體讓月子屈服與順從。

說實在的，無論在精神或肉體方面我都無法滿足月子，相對的，從月子的角度來說，她也無法在精神或肉體愛上我。

至於做出決斷的話，說不定我應該和月子分手了，而月子或許也這樣認爲。坦白說，此刻我並沒有與她分手的念頭，因爲冷若冰霜的月子既讓我憎惡也讓我狂愛不已，現在分手的話，等於承認吃了敗仗。我從中學、高中到大學未曾遭遇過任何挫折，要是這樣背上失敗者的汙名，未免太難堪了。我絕不容許我的經歷受到傷害。這麼說或許有些自鳴得意，可是直到現在，我仍不認爲月子在精神或肉體上是不可馴服的。

自紅色城堡回來之後，月子接受我的求愛就是最強而有力的證明！更令我難以想像的是，向來不願讓我碰觸身體的月子，甚至允許我的陰莖插入她的體內射精。光是這件事，就覺得把月子送進紅色城堡是値得的，而我們也由此踏出第一步了。第一次難免生澀，但只要二次、三次反覆交合的話，冷淡的月子肯定也會感受到，進而慢慢地對我產生愛意。

或許會有人說我過於天眞，可我仍不放棄，期待我們恢復夫妻應有的關係。

然而，後來的過程很難說是朝我期待的方向發展。

首先，就我和月子的性關係而言，再次和月子交合是距第一次約有一個月後的二月初。這間隔是否太長其實還算得過去，以一般夫妻來看這種程度或許少了些，但對我來說顯然是太少了。因爲我每天都在向月子求歡，目的就是找回結婚以來失去的時光，而且我相信唯獨做愛才擁有開拓我們嶄新未來的力量！

不過，月子並沒有輕易接受我的要求。

大概是初次交合失敗的關係，月子以疲倦或身體不適等理由拒絕與我做愛，但一個月後，我們好不容易才有了第二次的交歡。這是難得的機會，可是這次我仍沒滿足月子的需求就功敗垂成了。不用說，我比上次的表現沉穩得多，舉根插入之前，先撫摸月子的乳房，做了稍許的愛撫，交合之後也盡其配合地努力衝刺。不過，月子幾乎沒有任何反應，她的冷漠導致我焦躁得胡亂抽動，弄得最後草草射精了事。我不知道月子對這件事有何看法，但比起第一次的表現我應該有所進步才對，我以此安慰自己。

或許是這次努力有了成效，半個月後月子第三次接受我的求歡。不過，這次是出於我的強求，她始終態度冷淡，讓我猶如抱住一具人偶般索然無味，一下子便射精了。這次又是貌合神離只完成做愛的動作，接著便各自回房去了。

我和月子第四次做愛也是經由我頻頻懇求睽違一個月才得以實現的，這次月子的反應依舊冷漠，爲了點燃月子的情慾我做出各種努力。表面看去，這像是男人在玩弄女人，其實是男人在服侍女人，但乍看一下，仰著臉的月子好像正打量著我，她那猶如在觀看一隻奇特動物的眼神，讓我的陰莖頓時萎軟下來，那天晚上第一次沒射精就草草結束了。

在這兩個半月，我不敢說四次交歡都讓月子得到了滿足。可是第四次交合的時候，我已經熟悉月子的觸感，二人一同去她娘家時，行人回頭看著模特兒般的月子，對我這個做丈夫的投以羨慕的目光，著實使我感到滿足。

可是進入四月之後，月子的戒心越加強烈，弄得我焦急不已；但在四月末，月子偶然出席朋友的聚會之後，難得喝得大醉回家，我趁此良機強行求歡，她並沒多加推拒便接受我了。奇妙的是，當我覺得酒醉的月子沒有在打量我時，毋寧說我變得更加勇猛，時間也比往常來得久，月子微微低語道：

「C' est pas Comme Ca!」

霎時，我知道這是一句法語，月子連說了兩次，我這才察覺它類似「不是那樣」的意思。我眞想問她哪裡不同，但這句話讓我猛然醒悟過來：「說不定酒醉的月子拿我和她在紅色城堡中和惡棍們交媾做比較，認爲有所不同吧？」我暗忖，事情該不會這樣吧！但其實我的陰莖早已「失芯」，就那樣萎軟在月子的陰道裡。

說起來，要殺死男人的陰莖根本不需要刀子，光是被說了三次「你眞無趣」，陰莖就宣告死亡了。總之，這第五次性交，既對我造成嚴重的打擊，也給了月子深刻的反省。當我無意間得知自己的陰莖被拿來與那群惡棍做比較時，心裡很不是滋味，甚至自信全失。不過，月子在自己的家裡被做丈夫的「強行耕田」，似乎也頗受驚愕。

從那之後，月子絲毫不准我近身碰她，就算我再三懇求她仍搖頭以對，逼急了她就叫我去找其他的女人狎玩。做妻子的不願意和丈夫行房，還叫他和其他的女人戲玩，其實已經宣告夫妻關係的瓦解。

「妳不要胡說！」

我眞想把月子痛毆一頓，但興起這暴力念頭之際，又擔心一旦施暴，我們之間的關係將從此結束。正因爲我知道其中的得失，所以拚命地抑住心頭的怒火，我難得一吐爲快地說：「既然是夫妻，做愛是不可缺乏，尤其對男人而言，不能和自己的妻子做愛，便失去結婚的意義；夫妻間首重心靈的契合，但肉體的結合更可以增進彼此的情愛。」但不知月子是否聽進耳裡，她的表情和身體絲毫沒有反應。

不久，黃金週假期到訪，可是我們並沒有一起出遊，月子幾乎待在娘家，我則和朋友去釣魚或打高爾夫球，其他時間都待在家裡，接近所謂的分居狀態。

黃金週假期結束後，月子返回家裡，我們再度過著各懷心思，表面看似平靜的日常生活。雖然我對月子的情慾並未因而減退，但已經失去以前那種強求的熱勁了。她要是同意讓我「上岸」，我樂意而爲，若出言拒絕我也不強求。我決定暫時和美麗的月子維持形式上的夫妻關係，也就是以一般所說的貌合神離的夫妻狀態見機行事。

月子似乎也了解我的心情，表面上仍維持平靜，但一個月後初夏的某個夜晚，月子突然叫我抱她。

這是月子的眞心之言嗎？我不敢相信月子會說出這種話來，正當我怔愣之際，月子已經回到自己的房間，我遲疑地走進房間，卻見她只著一件內褲躺在床上了。

「可以嗎？」

我半信半疑問道，月子微微地點了點頭，我於是高興得撲上床去，抱起月子正要吻她之際，她卻輕輕地別過臉去。

月子叫我抱她，爲什麼卻要抗拒呢？我一臉疑惑，月子又嘟囔了一句：

「趕快上啊！」

月子第一次如此清楚表達自己的情慾。這句話讓我恢復男人的雄風，一下子便搗了進去，奮力抽動，月子難得地把手搭在我的大腿，過了一會兒，開始發出嬌喘。

不過，比起我在紅色城堡偷窺到的情景相比，月子這回的動作顯然節制得多，但她的表現讓我心花怒放，一頭混亂，我又猛力抽送，月子緊緊貼靠著我，那種胯股緊密貼合的感覺讓我樂到極點，我的陽具灼熱起來，就在這時候，月子低吟了一句「好舒服……」，使我一口氣達到高潮。

這到底是怎麼回事？不，我知道自己射了精，可是如此痛快淋漓地射精倒是頭一次。射精後，我如死人般趴在月子蒼白的身上，一邊享受著胸、腹、大腿乃至全身散發出的女體的餘溫，一邊在月子的耳畔說。

「眞是太棒了……」

這是我內心深處的感覺，也是我愉悅的低語，但月子始終閉著眼睛沒有回答。

月子果眞也洩精了嗎？我繼續趴伏在月子酥軟的身上，但不久月子稍稍扭動上半身，示意我移開身體，於是我慢慢抬起上半身。

我戀戀不捨地追憶著從胸前、腹部、胯股間、皮膚緊密相連逐漸剝離，最後離肢而去的感覺，我轉身躺在月子的身邊。

此刻，我的確和月子合爲一體感到滿心舒暢。我就在這種滿足感中閉目遐想，這時候月子的右手悄悄地搭在我的胸前，然後像是驗證剛交歡結束的男體似的，伸指慢慢地往下移動，順著下腹摸至我的私處。

由於我剛射了精，套在陰莖上的保險套鬆垮溼黏地捲成一團，我爲此感到羞赧急忙把它拔掉，但月子的手指早已抓住我萎小的陰莖。

月子要幹什麼呢？她居然主動觸摸我的陽具。不僅如此，她還握住它上下抽動起來。這個舉動令我難以置信，但她的確幫我搓弄「手槍」。就像在紅色城堡裡幫那個青年做的那樣。我這樣想的同時，原本萎縮的陽具慢慢地膨脹起來，我彷彿獲得了自信，因而變得更加堅挺，可說是處於那種「入芯」的狀態。

月子到底要幹什麼呢？我不解地往下看著，她像是在觀察，一邊興致盎然地盯著我的陽具，一邊更用力搓弄起來。

「我不行了……」

這怎麼可能呢？剛剛才射了精，我的陽具現在卻又勃起想要射精。

我完全沉浸在那種飄飄欲仙的快感和盡情豁出的氛圍，這時月子的手已牢牢地握住我最敏感的龜頭，並用另一隻手的指尖輕撫龜頭，在她兩面巧緻而執拗的夾攻之下，我受不了地挺身後仰射精了。

可是我射出的精液比剛才少得多，有一點硬被擠出的感覺，月子見狀動作迅速地拿起置於一旁的內褲包住我的陽具，然後用力握了一下之後，轉身離去了。

我正疑惑月子要去哪裡，用連續射精後疲憊的眼神看去，只見月子穿起內褲下了床，走進浴室了。我一邊看著她體型勻稱的背影，一邊在酣暢過後慵懶的快感中沉思著。

總之，這樣一來，我和月子就是眞正意義上的合爲一體了，而且兩人之間已經萌生出熱烈的性愛，達到血與肉的交融了。

我第一次實際感受到它的美妙，滿足不已，同時深信日後將是我們嶄新人生的開始。

翌日，一個乍似初夏的暖和天氣，氣象預報說，白天最高氣溫可達二十六度。

下個星期六是我們的結婚紀念日，我想起月子是六月新娘，早上出門時，我對著難得爲我送行的月子提議這天一同共進晚餐，接著，向她說聲再見輕輕揮手離開了家門。

到了醫院，我一整天的工作情緒非常昂奮，連自己也覺得不可思議，我知道這是因爲昨晚和月子酣暢做愛的結果。

話說回來，和愛妻房事恩愛，果眞就能如此激發男人的幹勁嗎？昨晚月子出奇不意的求愛舉動，讓我頓時聯想起那是不是紅色城堡的調教成果，但我隨即不再想它，只沉浸在昨晚的淫逸情境中。可以的話，今天我還想早點回家擁抱月子呢，不巧，下班後醫局開會，我回到家已經九點多了。

由於早上出門時，我已告知月子要在醫局吃晚飯，所以回家時家裡沒開燈並未特別注意月子不在，還認爲她大概正在娘家用餐。

話雖如此，我還是打開房間的電燈，從客廳到廚房探找了一下，雖然整個屋裡好像被打理得有條不紊，悄無聲息，讓我有些掛意，但心想等上片刻也無妨。我這樣尋思著，輕輕地按下冷氣的開關，接著從冰箱取出啤酒，一邊喝著一邊看著電視。電視上正在播映益智節目，我躺在沙發上，似看非看地等到十點半，月子還沒回來。

我心想，說不定月子今晚打算在娘家過夜吧？姑且不提昨夜的事，最近我和月子互不干涉，所以兩人的關係也較安定，雖說月子這麼晚還沒回家我並不特別擔憂，不過，想起昨夜的風流韻事，我還是企盼她早點歸來。於是在十一點多的時候，我便打電話到月子的娘家去。

或許是時間太晚的關係，女傭沒出來應聲，而是岳母匆匆接起電話，我向她打了聲招呼：「是媽媽您嗎？」她疑惑了一下之後，反問我在哪裡？

「哪裡？」

「你不是跟月子去英國了？」

「我去英國？」

「月子早上這麼說就出門了。」

對我而言，這簡直是晴天霹靂。不，我只好認為岳母搞錯了。

「為什麼？」

「我還想問你呢。」

「請等一下……」

我擱下聽筒走去月子的房間，打開衣櫃一看，旅行用的皮箱已經不見，衣服也被拿走不少。桌上有張留言，我慌忙地拿起一看，確實是月子的字跡，留言上這樣寫著：

原諒我，我去法國，請不要找我！

驀然，我一陣暈眩，接著又重讀了一遍之後，回到客廳拿起聽筒。

「媽，我人在東京。」

「你爲什麼沒一起去呢？」

岳母這樣問我，其實我也不知道該如何回答。說起來，我反比岳母驚訝，好不容易壓抑住慌張的情緒囁嚅著說：

「因爲我突然有急事待辦……」

我一邊胡扯敷衍岳母，一手把月子的留言字條捏成一團。

「因爲之前發生過那種事，我叫她不要去，可是她說是去英國，而且跟你一起去……」

我急忙整理腦中的思緒，偏偏理不出頭緒。總之，月子不告而別是可以確定的了。

「你沒聽月子提起嗎？」

「對不起……」

既然岳母被蒙在鼓裡，那岳父也不知情吧？不管怎樣，月子已經不在東京了。

「月子不會有事吧。」

「不會有事的……」

我再次敷衍以對，總之，我想冷靜一下，於是跟岳母說了聲：「明天一早再給您電話。」就掛上電話。

我癱坐在沙發上，腦海一片茫然，倘若如岳母所說月子搭中午的班機出發，這時候即將抵達巴黎了。

我又打開捏成一團的紙條低語道：

「爲什麼……」

任憑我看上幾遍，留言的內容依然一樣，簡單明瞭。沒錯，月子逃走了。她撇下我，一個人去法國了。

話說回來，月子究竟是何時開始擬定這項計畫的？設想她購買機票和旅行的準備來看，大概一個星期前，不，至少在一個月前已經暗中進行了，而我居然完全沒有察覺，我甚至天真地認為此後將是我們嶄新生活的開始，但月子想的卻是其他的事情。

月子去哪裡了？岳母說她去英國，但從她留言要去法國來看，該不會是瞞著父母想去「紅色城堡」？想到這裡，我不由得發出驚叫，彷彿噩夢初醒般地環顧四周。

昨夜月子突然叫我抱她，又主動向我求歡，緊緊地抱住我，滿足了我的需求，不僅如此，她還撫摸我的陽具，讓我射了精。我們度過那麼熱情的浪漫之夜，她居然於翌日失蹤……。

說不定那一切都是表演？

的確，現今回想起來，月子突然叫我抱她有點事出唐突，嬌喘時也有些矯情；而且她撫摸我的陽具，與其說是充滿愛憐，不如說是半出於興趣。

可是果真這樣的話，月子為什麼允許我和她做愛，而且肌膚相親，還讓我的陽具射精，沒有愛情，可以做出那種事嗎？

「不可能……」

我在空蕩蕩的房裡搖頭嗟嘆。

說不定對月子而言，性交只不過是她獲得快樂的一種手段，完全不在乎精神的愉悅。先不提月子是否重視心靈之愛，或許她在紅色城堡時已經非常了解她體內蠢蠢欲動的情慾，而它就像烙印在肉體上的印記，月子就是在這種情慾的驅使之下遠渡重洋的。

「我被耍了……」

此刻我只能這樣嘀咕，我澈澈底底被耍了。

這樣一來，要如何看待昨夜月子的突然之舉呢？她是一時衝動？抑或送給即將分別的我的最後禮物？送給苦苦追尋隱藏在美麗肌膚深處的女人心的痴心丈夫的最後禮物。

「不，這是憐憫……」

我嘟囔了一下，突然喜歡這句話的意涵。

憐憫、哀怨、悲慘，我的確適合享受這種折磨；對與其說是這半年，不如說是結婚三年來痴心思慕、懇求一愛的男人而言，沒有比憐憫更適合的禮物？

「月子離我而去了。」

我沉吟了一下，稍後又自言自語：

「她回到紅色城堡了……」

我必須趕去才行，無論如何，我得即刻飛往法國，我不能稍有遲疑，此刻若不啓程，月子將離我而去，再也找不回來。一刻也不能猶豫；我明天就去買機票前往巴黎。

我這樣自言自語著，其實能做的就是莫名地在客廳來回踱步，一下子走進月子的房間，察看她的身影，一邊嘟囔著該怎麼辦，一下子又折回客廳哀聲嘆氣。

看來我是方寸大亂了。月子突然失蹤，又得知她去了法國，我驚慌失措，緊張得心臟怦怦作響，整個手心都冒汗了。

這就是自律神經失調的症狀。當人遭遇到突發的事態時，便會出現交感神經緊張，肌肉痙攣，血壓升高，異常發汗的現象。

哎，我光想這些司空見慣的生理現象有什麼屁用，我當務之急就是即刻趕往法國制止月子的行動。雖然我不知道她在哪裡，總之，我先從我們一起去過的巴黎的旅館依次找起，查詢月子是否留宿，倘若被我找到，我一定不由分說地把她帶回日本。

雖然我猜想月子不會做出傻事，但萬一她去了紅色城堡一切就太遲了。月子一旦進入有著堅固石牆阻隔，宛如中世紀要塞般的古堡裡，我就永遠無法把她帶出來，我們之間的關係也將澈底斷絕。

不，我擔心的不僅止此而已，如果月子進入紅色城堡，屆時我之前所做的壞事都將暴露無遺。當然，月子理應不知道箇中經緯，可是那幫惡棍看到月子追回古堡一定會大吃一驚，問她為何回來？特意放她一馬，現在卻又折返，丈夫是否知情等等。

我和Z一開始就約定，有關綁架和軟禁月子的事絕對不張揚出去，所以Z是不可能漏出口風的，但若是他們之中的某一人告訴月子：「調教已經結束，妳卻回來……」情況又會如何？

「調教……」

或許月子會露出疑惑的表情，因而察覺到這果眞是我和那群惡棍搞出來的綁架戲碼！

倘若月子知道實情的話，我會面臨何種下場呢？屆時月子一定會即刻聯絡娘家，舉發我和他們狼狽為奸，聞訊後的岳父大發雷霆，旋即毫不留情地揭下我至此扮演善良丈夫的面具；嗓音高亢的岳母一定會斥責我是賣妻的惡魔，提供鉅款充當贖金的岳父一定會臭罵我是超級騙子，立即向警方報案，一狀把我告進法院。

萬一到了這種地步，我會即刻遭到逮捕，做完各種訊問之後，會被帶出法院，被判幾年的徒刑關進監獄。當然，這樣一來，我將被逐出菁英分子的行列，甚至喪失大學附屬醫院的工作，情況嚴重的話，有可能被取消醫師資格。

想著想著，我越發心慌意亂，不由得想大聲找人求救，就在這時，我覺得全身冒冷汗般地戰慄著，兩條手臂起了雞皮疙瘩。我自律神經失調的症狀更加嚴重，此刻連脈搏和呼吸都紊亂了。我若不加處置，過一會兒就會暈眩失神，而要減輕這種症狀，只能仰賴強效的精神安定劑了。

不，治療此症與現實的問題沒有任何關聯，我終究是一名醫生，現在明明捲入嚴重的事態中，卻發現自己以醫生的立場看待這件事情，我的分析是正確的，可是無助於事情的解決。

眼下我倒是應該立刻前往法國一趟，而我應該從何著手呢？

首先我冷靜地坐在沙發上，交相搓摸著起疙瘩的手臂，等稍微暖和之後，才拿起行動電話打去醫院。

由於明天我就出發，所以必須得到醫局長的批准才行，此行或許要花上四五天或一個星期，甚至更久的時間，在找到月子，把她帶回之前，我都必須待在法國。當然，理由含混醫局長是不會准假的，我只好扯說因有急事必須趕往法國。我若說妻子在巴黎得了急病行得通嗎？但這樣一來，醫局長一定會問是何種疾病，若說急性盲腸炎病症太輕，要不然就說她得了嚴重的腹膜炎，或因車禍般的外傷，或乾脆說她流產了？這樣的話，既可證明我們夫妻感情融洽，在丈夫的立場上我也站得住腳。

正當我無邊漫想之際，接電話的值班醫師說醫局長已經回家了。晚上十一點多了，難怪醫局長不在，可是事態緊急，也許我應該打電話到他家說明情況來得好。我再次用行動電話撥了號碼試試，醫局長果然在家，我告訴他妻子在巴黎意外流產，必須趕往法國處理云云，醫局長先是「咦……」愣了一下，接著嘟囔了一句：「噢，懷孕了？」然後才勉爲其難地答應，不過，他囑咐我明天先去醫院辦妥離假期間的交接事宜，我當然慨然應允，於此我終於突破第一道關卡了。

接下來就是聯絡老家和岳父他們了，老家那邊應該都能接受我的說詞，而岳父對於今早原本預定和月子一同前往，我因爲有事耽擱，明天出發一事似乎不會特別懷疑。

我好不容易喘了口氣，從冰箱取出罐裝啤酒就喝將起來，其間還去自己的房間，在電腦上查詢明天的航班時刻。

飛往巴黎的有好幾個航班，不過，想到上午得去醫院辦理交接事宜，還是搭乘傍晚或晚上的班次來得好。不巧的是，傍晚以後只有晚上十點的班機，我只好先行預約，就在這時我突然想喝點酒，便開始喝起加水威士忌。

然而，我還是不解月子為什麼突然去法國，而且是瞞著我，擅自獨行。她在留言上說「請不要找我」，難道意味著久不歸來，想要切斷夫妻關係嗎？可是她跟岳母說要和我一起遠遊，所以或許她沒想這麼多。這樣看來，她是一時心血來潮？但話說回來，她說要跟我同行，似乎是為了安撫父母使出的策略，果眞這樣的話，她是暗下重大決定出逃的？當然，我打心底希望月子之舉是出於一時興起，但看她行動之大膽，似乎早就做好周全的準備。事實上，倘若只是單純的遠遊或為了學習室內設計，用不著瞞騙我和她的父母，大可光明正大成行。而她竟然趁我不在，特別選在初次酣暢交歡後的翌日突然不告而別，而且還佯稱和我同行，事前未知會我一言半語就消失蹤影了！

或許詢問月子的朋友也是一種辦法，但她的女性朋友我只認識二、三位，原本月子就很少介紹她的朋友和我認識，偶爾遇見僅止點頭，互道姓名而已，並未深入的交談。說不定問問她們，多少可以找出月子失蹤的本意和可能的去處。可是我不認為月子會跟朋友透露這麼多訊息，而且這樣一來豈不變成通知她們，我因為妻子逃走正手足無措的窘境。不管現實如何，我再也不想扮演愚蠢丈夫的角色，受夠了那種廉價的同情。

我再次告訴自己，不管怎樣，我先去巴黎，一切事情等到了再說，但我還是無法平靜下來。豈止如此，我的未來已經蒙上一層陰影，甚至衍生一種猶如跌落黑暗深淵似的不安。

為了消弭慌恐的情緒，我啜飲著加水威士忌，但卻為事態為何發展至此感到焦躁，大罵月子是禍首，最後甚至無端遷怒不知事態嚴重泰然處之的岳父和岳母。但這時我才察覺，原來我一直充當著愛妻叛逃的丈夫角色因而懊惱不已，頻頻喝著加水威士忌之際，不知不覺睡著了。

隔天早上，醒來時已經七點多了，比平常晚了一些，就在醒來之前我夢見了月子。

地點就在巴黎的、半年前我和月子重逢的杜維麗公園的旋轉木馬前。不知道爲什麼，月子和一個金髮青年並騎在木馬上。那是誰呢？看起來像是看守紅色城堡的男子，又像是在餐廳裡服侍月子的俊美青年。由於他們兩人看到我之後仍然對我視若無睹，所以我只好坐在月子後面的木馬上追趕他們。可是木馬再怎麼轉動也沒辦法縮短我和月子之間的距離，就在我爲這種情況心煩意躁之際，月子和那男子消失在人群之中了。

好不容易見了面，卻只能眼睜睜地看著他們離去，連說句話的機會都沒有。我在落寞中醒來，六月的晨光從窗簾縫灑了進來，四周一面沉寂。

月子終究是離我遠去了嗎？就在我追憶著剛才的夢境時，忽然意識到桌上的電腦，轉身爬了起來。

平常一回家我會先打開電腦，查看有沒有電子郵件，這樣做並不是在等什麼特別的聯絡，通常都是醫生同事傳來的聯絡信函或朋友們的近況報告。當然偶爾也會有一些製藥公司及醫療機械公司的宣傳資料。

今天也不例外，有同期的醫生寄來的聚會邀請、出院後的病患的謝函及報告，接著出現「moonlight」寄來的主旨爲「對不起」的信函。這個信箱我不熟悉，還以爲是誰在惡作劇，但我旋即察覺到這是月子的信箱。因爲是夫妻所以不曾用電子郵件連絡過，只記得以前聽說這個信箱名稱時，我曾經取笑她「太做作了」。

月子爲什麼傳郵件給我呢？我仔細看了一下收信時間，是今天早上的五點半，剛好是我昏沉沉地夢見月子的時候。

我趕忙地坐好，雙眼直盯著螢幕閱讀內文。

對不起！

我突然離家，想必你一定感到相當驚訝，這一切都是我單方面的想法。你應該也注意到了吧，我們實在稱不上是一對好夫妻，而你對我一定有很多不滿。遺憾的是，我對你也是同樣的感覺。坦白說，我們要繼續做夫妻是有困難的。

至於理由，就當作是我單方面的任性妄爲吧。打從結婚那一刻開始，我就不曾眞正地愛過你。

如果你問我那爲什麼要結婚？我只能對你致歉，勉強說來，大概是因爲大家都說我們看起來很登對，我就是衝著這句話結婚的。進一步說，原因出於我認爲只要結了婚總會有辦法的輕率想法。

只不過這幾年來我已經深刻體認到事情並不如我所想的那麼天眞，如此草率的想法是無法讓我度過平穩的一生。

這又是單方面的任性，但不管怎麼努力，我就是無法愛上你。

要在此寫下這些理由，一如要我舉證自己是如何我行我素般的，實在教人難堪。不過，對凡事要求明快果決的你來說，我還是把話說清楚的好。

起初我非常羨慕你的聰明才智和豐富的知識，只是日子久了，這些卻成了我的負擔，最後變成了沉重的包袱。

或許我們一開始就是特質迥異，相對於你事事講理，一切都以理論做爲第一考量，我卻是注重感覺，極具感性的人。

例如，我對某件事情表示讚賞，你就會說因爲如此這般所以這是愚蠢的，我在理論上說不過你，或許是你說得沒錯，但我不習慣你這種事事強詞奪理要人屈服的態度，因而逐漸地感到不滿。

也就是說，倘若你是數位化的人類，那我就是類比式的人類。當然，如果這兩者能夠相輔相成的話，說不定會產生最好的結果，我們兩個不但沒有辦法相容，還分處於兩極。

還有一點，我這麼說，你可能會生氣，可能是因爲你從小到大的成績都很好，是個優等生因而造就了強烈的自尊心，讓你完全沒辦法容忍自己處於悲慘、丟臉的情況。

當然，我的自尊心也很強，這點你曾經說過，我也反省過。只不過你是男人，你有很多成果來證明實力，所以不該那麼死心眼，看開一點才是。可是你卻一定要高高在上才滿意，又任性不講理，只有在對自己不利的時候才要耍賴。當然，如果我能以更寬宏的心體諒、包容你的作爲，那可能就什麼問題都沒有了。只是我也有我的脾氣，不管怎麼說我總是你的妻子，而不是你的母親，強要做妻子的扮演好母親的角色，未免太強人所難了。

性愛方面也是，事情已經到了這個地步，我還是把話說清楚。你好像不是那種在外「玩過」的人，所以常常在無形中表露出對女性心理毫不關心的態度，而且還自以爲是認爲女人只要默默地跟著男人就好，態度冷漠。

不過，最讓我受不了的是還是生小孩的事。我還不想要小孩所以希望我們能避孕，結果你問明我的生理期之後，開始跟我講解荻野式避孕法，排卵到懷孕的構造，簡直就把醫學課堂上的講義搬到床邊講個不停。沒錯，你說的都對。照你說的去做的話，或許就能避孕，但在上完那一課之後，就算你苦苦求歡，我也提不起勁了。我之所以討厭消毒藥水的味道，應該和這件事也脫不了關係。

總之，從那時候起我就開始拒絕你，而你卻常叨念「這樣我們結婚就沒有意義，男人之所以結婚就是爲了擁有一個隨時可以做愛的對象」之類的話，就是這句話讓我澈底對性愛失去興趣。

寫到這裡，你可能要懷疑我以前一定有過別的男人。的確，在你之前我曾經和某位男性有過一段超友誼的關係，但和他只維持不到一年就分手了。他不像你這麼優秀，在性方面也不純熟，卻比你溫柔太多了，而且很會體諒到女性的心情。

雖然我並不特別地喜愛這個人，但是很可能是因爲我過去曾經認識這樣一個人，才會對你自私的強求做出強烈的反抗。

後來的事，我在這裡就不想多提了。我們分房而睡，自然就沒有性生活，也就不會有身體的接觸。

當然，我也知道你貪戀我的身體，想要跟我做愛，只是女人的身體一旦冷卻、感到厭惡的話，就很難恢復正常。

去年秋天，我在楓丹白露的森林裡遭遇到令人難以想像的事件。

在那之後，我被軟禁在一個看得到盧瓦爾河的古堡之內，那是我這一輩子無從想像的特異體驗。

現在，我沒有心思詳細描述當時發生的事情。唯一可以說的是，整件事情對我身心上的影響猶如烙印般的深刻，也成了我生命中不可或缺的一件事。

雖然我不曉得發生這樣的事情是好還是壞，至少我覺得對現在的我來說是好的。

老實說，在經歷了那些事之後，讓我前後判若兩人。我再也不是以前的我，不是你的妻子月子，而是被豢養在古堡中的月子。證據就是，回日本之後我雖然嘗試著接納你，只不過我的變化實在太大以至於我們沒有辦法習慣彼此。

當然，你不可能知道我的變化有多麼複雜。不，或許你知道也說不定。我在那裡遭遇到什麼樣的事情，起了什麼變化，或許你都看在眼裡。

雖說這個念頭很荒唐，但打從我到古堡之後，就有幾件事讓我有了這樣的聯想。回來之後再經由你的態度推敲，總有些地方可以佐證我的奇思異想。

就我大膽的推測，或許你和他們早就串通一氣。如果我說錯了，希望你能原諒，只是我忍不住要這麼想。

不管那是事實還是誤會，這都和目前的我沒有關係。因爲我既不恨你也不怨你，甚至還應該感謝你，因爲有你我才能有那樣的體驗。

總之，現在我能清楚告訴你的就是，我再也不會回到你的身邊了，暫時也不回日本。暫且不提將來的事，現在我只想照著重生後的意志，生活在雖異常卻是正常、雖反道德卻是自然的世界中。或許你會說這麼做將來會後悔的，但那也是那時候的事了。我不想再過著表面上光鮮亮麗，私底下卻得抹殺自己慾望的生活。

肆無忌憚地寫了一些自以爲是的事，最後只想請你答應我一件事情。

請你不要找我，也就是請你即刻和我離婚。離婚協議書就在我桌子的第一個抽屜裡，我已經簽名蓋章了，你只要簽名就可以。

另外，請你不要將我的去處告知我的父母親，我會另外和他們連絡。你只要告訴他們，因爲我想留在法國所以就留下來了。

說到這裡，我想說的幾乎都說完了，或許所說的全是一些任性妄爲和自私自利的事。

不過，希望你了解我的心意之後，心裡會好過一些。

回想過去三年的婚姻生活，眞的很感謝你的照顧。雖然數落了一堆你的不是，但我知道你對我已經盡了心力了。不管你的表現方式如何，我都該感謝你的付出。

雖然我也想回饋點什麼給你，卻什麼也做不到。可是最後那一夜，能讓你那麼高興，這至少減低了我的罪惡感。

只是到頭來我還是沒有辦法喜歡上你。

不，我眞的很希望能夠喜歡上你，只可惜事與願違。能夠被愛有多好，但是我卻沒辦法接受。

或許有一天，我能遇到與我眞心相愛的人。

也祝福你能早日遇到與你相知相惜的人。

再會。

月子

那天晚上，我依照計畫搭乘十點前的班機前往巴黎。

幸虧我搭乘的是稍晚的班機，因爲出發之前我忙了一整天。

首先，一早趕到醫院找醫師同事安排調班和交接。下午回家後整理好外出的行李，接著拜託管理員我外出期間多加關照云云。一說要和太太到法國，對方就羨慕說：「又要去啊?!」雖然與實情不同，但我也只能不形於色地說「去一個星期左右就回來」，然後匆匆道別。之後關好門窗直奔成田機場了。其實這段時間，即使抵達機場搭上飛機之後，我的心情一直起伏不定。

此次前往巴黎我能見到月子嗎？就算遇見了，我能把她帶回來嗎？儘管昨天夜裡我去意如此堅定，但可以確定的是，我之所以忐忑不安是因爲今天清早月子傳來的電子郵件的緣故。

的確，那封電子郵件對我宛如晴天霹靂。坦白說，沒有什麼東西比這更能痛擊和傷害我的自尊心了。這眞的是月子寄來的嗎？讀完之後，我還半信半疑地確認了寄件信箱和傳送的時間。

沒錯，「moon light」確實是月子的信箱，而她知道我的信箱地址並不奇怪。想到這裡，我擔心起該不會是我私下偷看紅色城堡傳來的影像被發現了？可是我有設定密碼，過去的資料不太可能被看到。但事到如今，有沒有被發現其實已經沒有差別了。

寄信的時間是日本時間的上午五點半，換算成法國的時間正好是晚上的九點半，這麼看來是從法國傳來的。不過，我更關心的是傳送的地點。是從巴黎的旅館嗎？如果是，又是哪一家旅館？或者是巴黎以外的地方？而要寫這樣的長信需要時間和能夠靜心的地方，否則是不可能的。總之，只要知道寄信的地點，我就有辦法找到她，光憑電子郵件便無從找起了。倘若是一般信件，至少能夠知道投遞的地點，電子郵件就沒有這麼方便了。心煩意亂之中，我最在意的還是信的內容。

老實說，我倒是第一次看到如此銳意批評我過去所作所爲的信。月子爲什麼厭惡我，並且拒絕與我做愛，要是如這封冷漠無情的信指出，我再魯鈍也知道她的意思。月子稱說自己是非理性的、類比式的人類，但從這封長信看來，月子遠比我理性、數位化。我應該說，「跟我比起來，月子的聰明毫不遜色」。不，說不定就是因爲這種說法惹她厭惡的。

不過，她還眞能寫。正因爲我從來沒有受過這麼嚴厲的批評，所以我宛如挨了重重一拳，險些倒地不起。

事實上，我坐上飛機之後，還是不停地回想著信的內容，就連空姐都覺得我的神色有異，不停地來問：「您哪裡不舒服嗎？」就算我回答：「沒事。」她也會問：「那要不要喝點什麼……」於是我和昨天晚上一樣，要了一杯雙份的加水威士忌，然後邊喝邊想著信的事情。

總之，那封信紮紮實實擊中了我的弱點。或許應該說是男性的弱點才對，我讀完那封信之後，才察覺到男女之間的差異。雖然男女有別是天經地義的事，但在我看來，男人和女人的不同，不過是性器官的型態和機能、身體特性等醫學上的差異而已，但兩者在思想及感性方面也差異甚大。我之所以沒有察覺到，說愚蠢也眞夠愚蠢，但問題是學校從來不教這種東西，教科書上也沒寫，即使想學也無從學起，對我們這些被灌輸凡事書中求的學生而言，簡直是束手無策。

因此，現在跟我說這不是用學習的，而是用心體會的，那種遙不可及的事，只會徒增我的困惑和混亂。當然，我也知道男女相處不是講邏輯的，感性的部分也很重要。只是要掌握這點需要相對的經驗。月子徹底地看透我這方面顯得稚拙，所以才會說我「好像沒有玩過」，我實難接受這種輕視的說法。如果這種理論說得通，豈不變成會玩的人才是人上人，我之前所受的教育本身就是一種錯誤?!

當然，月子也不是說會玩就好，但我實在沒有那種閒工夫。如果說我這種直接求歡的方式令她感到厭惡，那我又該怎麼做呢？不管月子怎麼說，我是認眞地用男人該做的方式和她相處。倘若這種方式不對，她明講即可。不，其實這種事情若被當面講出來，或許我的身心勢必會受到嚴重的打擊，從此「不能」也說不定。

不管怎麼說，我之所以受到打擊，當然是因爲被月子批評我對性愛自私自利，但另一方面卻是發現在人際關係之中，有許多事光靠學問是無法解決的，男女之間感性部分就占有很大的分量。不曉得這個舉例是否恰當，我在高中時代認識的朋友N的妻子對他說：我實在沒辦法再尊敬你了，然後就離婚了。在著名的貿易公司任職的K也被太太抱怨「太認眞、太無聊！」，最後也以離婚收場。他們都是相當優秀的男士，卻都因個性不合而離婚。雖然一般都把這些問題歸咎於個性不合，但事情的背後很可能是起因於性愛的失調，然後發展成對事物看法的不同，無法取得共識，最後變成對生命的價值觀的差異，形成種種潛在性的問題。若要認眞思考這個問題，只會被捲進魑魅魍魎的世界而已。雖然察覺那個世界的存在至關重要，但這件事也讓我了解到，我身爲人的價值竟是如此低劣！

不過，我想像不到月子居然如此冷靜地在觀察我。她就讀的不過是專門招收那種雖是氣質高雅、卻有點做作的良家千金的大學，學的也不過是法文系，根本不值得一提，但她爲什麼有如此敏銳的觀察力呢？

最後還能點出我和那些傢伙串通，推斷出我甚至可能到過紅色城堡，其推論之準卻教人害怕。如果月子連這種地方都能察覺得到，可見我的演技多麼拙劣。難道從去年聖誕節前夕我們在旅館前的公園裡重逢的那一刻開始，月子就冷眼旁觀地看著我的一舉一動?!或許她對於我虛假的擁抱、關懷，無心的問候，問她被關在什麼地方、遭遇到什麼事情，一副擔憂受怕的模樣，全都明鏡般地看在眼裡？

無可置疑，我的一切行動和心思完全被月子看穿了！雖然爲時已晚，一想到這裡，我還是對自己的稚拙感到憤怒，眞想找個地方躲藏起來。

在這種情況下和月子見面又能怎樣呢？要是她一開始就表明不肯回到我的身邊，甚至早已備妥離婚協議書，就算我當面苦勸，她也不會跟我回去。

無論如何，總是該見上一面才行，即使她如何罵我、討厭我，不見一面我實在無法整理自己的情緒。倘若只是經由電子郵件，而不是月子親口證實她「討厭」我的話，我實在很難接受。雖說走到這個地步，我也有男性的自尊。說不定那些跟蹤狂就是在這種心境之下犯案的。

總之，現在的我巴不得有人拿著尖刀狠狠地刺穿我的身體，把我弄得皮開肉綻的，在傷痛的哀嚎中喚醒自虐性的感覺，好讓我拋開所有的羞恥和自尊去見月子，大聲吶喊：「回來！」先不管有什麼結果，不這麼做，我的心情終究無法平復。

飛機抵達巴黎戴高樂機場時已經是清晨四點半了。

從空中看到的街景，還泛著幾許殘夜的燈光，但地平線已經開始泛白，圍繞機場的綠色大地映入眼簾。

臨近夏日的六月早晨終於初綻光明，隱沒在遠方薄霧中的巴黎彷彿還在沉睡著。

此刻，月子也正在這靜謐的街道一隅酣睡著吧。我忽然想起失蹤前夜碰觸到的、月子那充滿魅力的雪白肌膚，這時飛機已經抵達機場。

尚未清晨五點的機場大廳人影寥落，在一片靜寂的氣氛中，我領取了行李，坐上排班的計程車，前往我經常投宿的臨近杜維麗公園旁的旅館。

因爲一大早抵達，旅館櫃檯顯得有點冷清，辦妥住房登記後，我被帶往了六樓的房間。

去年底，我來迎接月子時住的是可以憑眺公園的半套式客房，這次則是面向庭院視野不佳的單人房。

我先整理了行李，到浴室沖了個澡之後，躺在床上休息。

由於在飛機上我並沒有多睡，很想這麼淺睡一下，不過，我還是掛念著月子的事。昨天她傳電子郵件來的時候，應該還在巴黎，如果她今天已經離開巴黎到鄉下去，就很難找人了。從電子郵件無法鎖定寄件人的所在地，所以必須在她離開之前找到她。

於是我打電話到月子可能投宿的旅館詢問。當然，我現在下榻的旅館也是其中之一，或者三年前我們蜜月旅行時住的旺多姆廣場前的旅館、塞納河畔日系的旅館、還有月子喜歡的位於香榭麗舍大道北邊的小旅館都是。一通又一通的電話逐一確認月子是否投宿，但旅館方面都說沒有類似的女性房客。這麼一來，她很可能留在朋友住處，或者已經跑到其他地方了？

總之，除了耐心找尋也別無他法了。既然如此，我只好先休息一下，說不定一覺醒來體力恢復，又能打起精神。我重又躺回床上，一下子就睡著了。

我醒來時已經是早上十一點，吃過簡單的餐點之後，租了輛車在巴黎市區兜繞。從里波利大道到協和廣場，又從香榭麗舍大道到塞納河岸繞了一圈，往艾菲爾鐵塔、歌劇院附近、蒙帕那斯區、拉丁區這些日本人可能會去的地方看了一下，偶爾也盯著街角的人群，可是依舊遍尋不到類似月子的身影。

突然從日本趕來，光在巴黎街頭閒晃是不太可能找得到人的。我盯著人群直看仍遍尋不著，於是我決定去一趟紅色城堡。

在市區裡繞了一下，時間已經下午四點多了，現在前往的話，或許七點以前可以到達，而且這個季節白天比較長，即使是那個時間，天還很亮，就算沒有得到許可，至少可以到城堡前。我這樣決定，於是先到聖米歇爾廣場附近的餐廳。這裡是半年前我和月子重逢時共進晚餐的地方，由於二樓還有許多空位，我就請他們讓我上樓，然後點了一杯咖啡。

去年底，不知道是不是因爲主廚誇讚月子「美麗」，讓她心花怒放的說喜歡牆上掛的描繪弗蘭德地區的風景畫。那張畫現今還掛在那裡，只是重要的月子卻不在了。

才半年的光景，就出現這麼大的變化。我爲這突如其來的變化感到疑惑，同時這樣認爲：

或許「我們」生活在一個非常複雜的年代。不，正確的說，應該是我們「男人」才是。

就算不溯及到古代，至少從中世紀到近代爲止，在由男人壓倒性支配的時代裡，男人的陽具只要插入女性的陰道當作排泄即可。這樣的形容方式也許太過粗鄙，但在那個以繁殖優先的年代，男人和女人都以生育兒女做爲最優先重要的考量。

然而，從近代到現代，女性的權利受到承認，隨著女性走進社會的影響，女性在性愛感受上也開始受到重視。部分女性更堂而皇之地主張，性不再是單純爲了繁殖後代的行爲，女性也應該擁有性愛的自主權，因此男性文化開始退位，以男根插入、射精、使女性受孕的、單純的性功能的時代終告結束。相反的，而是進入如何取悅和滿足女性，是否掌握這種意志技巧與否來判定男人價值的時代了。就這一點來看，說不定我有這種致命性的缺陷。

一如往常，我又爲自己明晰的分析能力感到沾沾自喜，如果眞是這樣，那我可以說是這個嶄新時代的受難者。雖然我也曾沉浸在無垠的沮喪中，試圖接受這個事實，但這並不能醫治我的身心，讓我重新振作。

總之，我還是決定到紅色城堡一趟。只要到了那裡，一切應該都能弄個水落石出。

我喝掉殘剩的咖啡站了起來，回到廣場地下室的停車場。從這裡南下沿著高速Ａ一〇號線，在布洛瓦下高速公路轉入國道，沿著盧瓦爾河往南行駛就能到達紅色城堡。

這路線我已經跑過何其多次了，大都是晚上六點或七點從巴黎出發，抵達紅色城堡時約莫九點或十點左右。當然，主要是配合月子開始調教的時間，去返之間都在夜間，每次造訪時總是秋寒逼人。

不過，現在天色還亮，左右淨是綠油油的田疇，隨處可見的蓊鬱樹林又添上新綠，宛如所有的萬物都在對生命謳歌，可是對此刻的我而言，就連那生機勃勃的鮮綠也令我感到鬱悶。

去年秋天，我連夜在這道路驅車奔馳時，被那卑劣至極的罪愆意識折騰得快喘不過氣，現今想來，其實這裡面隱藏著私密的樂趣。我在回程的車上自慰，雖然途中因爲倦慵頻頻打盹，但情緒上仍是亢奮向前的。雖說這是一件壞事，但在此之前，我的確充滿著把月子占爲己有的期待與慾望。

與此相比，我現在只不過是一個追趕著遺棄自己的女人，澈底的失敗者而已。我淪落到這麼悲慘的地步，還需要繼續追趕嗎？若不想陷入更悲慘的境地，現在就應該速速回程。在此折返的話，要大罵月子無情，或若無其事地宣布放棄，抑或斥責月子這種女人該下地獄也可以藉此自我療傷。

我這樣頻頻告訴自己，催促自己即刻回程，但車子卻是朝南而下，這是我的心情使然？或者開展的風景對我的呼喚？還是那種熟悉的懷念之情驅我前行，當我醒悟過來時，車子已經下了高速公路駛向國道。

右邊的盧瓦爾河廣闊而豐沛的水流旋即映入我的眼簾，看著水勢盈盈泛綠的河面時，我不再感到惶惑了。

「我只能這樣開往紅色城堡了。」

與其說出於我的意志，不如說是接近神的啓示。天神彷彿這樣教誨：總之，盡其所能前往看個究竟；切身體會之後再做考慮吧！

既然來此，我已經不再猶豫。車窗的左邊是法國的沃野，右邊是流經田野的盧瓦爾河，我只顧驅車疾駛，不久，過了一座橋，不遠處有小型餐廳和旅館，隔一條街對面的斜坡處就是紅色城堡的入口。

我把車子停在有樹蔭遮覆的岔路旁，下了車深深地吸了口氣。空氣十分清爽。我呼吸著圍繞山丘的森林吐出的新鮮空氣，穿過半開著的鐵門，登上坡路。

以前我曾開車上來，但現在沒有得到允許只好徒步上去。在坡路上約走了一百公尺左右，可以看見右邊的樹叢下有一座教堂和幾間民房。

我曾在秋夜裡看見那裡燈火通明和教堂傳出的鐘響。

坡路很陡，爬到頂點時有點接不上氣，盧瓦爾河的河面彷彿在平撫氣喘吁吁的我似的。從山丘往下瞭望，夕陽逐漸沒入下流的方向，形成河面漸暗與微明猶存的景致，水鳥在其間飛翔。

暮色已逐漸籠罩著這恬靜的山丘。不知不覺中我感到一分安然，抬眼看向山丘上寬廣的草坪，可以看見遠方圍聳立著兩座塔的城堡，幾個女子圍聚在城堡前的喜馬拉雅杉樹旁，她們個個穿著純白的禮服，大概是正在摘花抑或互看捧花戲遊著。

乍看之下她們樸素雅致，但說不定他們就是在紅色城堡穿著露臂的禮服，服侍和按摩月子的女子？在好奇心的驅使之下，我穿過巨樹間橫越過草坪，來到喜馬拉雅杉樹前。

她們一共四人，個個身材窈窕曼妙；兩個留著金髮，一個髮色淡紅，另外一個則是黑髮女子。我走到可以分辨她們面孔的位置時，不知道是因爲察覺我的到來，或是事前決定好的，四人不約而同地走回城堡。

或許我認得她們其中的某人，說不定其中還夾雜著我幾次造訪此地時，隆重接待恭謹地爲我送行的女子呢。

「請問……」

我出聲詢問，可是她們充耳不聞似地走過吊橋，我正猶豫是否隨後追上，突然發出沉悶的軋軋聲響，眼前的吊橋正緩緩地豎起，而教堂的鐘聲彷彿等待這一刻似地開始傳響開來。

一下、二下、三下，安詳靜謐的向晚山丘上響了七下鐘響，得知時刻正值七點鐘時，站在吊橋那端的，城堡門前的一名女子回頭看我。

「月子……」

沒錯，回首看我的一定是月子。雖然她們同樣穿著白色禮服，遠遠看去無法分辨誰是月子，但那頭烏黑的秀髮、細長的臉蛋、大而明亮的眼眸、高傲挺直的鼻梁、溫柔的嘴唇，在在都是月子的特徵。

「月子……」

我又喊了一聲，茫然地伸出雙手，只見月子的臉上掠過一絲微笑，但隨即轉身而去，和其他的女子一同消失在背陰的石牆的門後。

我驚愣得久久凝望，驀然往前一看，唯獨高高豎起的吊橋露出黑色的底板一副悍然把我阻絕在外的架式。

月子終究回到紅色城堡了。她拋棄我，瞞著父母千里跋涉就是要來這座城堡。

我對著任憑我呼喊也沒回應的城堡嘟囔道：

「是嗎……」

這裡就是月子所說的「雖是異常卻是正常，雖是反道德卻是自然」的地方嗎？

我不知不覺地兀自點頭，而我的心情也在周遭的風景中逐漸得到平復。的確，我現在仍怨恨和不諒解月子，可是那陣鐘聲把我洗滌得心情煥然一新，舒心地湧出笑意。

「原來如此……」

總之，來到這裡，我似乎可以接受這個事實了。月子自己回到我委託那群惡棍擄走她，關閉她的地方了。我原本打算懲罰和羞辱月子，到頭來卻讓她體會快樂和歡愉。

月子在這之後，一定是跟其他女子和聚在城堡中那群富裕、卑鄙、優雅、淫蕩、精力充沛、怠墮的男人恣意交歡極盡荒淫之能事。

我已經無法評論他們的善惡，即使批評了，也不能阻止他們寡廉鮮恥的悖德行爲，因爲在他們看來這就是生存的眞義。而且月子現在已經進入那邊的世界，我則留在這邊的世界，月子是月子，我是我。

記不得是哪次電子郵件寫的，「在月子尚未找到眞心相愛的人之前，說不定暫時留在紅色城堡裡」；他們似乎相信即使置身在多麼淫亂，無視天譴的悖德的世界裡，總有一天可以找到眞愛。

我抬眼一看，夕陽更加西斜，暮色自森林的彼方籠罩而來。圍抱住兩座尖塔的紅色城堡聳立在黑暗的山丘上，石頭包圍的窗戶中有一扇透著亮光。

接下來城堡中又要從奢華的晚餐揭開序幕，在醉意方濃之際，展開一場獻上祭品，與之狎玩的淫靡的饗宴，月子就在眾人的圈圍中狂歡亂舞。

沒錯，月子變了。而且我和月子之間已經沒有任何的牽繫了，有的只是眼下這道既寬且暗的鴻溝。只要那漆黑的吊橋高高豎起，我就永遠無法與月子肌膚相親、與之交談。我和月子之間如同橫亙著一道鴻溝，彼此對望；不容易跨越的鴻溝，往往給人一越而過的錯覺。我向來不把男女阻隔的距離當一回事，一心以爲比起做學問，男女間的愛情簡單得多。

不過，事實並沒有這麼簡單。男女之間一旦分離就很難塡補彼此的距離，說不定我就是爲了弄懂它並澈底銘刻在心才來此地的。

我再次探了一下眼前深暗的鴻溝之後低語著。

「再見。」

這是向聳立在夜空下再也無法進入的紅色城堡說的。

「再見。」

這則是送給始終無法相濡以沫的月子的道別。

最後我對著一向自尊心強烈、自命不凡卻膽怯懦弱的自己說：

「再見。」

雖然我現在還沒有自信，但或許明天開始我可以重新出發。

藍小說 287

紅色城堡

作　者—渡邊淳一
譯　者—邱振瑞
主　編—李國祥
發 行 人—趙政岷
編輯顧問—李采洪
出 版 者—時報文化出版企業股份有限公司
10803台北市和平西路三段二四〇號三樓
發行專線—（〇二）二三〇六—六八四二
讀者服務專線—〇八〇〇—二三一—七〇五
（〇二）二三〇四—七一〇三
讀者服務傳真—（〇二）二三〇四—六八五八
郵撥—一九三四四七二四時報文化出版公司
信箱—臺北郵政七九～九九信箱
時報悅讀網—http://www.readingtimes.com.tw
電子郵箱—genre@readingtimes.com.tw
法律顧問—理律法律事務所　陳長文律師、李念祖律師
印　刷—勁達印刷有限公司
初版一刷—二〇一九年四月十九日
定價—新臺幣四五〇元

時報文化出版公司成立於一九七五年，
並於一九九九年股票上櫃公開發行，於二〇〇八年脫離中時集團非屬旺中，
以「尊重智慧與創意的文化事業」為信念。

紅色城堡 / 渡邊淳一著 ; 邱振瑞譯 -- 初版.
-- 臺北市 : 時報文化, 2019.4
面 ;　公分 --（藍小說 ; 287）
譯自 : シャトウルージュ
ISBN 978-957-13-7777-3（平裝）

861.57　　108004947

ISBN 978-957-13-7777-3
Printed in Taiwan